下 江

王成祥 著

南京出版传媒集团 南京出版社

图书在版编目（CIP）数据

下江 / 王成祥著 . -- 南京：南京出版社，2024.1
ISBN 978-7-5533-4513-0

Ⅰ.①下… Ⅱ.①王… Ⅲ.①长篇小说—中国—当代
Ⅳ.① I247.5

中国国家版本馆 CIP 数据核字（2023）第 233224 号

书　　名：下　江
著　　者：王成祥
出版发行：南京出版传媒集团
　　　　　南 京 出 版 社
社址：南京市太平门街 53 号　　　　　邮编：210016
网址：http://www.njcbs.cn　　　　　电子信箱：njcbs1988@163.com
联系电话：025-83283893、83283864（营销）　025-83112257（编务）

出 版 人：项晓宁
出 品 人：卢海鸣
责任编辑：李雅凡
装帧设计：赵海玥
责任印制：杨福彬

排　　版：南京新华丰制版有限公司
印　　刷：南京工大印务有限公司
开　　本：890 毫米 × 1240 毫米　　1/32
印　　张：10.875
字　　数：245 千
版　　次：2024 年 1 月第 1 版
印　　次：2024 年 1 月第 1 次印刷
书　　号：ISBN 978-7-5533-4513-0
定　　价：60.00 元

用微信或京东
APP扫码购书

用淘宝APP
扫码购书

人间即文化：一部敞开的小说
——读《下江》

王磊光

　　王成祥先生的长篇小说《下江》，是一部令我感到惊喜却又不知所措的作品。

　　在小说技术越来越趋向成熟、繁复的时代，或者干脆说，在一个小说技术化的时代里，小说，令我们感到不满乃至厌倦的地方，恰恰就在于作家总是把小说写得太像小说：人物只是在封闭式的结构里表演。我们的作家往往对于自己预设的故事框架有着过于清晰的把握，他所要做的事情就是严格地在这个框架里排兵布阵、填充细节，正应了契诃夫的名言："请将一切与故事无关的事物都从故事中移除。如果你说第一幕中有把枪挂在墙上，那么在第二幕或者第三幕中这把枪必须发射，不然就没必要挂在那。"但我们总是忘记了，契诃夫之枪是针对戏剧而言的。舞台的艺术是封闭的，在一个故事极度贬值但又极度崇拜故事价值的时代里，小说艺术越来越舞台化，似乎就成为一种必然趋势——因为只有在封闭式的结构里，小说才会是完整的，自足的，也更能自圆其说，更能收获说服力。

长篇小说《下江》显然不一样。这部作品偏离了20世纪以来小说创作的成规，它在结构上完全是敞开的，线头众多，各种要素彼此勾连，但又处处充满空白和生长性。正是在这个意义上，《下江》令我惊喜，也令我不知所措。

小说并没有一个贯穿始终的故事。在1937年的淞沪会战、南京保卫战开始后，从民族到庶民，各种故事在上演，或为民族大义而牺牲，或为生存而奋斗，或按照乡土中国的轨道"无目的地生，无目的地死"。众多具体的故事、具体的场景相汇聚，构成了小说的主干。

谁是小说的主人公呢？阿公？阿婆？识字先生？水灵？石匠罗天顺？没有一个人物贯穿小说始终，甚至没有一个人物是完整的。不仅如此，小说中还出现了众多"一次性"人物，如陈大勇、老潘、老徐、赵醉汉、钱扒手、彭安康、涂船主、"湖北佬"……一次性人物的纷纷出场，明显违背了小说创作的通识；但恰恰是他们构成的群像，有如对历史现实的还原，每个人的背后都承载着自己的故事，从而构成了一幅乱世民生图。

可以说，《下江》并没有依赖一个大而整全的故事框架来结构小说，而是依赖于叙事者家族的散点记忆，依赖于叙事者对家族史回望的深情；甚至，从根本上说，依赖于作者对于"人间"的理解。

人间即文化。王成祥先生对于文化充满了深情，他充分发挥人物"说话"的功能，让小说进入到文化当中。何为"说话"？具体而言，就是除了小说情节有着十分丰富的人物对话之外，人物的讲述、吹牛、说唱、训话等，亦占据了相当多的篇幅。典型者有：老潘、老徐、"湖北佬"等人的讲述，展现了民族危机面前，从英雄人物到普通百姓的抉择；涂船主、伙夫老人、赵醉汉、孩童的说唱，或表现个人命运，或表现民间道义，或展现地方民俗；石匠、伙夫老人、识字先生等人的"吹牛"，则展现出文化知识、历史掌故在老百姓日常生活中的影响；识字先生对新式教育的解释，对袁来的反复训示，显示了教育在开启民智、塑造团结力等方面的功用；阿公的讲述（阿婆的讲述可看作是对它的补充），在整个讲述中占据的分量最重，从格言警句、传说故事、传统文化到地理知识、个人命运，无所不包。

这样一来，《下江》在基本的家族故事层面外，还将大量的现实见闻、故事传说、生计知识、民谣民俗、传统文化、地方性知识等融入其中。故事情节与这种种元素汇合，使得小说构形成了一种开放式的网状结构——每一个节点，每一条线，都可牵引出一个故事。它们的共振让我们看见在民族危机之下，底层百姓是如何艰难地活下去，如何想方设法地繁衍生息，以及他们在艰难人世中的坚守。

且看小说中的两个片段：

之一：

阿公一边用沙哑的嗓门应答着，一边将原本捂在心里、不愿让别人知晓的另一桩事情，这回当着龙江的面也抖了出来。"那个名叫崔伟的'湖北佬'，"他说，"请我在江边喝酒的那天，得知我被余放垦骗得一塌糊涂，甚至连下一步你想进学堂念书的基本费用都难凑齐，于是，从口袋里摸出江匪头日赏给他的那块大洋，往我的掌心里塞去。见我死活不肯收下，对方忽然没头没脑地感叹道，'往后，要是我也想换种活法，去当土匪，你会瞧不起我吗？'我很快说，'你去当土匪，我不会指责，也不会瞧不起你。可千万要记住，即使入了那个行当，也要遵守八不抢的规矩。''八不抢有哪些具体内容？'见崔伟目不转睛地盯着我看，问得有些急切，又不失真诚，我便将你爷爷曾告诉我的有关知识，一五一十地讲给他听。他听后，一边点着头，一边将那块已被掌心焐得有些发热的大洋，再次塞到我的手掌里。"（第十二章）

之二：

阿婆说到这儿，显然又想哭，可还是忍住了。"哭有什么用呢？"她先是冲着龙江说，"哭是无能的表现。记住，往后不管遇到什么困难事，都不许装怂认孬，要撑下去，知道吗？"

"还有你，"阿婆不等龙江表态，又冲着水灵交代道，"你这个小丫头，刚才不是吵嚷着要去江边吗？我不再阻拦，让小哥陪你一道。"她顿了顿，又说，"见到你阿爸，不管他有没有扳到鱼，都要让他早点回来吃晚饭。"

"嗯，嗯，还有呢？"水灵问。

"还有啊，你上面的两个哥哥龙水、龙和，又随一帮上江人去下江八卦洲苦钱了，外面打仗飞来的枪林弹雨会不会伤到他们，谁能说得清楚呢？还是听天由命吧！"（第十三章）

"要撑下去"；不管有没有收入，都要早点回来吃饭；明知道是枪林弹雨，还要去"苦钱"，同时又相信天命；即使自己处于困境，见到别人为难，也要帮上一把；即使不得已做了土匪，也不去抢下层人和好人……小说让我们看见了旧中国老百姓的底层逻辑。

至此，可以这么说，《下江》是一部表现乱世中穷人如何过日子的书。它又显然不是一部教育小说。但是，通过人物的"说话"，我们又看得见中国文化的核心，那就是教化。哪怕是在兵荒马乱、饿殍遍地的年代，教化仍会以各种方式在流传；只要是有人群的地方，人就生活在教化中：这就是传统中国的"人间"。这也似乎正是作者想要告诉我们的。教化是多种多样的，作者当然最为看重传统美德和民间道义。

从这个角度来看，我们也就能理解为何阿公终其一生对于自己在下江的遭遇——被欺骗和被打瘸——这两件事讳莫如深，以至于再也不去八卦洲"淘金"了。因为它们冲荡了阿公心中的"道义准则"以及他对人间的理解。阿公或许只看到它们是自己人生中的耻辱，却不明白这也是整个人间文化的耻辱。阿公留给子女的最后一个故事是"有关善良的故事，也是有关规矩的故事"。

2023年11月11日初稿
2023年11月13日改定

作者系江西师范大学文学院教师，上海大学文学博士，著有《一个博士生的返乡笔记》等。

目　录

第一章　阿妈出生了　　　　　　　　　　　3

第二章　公元 1937 年冬天　　　　　　　12

　　　　飞机·子弹·婴儿　　　　　　　13

　　　　醉汉·扒手·老徐　　　　　　　32

　　　　伙夫老人·两儿子·涂船主　　　40

　　　　石匠·安康·救命船　　　　　　53

　　　　邂逅后的"吹牛"　　　　　　　63

第三章　吹吧，尽管"吹牛"　　　　　　73

第四章　祠堂内外　　　　　　　　　　　83

第五章　有请"识字先生"　　　　　　　90

第六章　夏天的流水席　　　　　　　　107

第七章　两小无猜　　　　　　　　　　114

第八章　初进学堂　　　　　　　　　　119

第九章　瞧，那帮小男孩　　　　　　　133

第十章　与守坤的对话　　　　　　　　145

第十一章　委屈的泪水　　　　　　　　150

第十二章　想进学堂与扳大罾的阿公　　155

　　　　江水干涸·跳龙门　　　　　　155

1

书童与上江考棚　　　　　163

"余生本是无为人"　　　　173

"师娘！师娘"　　　　　　178

"湖北佬"崔伟　　　　　　196

八卦洲上遇"贵人"　　　　211

第十三章　阿婆当了回"先生"　　　　230

第十四章　最后一个故事　　　　　　243

第十五章　结伴去学堂　　　　　　　251

第十六章　又上了一堂课　　　　　　258

第十七章　阿公驾鹤西去　　　　　　277

代后记　在下江，感受八卦洲之美　　308

附录　有关文学的通信　　　　　　　329

朝见上江来，

暮见下江去。

——出自宋代项安世《三山矶答渔父歌》

第一章

阿妈出生了

是的,上江与下江的故事,其实早就开始了。

先说说母亲吧,也就是我的阿妈。

阿妈是个宝宝的时候,眼神亮亮的,小嘴鼓鼓的,皮肤白白的,头发黑黑的,脸颊两边的腮帮子肥嘟嘟的,是个人见人爱的小丫头。她在上江的张老洼出生后,离满月还差一天,阿婆便迫不及待地抱着她去外面晃荡,说是为了让婴儿能多晒些太阳。当左邻右舍的人一边冲着她逗趣,一边打听宝宝有没有起什么好听的小名时,阿婆居然灵机一动,当即替她起了"小姥"这么个昵称。可很快,人们似乎不愿吃辈分上的亏,所以不大喜欢这么叫她。要知道,"姥"是什么意思呀?要么是外祖母,要么是接生婆,这怎么可能?!于是,又一个无风晴朗的冬日早晨,怀抱婴儿的阿婆,与一位拐弯抹角能沾上亲戚的识字先生偶然相遇了。当时,识字先生正埋头匆匆朝前赶路,他的身后,还跟着一帮嘻嘻哈哈、吵吵嚷嚷的孩子。阿婆见状,抱着怀中的婴儿,开心地

3

冲着识字先生迎了上去，并和对方扯谈起来：

"早啊！我的老弟。"

"早啊！我的老姐。"

"去镇上给袁大户的小公子当私塾先生？"

"有什么法子呢？糊口饭吃呗！"

"上回，你老母亲拄着拐杖，操着小脚，一颠一颠地摸上门来，特意为我生下的这个婴儿，说了一大堆好话。"

"应该，应该！若嫌不够，我再补上两句。"

"我知道，你肚子里，装的全是墨水，出口的话总是与别人不大一样。"

"天增日月人增寿，长江后浪推前浪。"先生果然脱口而出，并笑道，"够了吗？"

"够啦，够啦！"阿婆也笑了起来，"那天，你母亲还特意送来了珍贵的贺礼。"

"不成敬意，礼轻人意重。"

"老弟呀，我可不许你瞎说！"

"呃？"

"你想想，四只鸡蛋，外加半斤红糖，附近这一带，有几户舍得拿出？"

"唉，没办法！"

"所以，若是有人送来一瓢黄豆，外加两根红萝卜作为贺礼，我就开心不已。为什么这么说？因为那是对方瞧得起！"

啰里啰唆地拉呱到这儿，阿婆不禁将怀中的婴儿故意朝对方眼前伸了伸，无非是让他好好地瞅上几眼，最好还能冲着婴儿逗趣一番。谁知襁褓里的婴儿不理不睬，正在呼呼大睡，睡得格外香甜。

"要不要……将她给叫醒?"阿婆有点迟疑地问。

"勿要,勿要。"识字先生一边文绉绉地回答,一边准备离去;而围在一旁的孩子们,突然齐声嚷道:"叫醒宝宝!叫醒宝宝!"

面对一阵高过一阵的嚷叫声,襁褓里的婴儿不仅没被叫醒,反而睡得更加香甜。

"唉,白天贪睡的小丫头,夜里最爱闹腾。"阿婆叹了口气,并将正准备离去的识字先生给拦住,欲言又止地问道,"你……能不能……待会儿再走?"

"有事吗?"

"嗯。"

"什么事?"

"想托你的福,给我家宝宝取个好听的小名。"

"其实啊,喊小狗、小猫都无所谓。"

"想不到,你肚里装的全是学问,居然也会这么认为?"

"老姐,你难道没听过这样的话?许多人家的孩子,算不上是老一辈带大的,而是……死剩下的。"

"唉,虽然话糙理不糙,可未免有点……晦气。"

"我母亲就和我讲过这样一桩事:她有个姐姐,也就是我大姨娘,曾挺着大肚子回娘家。回来的路上,竟把孩子给生下了,可不一会儿就死了,被扔在路边。回来时,婆家人问:'孩子呢?'答曰:'生在路上,死了,给扔了。'然后……然后就没了下文,婆家人的情绪,似乎没有任何波动,就像一般人打喷嚏一样正常。"

"哦，这事我也听你母亲唠叨过。"

"所以，生下的婴儿，叫小狗、小猫都无所谓。这样喊，反而有利于婴儿顺顺当当，健康成长。"识字先生说到这儿，冲着阿婆呵呵一笑。

"可她……毕竟是个丫头。"

"丫头怎么啦？将来有出息，说不定比男孩强。"

"可我……灵机一动，张口就给她起了个小名。"

"说来听听。"

"我叫她'小姥'。"

"哦——"

"怎么啦？"

"这个名字，确实有点……老套。"

"难怪人们宁可叫她小宝宝，也不愿喊她'小姥'。"

"人初生，日初出；上山迟，下山疾。"识字先生"啊——啾"一下，不禁朝冉冉升起的太阳打了个响亮的喷嚏。

"我起的那个小名，会把宝宝……喊老吗？"阿婆似乎不放心地问道。

"人家见生男女好，不知男女催人老。"识字先生莫名其妙地又打了个喷嚏，这才表态道，"你说得不无道理。"

"老弟啊，老姐为宝宝起'小姥'这个名字，要的就是这个效果！"阿婆嘻嘻哈哈地咧着嘴巴，说得似乎更加带劲。"你想想，姥，要么是外祖母，要么是接生婆；而小姥，要么是小外祖母，要么是小接生婆。这两个意思，我都喜欢，只要这丫头将来能够沾上一个，我就心满意足。"

"既然如此，那就这么叫呗！"

"可村上人似乎都不情愿这么叫她。"

听阿婆这么一解释，识字先生又问了起来："据说婴儿是在立冬那天出生的？"

"嗯，一定是你老母亲告诉你的。"

"是呀，那就索性叫宝宝为'立冬'！"

"好是好，可我……不太喜欢。"

"为什么呢？"

"因为这个名字，已被人抢去啦！"阿婆补充道，"就在去年冬天，附近有户人家生了个丫头，用的正是这个名字。"

"那就等宝宝的爸爸从下江'淘金'回来再说。"

"老弟，莫非你是在……取笑我们？"阿婆听了识字先生的建议，有点不悦地瞅了对方一眼。

"取笑？怎么可能？"

"可你刚才……讲的是什么话？"

"我说等宝宝的爸爸从下江'淘金'回来，再给孩子起个好听的名字也不迟。"

"别以为我是大老粗，就好糊弄！"阿婆变得絮絮叨叨又有些不依不饶，她说，"'淘金'是什么意思？我多少能够知道一些。你想想，一个长满芦柴的江洲，怎么会有金子呢？！"

见阿婆问话的语气里，明显地带有几分责怪的成分，识字先生只好摆摆手，又摇摇头，替自己辩解道："'淘金'，并不是挖到什么真金白银，它只是一种好听的说法。说白了，其实就是上江人去下江的八卦洲上，替大户人家砍芦柴、筑江堤、修渠道、种庄稼……总之，什么活儿都愿干，什么苦儿肩上扛，目的只有一个：养家糊口。这样的回答，老姐该满意了吧！"

"唔，这还差不多。"

"那我该走啦！"

"不行！"阿婆又将对方给拦住，"宝宝的小名，你还没给我想好。"

"唉，这等好事，宝宝的爸爸一定求之不得！要晓得，他肚里的墨水不比我少。"

"喊，拉倒吧！"阿婆哂笑道，"他没念过一天私塾，也没进过一次学堂，小时候跟在他父亲身边学的那些字，若堆在一起，我敢保证，不会超过半箩筐。"

"可他肚子里，真的有许多学问。"识字先生这回为我阿公说起了公道话。

"我怎么就……看不出来呢？"

"别的不提，就拿给孩子起名这件事来说，老大龙洋，老二龙海，老三龙水，老四龙和，老五龙贵，老六龙江，你听听，一般人家能想得出来吗？"

"嘀——不提也罢，免得我伤心。"阿婆说这话时，右边的眼眶里，竟然冒出一滴豆大的泪珠，顺着脸颊滚动着，接着又是一滴。她抬起右边的胳膊肘儿胡乱地擦了擦，用哭笑不得的语气诉苦道："老弟啊，你想想，老六龙江还没出生，老大龙洋就翘辫子了，是上江发大水那年，死在逃难的路上。龙江刚满两岁，老二龙海也死了。怎么死的？你不是不知道，是去一户有钱人家的田里，拽了一捆红花草，准备扛回家充饥，结果被发现，让一帮人捆绑在树上，活活给弄死了；又过了两年，老五龙贵不知得了什么怪病，也走了。还有，我还生过一个大女儿，名叫水萍，想不到……"

"哦，对不起！我不该扯这些让你伤心。"

"可当龙洋死后，我又生下了龙江，你是怎么说的？"阿婆依然在我行我素地絮絮叨叨着，"你说，'老姐呀，我要祝贺你又有了五个儿子。''有什么好祝贺呢？'我不解地问。想不到，你却用那样的话来……敷衍我。"

"什么？敷衍？"

"嗯，你好好想想。"

"我没有敷衍！"

"还想抵赖？！"

"你不妨说来听听。"

"你是这么说的——要是在过去，说不定就是'五子登科'！"

"哈哈，那不过随便说说而已。"

"还有，老二龙海死后，大概出于安慰吧，你先是说'四四如意'，随后又天马行空，妙语连珠，称我家下面四个儿子为'四大金刚'。"

"难道……我说得不好？"

"老弟呀，你说得其实没错。古人不是说，三代不读书，赛似一窝猪？你说'五子登科'，我就喜欢得不得了。死了老二龙海，剩下四个儿子，又被你说成'四四如意'和'四大金刚'，我其实仍然爱听。你前面不是说'天增日月人增寿'吗？可我还知道，世上多了一个人，其实就会减少一个人，那夜晚天边划过的流星，正是这个道理。有什么法子呢？老天爷要收人，谁也挡不住。"

"唔。"识字先生一时语塞，并对阿婆有点刮目相看。

"老弟，我就不和你啰唆了，快给我家宝宝起个好听的小名。"

识字先生正欲开口说话，不料却眯起双眼，张着嘴巴，冲着暖洋洋的太阳，再次打了个更加响亮的喷嚏："啊——啾！"

这回，襁褓里的宝宝被喷嚏声弄醒了，她漫不经心地睁开眼帘，朝识字先生瞅了瞅，同时还打了个浅浅的哈欠。

"她醒啦！"阿婆嚷道。

"宝宝总算醒啦！"一帮小孩再次围拢过来，并争着要看婴儿一眼。

"托你的福，老弟，你就给她起个好听的小名。"阿婆冲着识字先生催促道。

"将来，她会喊你表舅。"阿婆不放心地又补了一句。

"好的，好的，让我想想。"识字先生望着小宝宝那双骨碌碌、水灵灵、会说话的大眼睛，不觉灵机一动，有了答案。

"快点说呀！"阿婆仍在催促。

"就叫她'水灵'！"

"咦，这倒是个新鲜的名字！"

"喜欢吗？"

"嗯，好听又好记。"

"既然喜欢，那就送给你家宝宝。"说到这儿，识字先生不觉长长地叹了口气，大有如释重负之感。

"不愧是满肚子墨水的'秀才'哟！"阿婆一边开心地说，一边放走了识字先生。

那帮孩子听到后，当即将一个新的小名挂在嘴边，并冲着襁褓中的宝宝，七嘴八舌地叫喊起来：

"水灵哎！快点长大，我们好一道去挖野菜。"

"水灵哎！快点长大，我们好一道去捡树枝。"

"水灵哎！快点长大，我们好一道去摸螺蛳！"

"水灵哎！快点长大，我们好一道去躲猫猫！"

……

于是，"水灵"渐渐被人们叫唤开来，无论大人还是小孩。

那一年，是公元1934年，阿妈虚一岁了。

第二章
公元1937年冬天

　　一晃三年过去了。

　　又一个冬天悄然来临。

　　这一天，冷飕飕的西北风，呼啦啦地斜刮了一整天。傍晚时分，风虽然刮得有些倦累，并渐渐停歇，可天空的雪花没头没脑地飘了起来。它没有雪珠子做铺垫，而是一开始便直奔主题，落起鹅毛般的大雪，纷纷扬扬，飘飘洒洒，你追我赶，互不相让，大有"不达目的，誓不罢休"之态势。如此一来，大雪封门的早晨，四周已变成银白色的世界。

　　一大早，阿公不声不响地起了床。他起床后，找来一把铁锹，埋头清理着门前厚厚的积雪，那模样显得有些疲惫，心绪更是万般无奈。

　　若是在往年，碰到这个时候，他一般不会待在家里，而是仍在地处下江的八卦洲上，替大户人家砍芦柴，或干些其他活儿，老三龙水与老四龙和自然跟随他一起，共同挣些过年费；腊八过后，再过十天半个月，快到送灶了，他们才会从主家那儿，结算一些工钱，赶回上江张老洼，准备迎接新一年的到来。到了正月初六那天，他们将"穷神"送走后，会和古水镇附近的一帮穷光蛋，结伴前往下江八卦洲，继续埋头挣钱。

"唉，有什么法子呢？命该如此！穷神虽然贵为上古帝王之子，可天生就是个穷命鬼，他不仅喜欢吃稀饭、穿破衣，而且早早地在正月的晦日就一命呜呼了。于是，民间便有了这样的习俗：在正月初六那天晚上送穷神。怎么个送法呢？简单得很：用芭蕉或去掉籽、晾晒过的圆葵花蓬作为车船，在上面点亮一根小蜡烛，再给穷神带上煎饼之类的干粮。据说只有这样，才能送走穷神。"肚子里有墨水的阿公，喜欢向人们讲述这样的故事，可每次讲过之后，往往会引得身边的听者呵呵一笑。是啊，这一带几乎家家户户都会做送穷神的仪式，可穷神怎么就永远送不走？尤其是今年，节气刚入小寒，他们就从一百公里外的八卦洲，胆战心惊地赶回来了，并且往后，恐怕难以做到像往年那样——"想去下江就去下江"挣钱了！

为什么呢？

因为这是公元1937年的冬天，外面正在打仗！

飞机·子弹·婴儿

最先将"下江就要打仗"这一消息带上八卦洲的不是别人，而是阿公知根知底的陈大勇。

陈大勇是个独子，原本住在古水镇附近的陈家店，父亲靠弹棉花来维持一家生计，母亲生下他就难产死了，是奶奶将他一手给拉扯大的。

八岁那年，他的父亲和奶奶又相继过世，孤身一人的他，只能靠乞讨为生。有一回，当他从出生地陈家店讨饭到张老洼时，我的阿婆出于怜悯，不仅拿出一些食物，让他吃了顿饱餐，还客客气气地与他扯了不少心里话。次日，当他讨饭到隔壁的石磨王时，居然也得到一户人家的同样待遇。这样一来，陈大勇便不愿回出生地了，而是在张老洼随便搭了个小棚住了下来，并在张老洼和石磨王两个村落之间来回要饭。于是，若遇到陈家店的人说他是"吃百家饭"长大的，心直口快、喜欢较真的陈大勇，便会将脖子一扭，气咻咻地嚷道："我可是吃张老洼和石磨王每户人家的活命饭才捡回条小命的！"

十四岁那年，因渐渐懂得"吃百家饭"的无奈与羞耻，他便开始跟在大人后面，一次又一次地去下江的八卦洲找活干。一些大户人家，不仅在上江的本地拥有田舍，而且在下江的八卦洲，还有许多令人眼馋的土地。那些土地，有的会转手被高价卖掉，有的则留下来雇人种植庄稼。于是，每当收获季节，就会有一条又一条船只，将大户人家的粮食运送往无为老家。一来二去，跟在大人屁股后面的陈大勇，总算找到了一条新的活路。

时光一晃，又过了一年又一年。三十岁那年，还是穷光蛋的陈大勇，在八卦洲上，凑巧遇到了一对来自江北六合的讨饭父女。

女子的父亲病恹恹的，终日浑身无力，头晕眼花，四肢更是瘦骨嶙峋，皮包骨头，一眼看去，随时都有死掉的可能，并且腹如胀鼓，肚子大得似乎一不小心就有爆炸的可能。他不知道，自己早就患上一种名叫"蛊病"的怪病，也不知道，体内爬满的血吸虫，正在一天天吞噬他的性命。即使知道了，又有什么办法呢？何况，他唯一的女儿只有十六岁。

两个月后，女孩父亲果然一蹶不起，死在路边。陈大勇遇到后，一手将他埋葬在洲西的一堆坟茔里。刚埋不久，那个坟头就被一场洪水给淹没。女孩哭得呼天抢地，恨不得父亲能从乱糟糟的坟堆里爬出，然后带她去另一个地方讨口饭吃。

陈大勇见状，用兄长般的口吻劝慰道："姑娘呀，人死如灯灭，枯草春还生。"

哭得像个泪人般的女孩忽然不哭了。

"你知道巴根草吗？"陈大勇又问道。

女孩微微点了点头。

"你别瞧它毫不起眼，可不会轻易死掉，哪怕枯了黄了，甚至被镰刀、铲子割平除根，到来年春天，它照样会活得像模像样。难怪奶奶常对我说出这样的话：交了巴根草，走路不跌跤。"

"你奶奶，她在哪儿？今年有多大？"名叫黄仁仙的女孩主动问起话来。

陈大勇长长地叹了口气，并将自己的家世说了出来。

黄仁仙听后，抹着泪水，将自己的家世也做了一番吐露。说完，她朝不远处淹没在江水中的父亲坟头磕了三个头，便随男子离开了八卦洲。

陈大勇带着她，去了上江的陈家店，给亲人的坟头一一磕了头；又去张老洼和石磨王，给曾供他吃饭的人家一一磕了头；之后还看了一眼空无一物的小棚，这才挥泪再次前往下江。

到了下江，陈大勇带着黄仁仙，没有再上四面环水的八卦洲，而是去了地处江南的又一片芦柴洲。芦柴洲方圆近十里，到处都是枯黄的芦苇。在见到的那一刻，陈大勇当即就不愿离开了，而是选择一块稍高的地方割起芦柴，搭起窝棚，以期有个立足之地。他想，这片荒芜凄凉的芦柴滩真不错！荒芜，说明此地还没什么人居住，更没有人去经营；凄凉，说明连江匪、恶霸都不愿前来争抢地盘。

谁知他的想法错了。就在第二天，他草草地啃了点随身携带的干粮，在荒滩上收拾芦苇、开荒种地时，几个五大三粗的中年汉子，像是神兵天降一般，忽然出现在眼前。其中有个领头的家伙，气势汹汹地吼道："你这小子，是从哪儿冒出来的？"

"上江，"似乎担心对方没有听懂，陈大勇补充道，"安徽无为。"

"你知道，这是什么地方？"

"下江，"陈大勇一边说，一边搬来一捆芦柴，权当一条长板凳，让一帮来者不善的家伙坐下来歇歇。

领头的家伙毫不客气地坐了下来，并说道："这片芦柴滩虽然是荒地，可当地政府已卖给我家主人了，正准备开垦，你们上江人来得正好！"

说到这儿，他从口袋里摸出一张盖有红色印章的地契，在陈大勇面前轻轻晃了晃，然后说："看，这是地契约！如想开垦，花钱购买。"

陈大勇一时无话可说，也不知该说些什么。他到这里，原本指望靠开荒种地能糊个口，没想到此路又被卡住了。怎么办呢？当晚，他和黄仁仙躲在芦棚里商量起来，可商量来商量去，就是掏不出购买一块荒地的费用。于是，他抹了一下泪水，只好答应用每年种植的粮食来偿还部分欠债，并和大户人家立下一份赊账契约。有了两亩芦柴地，陈大勇和黄仁仙总算有事可干了。第二年，因为家里添了个儿子，他就从大户人家手里多租了一亩芦柴地。隔了两年，又一个男婴出生，他水涨船高，再次多租了一亩，这样加在一起，开垦出来的庄稼地，总共有了四亩。陈大勇变得开心起来，干起活来更加带劲。可没想到，当黄仁仙正欲为他生育第三个孩子时，日本鬼子却来捣蛋了。

那是一个江风萧瑟的午后，天气变得日渐凉爽，有点阴沉的天空中，一群大雁模样的东西，正从东边急速飞来，远远看去，阵容庞大，十分壮观。这样的架势，不知不觉映入下江人的视野，定睛一瞧，才发现那黑压压的东西，根本不是什么大雁，而是飞机！它们飞得很快，几乎一眨眼就来到眼前；它们又飞得很低，低到连上面的飞行员都能看得一清二楚。其中，有架飞机在掠过人们头顶的那一刻，上面的飞行员居然还朝下方做个招手致意的动作，然后驾着飞机，呼啸而过。正在田里忙秋收的下江人见状，纷纷仰起脑袋张望，有的嘴里还不约而同地发出"噢噢"的惊叫。不远处，一些孩子也被吸引到堤埂上。他们在高高的堤埂上你追我赶、奔走相告，惊叫声、欢呼声此起彼落，连成一片。那模样，仿佛遇到过年一般兴奋。可是，当有架飞机掠过又高又大的一棵柳树时，居然将树端给刮断了。一个小女孩不禁蹲在地上，双手紧紧捂住耳朵，"哇哇哇哇"地哭了起来。

"不好，是日本飞机！"一个从上海逃难过来的中年男子大声嚷道。

男子叫老潘，见识过这种场面。他知道，前方不远处，就是栖霞山；飞过栖霞山，就是燕子矶；掠过燕子矶，就是幕府山。

用不了几分钟，这些日本飞机就会盘旋在南京古城上空。它们从大老远处越洋飞过来，究竟想干什么？当然是找蒋介石打仗的。日军已经占领了上海，现在又来抢占南京了。真是岂有此理！下江人听了老潘的一番分析，不禁放下手上的活，朝堤埂方向奔去。跑到堤埂上，发现自家的小孩仍朝天上呆望，便不由分说地一把拽在怀里，然后拉进各自的草棚里。

那位经验丰富的老潘又发话了，他振振有词地说："大伙儿进屋后，要躲在自家床肚或大桌底下，上面铺上棉絮、棉被，铺得越厚越好，这样就不会被子弹轻易击中。"

"孙子！你们知道孙子的'孙'怎么写吗？我会写，一边是'小'，一边是'子'，我偏要骂你们这帮孙子！你们天皇派龟孙子们过来，是和老蒋干仗的，怎么能平白无故地欺负老百姓呢？"另一个刚从江北仪征逃荒过来的男子也吵架般地对着天空嚷道。

当时，陈大勇正屋里屋外地忙碌着，不是去河边拎一桶清水，就是在屋檐下，捡些干柴准备烧一锅开水，因为他的第三个孩子马上就要出生了。接生婆一脸严肃地站在床边，不停地鼓励黄仁仙叫出声来，声音越大越好。黄仁仙十分听话地照办着，痛苦的嘶叫声一声比一声激昂。那声音，与又一批低空飞翔的飞机轰鸣声混杂在一起，恨不得能将这间茅草屋掀个底朝天。陈大勇的两个儿子已被安置在床肚底下，可第三个孩子还没有顺利地降临人间。

"阿婆，怎么样？"陈大勇一脸惊慌地问。

"应该快了。"接生婆说。

"那……要不要将她也……转移到床肚底下？"陈大勇的问

话，变得有点结结巴巴。

接生婆摇摇头，又无可奈何地点了点头。

于是，经过一番折腾，黄仁仙总算被陈大勇抱到床肚底下。

接生婆也跟着钻了进去。

日本派过来的飞机不知有多少架，只晓得一批接着一批，从不远处黑压压地逼迫，又呼啸而去。陈大勇仍没去床肚底下躲避，而是手握一把洋镐（两头尖尖的，中间装了个把儿，可谓地地道道的进口货），来到茅草屋外，先是朝地上狠狠地"呸"了一口，然后脑袋朝天，仰得高高的。那架势，像是在说：来啊，有种你就从飞机上跳下来，看我这把洋镐能不能把你一劈两半！

"大勇，快进来躲躲，子弹可没长眼睛哟！"接生婆在床肚底下一边忙碌，一边吆喝道。

陈大勇后退几步，一时没有退回屋里，而是站在栅栏门口，一动也不动，像是一尊雕塑。他高大的身躯，如一堵厚实墙壁，将那道又矮又窄的栅门堵得严严实实。他的女人，又在床肚子底下"哎哟哎哟"地叫唤起来，声音一阵盖过一阵。两个小男孩，一个六岁，一个四岁，从没经历这种事情，更没见过自己的母亲哭叫得死去活来，于是，不禁胆怯地蹲在床肚的另一头，先是嘤嘤抽泣，眼泪哗哗，瘦削的双肩朝上一耸一耸；接着"唔唔唔唔"，哭出声来；之后哇哇大哭，哭天抹泪，像是在和自己的母亲进行一场哭叫的比赛。陈大勇见状，这才放下手上的洋镐，扭头钻进床下，一把将两个孩子一左一右搂在怀里。

两个孩子的哭叫声果然变小了许多。此时，床的上面，已铺好一层又一层破旧的棉絮和棉被，还有暂时用不上的棉袄、棉裤，它们堆放在一起，像是一座难看的土丘，杂乱无章，毫无生机。黄仁仙不再高声叫喊，而是改成了呻吟——是那种异常痛苦的呻吟。一旁的接生婆催促道："使劲，再使把劲，孩子快要出来啦！"两个孩子听后，不禁又"哇哇"哭叫起来。

"别哭，孩子！你妈妈正在为你俩生小宝宝哩！如果生个男的，就有人称你俩哥哥了，一个叫大哥，一个叫二哥；如果是个女孩，你俩都有妹妹了。"听陈大勇这么一解释，两个孩子果然停止了哭叫。

外面的飞机刚走了一批，很快又来了另一批，"嗡嗡"的轰鸣声由远及近，几乎在牵动躲藏人的每一处神经。这是最后一批吗？是，也可能不是，谁能说得清呢？可就在此时（震耳欲聋的轰鸣声中），又出现另一个急速而短暂的声音——哒哒哒哒哒——原来是机枪扫射的声音。

陈大勇后来说，自从长这么大，只听过飞机上可以朝下扔炸弹；人只要备有降落伞，从高空往下跳，也不会摔死；可飞机上还配备机枪，倒是头一次听说。那大炮呢？飞机上也有大炮吗？如果有，和在地面上打仗又有什么两样？小日本的武器，果然厉害得很！

哒哒哒哒！又是一阵机枪扫射的声音。

之后，四周渐渐趋于宁静……

一个礼拜后，消息灵通的老潘，给大伙儿带来了这样一条消息：那天，近七十架日本飞机，正准备分批大规模地空袭南京。我国空军二十一架战机编成三队，分别从南京、句容的机场起飞迎战。双方战机在镇江上空遭遇。中国飞机首先突入敌机群，日本机群一下子乱了阵脚。慌乱中，有两架敌机从空中栽落，一架落在江南的高资，一架落在江北的仪征。而这两处，距离下江的芦柴滩是多么近哟！近到有几个胆大的渔民，划着小船，偷偷去现场看了个究竟。回来后，他们便将这一消息捅了出去。

"那中国飞机呢？"有人冲着老潘好奇地问。

"唉！"老潘叹了一口气，惋惜地说，"激战中，有架中国飞机被击中，一摇一晃地落在一片空旷的原野上。"

"二比一，中国还赚了一架。"

"关键是，那一架飞机上，有两名中国飞行员都牺牲了。"

"可惜，可惜……"

两天后，因时时放心不下仍在八卦洲替人干活的一帮来自上江的"难兄难弟"——他们分别是：我祖父兴义和他兄长兴仁，我阿公及他的儿子龙水、龙和（也就是我三舅、四舅），当然还有其他一些人——陈大勇噙着泪水，执意要去洲上看望一趟。

怎么去呢？毕竟有不短的路程，况且，四面环水的八卦洲，还处在江水中央。

好在古道热肠的老潘，自告奋勇地要陪他同往。除此之外，更重要的是，还有一个名叫老徐的跑船人，两天前刚从上江的芜湖，划着一条仍在漏水又无法扬帆的破船，带着家人好不容易才逃难到此。见这儿地处江南，人迹罕至，有一大片芦柴滩，还有一个可供小船停泊的湾口，他便不想再折腾，当即就在芦柴滩边，搭了个芦柴棚，好让一家人能有个安身之处。

从老潘口中得知陈大勇的遭遇后，老徐显然深受感动，二话没说，表示愿用那条破船，送他俩前往三十里外的八卦洲。

"唉！同是天涯沦落人。"

"唉！天涯何处不相逢。"

三人登上破船后，老潘、老徐一唱一和地感叹了一句。

陈大勇则一言不发，只顾埋头蹲在船舱的底部，手拿一只从家中带来的葫芦瓢，不时地撅着屁股，一下一下地往船外舀水。

一个多时辰，八卦洲果然到了。

时值中午，小船渐渐钻入一片芦荡中。

三人上岸后，没费多大工夫，便找到那帮来自上江的"难兄难弟"：原来，他们正准备开饭。

陈大勇没想到，年近古稀的我曾祖父也在那帮"难兄难弟"中，他所从事的活儿，是背锅、架锅、煮饭、烧水、做菜等后勤事务，人们因此称他叫"伙夫老人"。想到以前去石磨王讨饭时所受到的关照，陈大勇不禁鼻孔一酸，差点落下泪来。

"大勇，莫哭，莫哭！你到这儿有什么急事？"伙夫老人急切地问。

陈大勇便将自己的遭遇，一五一十地说了出来。

"子弹伤到人了吗？"问这话的，是不久前在洲上，为一桩"糗事"懊悔不已且难以启齿的我阿公。

陈大勇当然不知那桩"糗事"究竟是怎么回事；在场的其他"难兄难弟"，大概碍于面子，更考虑到一开始的有言在先，所以对阿公在洲上的遭遇自然守口如瓶。陈大勇唯一能够发现的，是我阿公走路的姿势与以往不太一样：一跛一跛的，像个瘸子。

"你的腿……怎么啦？"

"替人干活时，不小心崴到脚了。"阿公冲着问话的陈大勇，一脸平静地回答。

"子弹伤到人了吗？"龙水又问道。

"没有。"陈大勇轻轻摇了摇头。

“没有就好。”龙水的弟弟龙和接着说。

“大勇，那你老婆肚里的孩子呢？”问话的人，这回是兴仁。

“生下来了。”

“男娃还是女娃？”兴仁的弟弟兴义问。

“女娃。”

“母女平安吗？”其他插不上话的都围了过来，其中有一个抢着问道。

“唉！”陈大勇深深叹了口气，似乎不愿再提此事。

阿公见状，又急切地问：“母女是不是平安无事？”

陈大勇这才说：“母亲还算平安。”

“那女婴呢？”

“刚生下就死了。”陈大勇顿了顿，接着说，“我在破破烂烂的一堆棉絮里，还发现两颗古铜色的子弹。”

一帮人听到这儿，不约而同地“啊”了一声，神情显得异常惊讶。

好在来得早不如赶得巧。

午饭时间已到，三位来自下游芦柴滩的不速之客，当即被邀请到吃粗茶淡饭的行列。

快人快语的老潘，一边大口大口地扒着碗里的饭菜，一边打开了话匣子。

“阿拉想为大伙儿介绍介绍……”看来他准备登场了，谁知头一句话还没讲完，就被兴仁给打断：“阿拉，是什么意思呀？”

“是啊，阿拉是怎么回事？”兴义也跟着问道。

"噢，忘了告诉大伙儿，'阿拉'是上海话，表示'我'或'我们'。比如：阿拉一道去白相。意思就是，我们一起出去玩。"

在场人听了，不禁"嘿嘿"地笑了起来。

"这话听来有点古怪。"兴义继续说。

"是呀，很多外地人都这么认为。"

"那母亲该怎么讲？"

"阿拉姆妈，意思就是，我的妈妈。"

"这叫法，更有些离奇。"

"是啊，"老潘摇身一变，变得像个语言方面的专家，并趁机普及道，"阿拉，属于吴语词汇，主要通用于上海、宁波等地。但最早的起源地还是宁波。为什么要这么说？因为宁波方言在表示许多人的时候，经常会用'拉'做结尾。比如，渠拉，表示他们的意思。"

"你绕来绕去，好像还没交代清楚，你自己究竟是宁波人，还是上海人？"

老潘望着长有一张大嘴巴的兴义，点点头笑道："阿拉正要解释这个问题哩！要知道，在清末时期，有大批宁波人去了上海，才将这种说法传了过去。而上海本土人的第一人称代词，用的是'侬'或者'我侬'。又过了许多年，上海的方言才渐渐转变，'阿拉'也逐渐被当作上海人的第一人称。"

"你越解释，我反而变得更加糊涂。"兴义一边扒着饭，一边将大脑袋摇晃得像个拨浪鼓。

"别打岔，听人家继续往下说。"伙夫老人不觉朝他的二儿子兴义瞪了一眼。

兴义发现后，果然不再刨根问底。

"我想要介绍的，当然是我的故乡大上海。"这回，老潘有板有眼地普及起来，"上海这个名字，原先是不存在的，它最早应该叫华亭县。为什么这么叫？那是因为三国时期，东吴的右都督陆逊被封为华亭侯，封地就是今天的上海松江。所以，松江的前身就是华亭县。那么，黄浦江又为什么被叫为黄浦江呢？对于这个问题，很多上海本地人恐怕都难以说清。有人说，因为它的水很黄，所以叫黄浦江。其实，完全不是这样的。要知道，这条江，是上海人的母亲河，它全长有一百多公里，宽度最窄的地方有三百米，最宽的地方有七百米。它发源于上海市朱家角的淀河湖，也是长江入海处的最后一条支流。那么，它究竟为什么叫黄浦江呢？是呀，是呀，我总算弄明白这个问题了。据说，在很久以前，上海曾是一片荒凉的沼泽地，中间有一条蜿蜒流动的浅河。雨水多的时候，这条浅河就泛滥成灾；雨水少的时候，它又会河底朝天。附近的百姓因为深受其害，便给它起了'断头河'这个名字。战国的时候，楚国的令尹黄歇来到这儿，为了弄清河流泛滥的来龙去脉，他带领百姓一起去治理。后来，这条断头河向北直接入了长江，然后又进入东海。从此，大江两岸的百姓，不再害怕旱涝，过上了安居乐业的生活。为了感念黄歇的恩德，人们将这条大河称之为黄歇江，简称黄浦。再后来，黄歇被封为春申君，这条河又被命名为春申江，而当时的黄歇江，逐渐演变成太湖入海的主要通道。明朝以后，黄歇浦就正式改名叫黄浦江。"

说到这儿，老潘不得不停了下来，因为他的喉咙好像被食物呛住了。他用唾液润了润嗓门，并使劲干咳了好几声，这才得以继续普及："上海真正变成大都市，应该是从1843年开始。那一年，根据《南京条约》和《五口通商章程》，上海正式对外开埠。外国商品和外资通过长江门户，纷纷在上海开设商行，设立码头，划定租界，开办银行……这使得上海迎来历史发展的转折点：从原先毫不起眼的一个海边县城，开始迈向远东第一大都市。"

老潘似乎越说越带劲，仿佛彰显自己无所不知般滔滔不绝："1914年6月的一天，上海租界区摩肩接踵，人流如梭，七名操着广东香山口音的男子，行色匆匆地走在马路上。他们左手拎着一个坛子，右手提着一个麻袋，每人都挑了一个通向外滩的路口守着，把坛子摆在面前，面无表情地盯着来往的行人，每走过去五个路人，他们就会从各自的麻袋里，掏出一颗黄豆，扔进坛子里。他们的古怪行为，可能会令人不可思议，甚至会产生'一帮神经病'的想法。其实不是哩，而是另有深意：他们是在计算每个路口的人流量。领头者是广州先施公司经理黄焕南，他是受老板马应彪的委派，特意来到上海考察地段，以便筹建上海第一家百货。马应彪何处人？广东中山人。他出身寒微，只读了三年书塾，十多岁还在村里拾粪。二十岁时辗转到悉尼谋生，淘金贩菜，历经艰辛。当时，他的很多中山同乡，在那里以种菜为生，因不懂英语，无法与当地人很好地沟通，种出来的蔬菜、水果，往往被白人贱价收购。马应彪为了学习英语，不拿一文跟在英国人后面打工，不久就掌握了英语，并得到同乡的信赖，纷纷把蔬菜、果品委托他出售。从为同乡菜农做代理商开始，慢慢做大后，马应彪进而在悉尼开设了一家小店，并随着业务扩展，先后开设了三间铺位，开始有了自己的生产基地，专门在斐济种植香蕉再运过来，很快成为悉尼著名的华侨商人。后来受孙中山先生的影响，抱着'实业救国'之心回国，开始在香港开设信庄及永昌金山庄，开办侨汇兼经销进出口生意。积累了多年经商的经验后，颇有经济头脑的马应彪想，如果能把悉尼办百货公司的经营方法和管理制度带回中国，办百货业一定能获利。他把想法与蔡兴等同乡说了之后，得到他们的支持。于是，马应彪带着筹集的资金2.5万元，在香港皇后大道买得一个铺位，开设了先施百货公司，并于1901年1月正式开业。他成了中国第一家现代百货公司的创始人。黄焕南这次带了几个广东人来到上海，根据'黄豆选址大法'，终于选定一处靠近外滩的风水宝地，那儿北通火车站，南邻富人区，车水马龙，客流如潮。地址门前那条铺了铁藜木的马路，正是上海的南京路。很快，中国第一场现代零售战争就这样打响了。先施大厦楼高五层（后为七层），1914年动工，历时三年，集资200万元，富丽堂皇，巍然矗立在南京路北侧，与当时低矮的旧式木楼、狭窄店铺相比，显然鹤立鸡群，在上海滩轰动一时，开业当天，整个南京路都堵塞了。因为先施公司不单是一个购物场所，其附设的屋顶游乐场、东亚旅馆和豪华餐厅也纷纷开张，还有杂耍、魔术、宁波滩簧、绍兴戏、京戏等，人群蜂拥而至。公司开业第二年，营业额已相当于投资资本的两倍，开创了中国百货业的新时代。先施前脚刚登临上海滩，老对手永安后脚也跟来了。永安的老板郭乐也是广东香山人，在香港便和马应彪针锋相对地竞争。他参考了黄焕南的'黄豆选址法'，派两个人站在南京路的南北两侧，用豆子来统计行人流量，最后发现，南边儿的客流量更大。于是，永安便在南京路南侧，买了一块地皮，与先施百货隔路相望。永安大楼还处在施工时，马应彪前去拜访，郭乐拿出一份图纸给他看，上面显示永安大楼的设计造型不如先施，马应彪心里窃喜。结果，脚手架和篱笆拆掉后，马应彪才发现上当了：永安的新楼雄伟大气，六层的建筑比先施还要高一层，楼顶更是有一个高耸的'绮云阁'，居高临下俯视着先施。两家随即展开了商业大战：永安的楼比先施高一层，先施便在1924年加盖两层；先施打造自己品牌的牙膏、雪花膏和花露水，永安便推出了可以记账的'折子'，此举顿时风靡整个上海的豪绅阶层……先施公司的马应彪岂愿甘拜下风？他又想起了新的点子：大胆起用女店员。公司刚开始人手不够，便贴出招聘女店员启事。可清末民初时的女性，深受'三从四德'影响，不愿抛头露面，结果一个月下来，都无人前来应聘。在此情形下，马应彪的妻子霍庆棠，冲破旧意识，敢为天下先，挺身而出，做出一个惊人的举动：第一个当起了女售货员！在她的带动下，终于有女性前来应聘售货员啦！马应彪将招募的女青年加以训练。顾客纷纷前来，生意自然兴隆。永安得知先施的新点子后，索性组织起一支服装模特队，每天在商场内表演，吸引顾客纷纷前来围观……这厢还没决出胜负，那厢又冒出新的玩家。1923年，发明'黄豆选址法'的先施百货高管黄焕南和先施经理刘锡基等人自立门户，联合当地华侨，筹资300万元创办新新百货，于1926年开业。新新百货的店址也选在南京路，楼高七层，夏季开放冷气，很快就能跟另外两家分庭抗礼。去年，也就是1936年，第四家百货公司——大新百货也登陆上海，幕后老板仍然出身广东香山，是曾经与马应彪一起经营先施的蔡昌。大新选址位于南京路西藏路路口，整个楼竟高达十层，由华人建筑师设计，据说光盖就需要七年之久。一旦造好了，不仅配备有十八扇临街的大橱窗和全天候开放的空调，更是引进了两座轮带式自动扶梯，堪称全亚洲首创。可惜，可惜，我此刻没机会重返故里，也可能没机会等到那一天，能够前往十层高的大楼去观光一番啦！"

老潘顿了顿，接着说："1927年7月7日这一天，既是我结婚成家的日子，也是上海特别市正式成立的日子。外面有不少人，时常会将'上海特别市'和'上海县'混为一体，其实不是那么回事。上海特别市虽然繁华，可面积范围不是很大，并且还和上海县是分开的——上海县归江苏的松江管辖。扯谈这些，有多大意义呢？关键是，好端端的大上海，就这样不明不白地落入日本鬼子的手中。"

老潘叹了一口气，又接着说："中国人也不是好欺负的！谢晋元这个汉子，大伙儿可能都不知道，可上海本地人几乎没有不知道的，因为他是国军的团长，更是一位英雄！在淞沪会战中，他亲自率领'八百壮士'，死守上海四行仓库，鼓舞了人们的抗战热情。后来，谢晋元团撤出四行仓库已经十天了，可还有一支中国军队，仍在与日军进行血战。他们是谁呢？原来是杜月笙的青帮所组成的苏浙别动队。这是一支一万人的临时抗日队伍，队员们个个手持短枪，在上海南市、徐家汇、浦东等地，通过巷战、破坏道路，节节阻击日军，为国军撤离赢得了宝贵时间。据说，整个淞沪会战期间，别动队阵亡的兄弟共有两千多名，受伤的有五千多人。唉！报国无须问出身。在踏上战场前，他们可能是地痞，也可能是流氓，然国难当头，在民族大义面前，他们和谢晋元一样，也是英雄，更是为国而战的热血男儿。这样的事情还多得很！上海的胡阿毛正是其中的一位。胡阿毛是谁呀？又干

过什么惊天动地的大事？刚才有人在好奇地发问，姑且让我一一
说来：胡阿毛还不到二十岁时，就成了上海的一名卡车司机，这
可是令人羡慕的一项工作！然而，一行有一行的不易，往码头
开车送货，就得交'地皮费'给码头的帮派。胡阿毛常年送货，
时间长了，也就认识了帮派老大王亚樵。被称为'九爷'的王亚
樵，既是个狠角色，又为人仗义，一来二去，竟和生性耿直、敢
作敢为的胡阿毛成了好朋友。1932年，日军发起了'一·二八事
变'，中国人奋起反抗，王亚樵组织了'淞沪抗日义勇军'，主
要是支援抗战在前线的第十九军，给他们运送物资。得知这一消
息的胡阿毛，毅然决然加入了运输队；不幸的是，运输队的任务
还没有来得及实施，他就被日军抓走了——原来是日军缺少汽车
司机，而恰好在胡阿毛身上，搜出了驾驶证——在日军驻地关了
一夜后，一个翻译告诉他，只要把'好东西'运送到大公纱厂，
就可以获得酬劳。一开始，胡阿毛还没搞清楚到底是什么'好东
西'，直到他走到汽车旁边，几个抬箱子的日军不小心打翻了一
个箱子，里面的东西露了出来，他才知道，所谓的'好东西'，
居然是军火！在日军刺刀的紧紧威逼下，胡阿毛一时没有办法，
被赶着上了驾驶座，四个日本鬼子也跟他一道上了车。满心戒备
的胡阿毛，虽想抗争，又一时无措，因为他知道，有黑洞洞的枪
口正抵在他身后。这时，他想起在参加义勇军时，好友王亚樵所
说的话，'中国人要有骨气，宁死不当亡国奴'。而这批军火是
送往日军前线的，那不就是打中国军人的吗？眼看着黄浦江到
了，大公纱厂也要到了，胡阿毛瞄了一眼后面坐着的日军，猛然
打起方向盘，让飞速行驶的汽车，一下撞断铁栏杆，然后一头扎
入滔滔的黄浦江中。"

"噢——"一帮来自上江的"难兄难弟"，不觉发出一阵惊叹声，有的只顾张大嘴巴，甚至连吞进嘴里的食物都忘了咀嚼。

　　"我说的不是故事，而是真人真事，因为我在大公纱厂当过工人。"老潘试图做一番解释，可显得有点多余，因为有人很快打断了他的话："老潘，你不用解释，我第一个相信你。"

　　说这话的，当然是陈大勇。

　　"大勇相信你，我当然也相信你。"有人表态道。

　　"是呀，我们都会相信你的。"其他人应和道。

　　"谢谢诸位信任！让阿拉把尾声说完。"老潘呵呵笑了笑，继续普及道，"胡阿毛带四个日本兵和一车的军火，葬身黄浦江，壮烈牺牲。一时间，普普通通的卡车司机胡阿毛的故事，响彻整个上海，轰动大江南北。难道……你们真的没有听过？"

　　"唉，我们在这个洲上，孤陋寡闻，你就不要取笑。还有什么新闻，尽管说吧！"说这话的，是伙夫老人。

　　"当时，还有人借讽刺胡适来歌颂胡阿毛。"老潘果然又说了起来，"胡适是个文人，名气虽然挺大，但在抗战态度上，显得消极悲观。为此，有一位名叫陶行知的同学，没少批评过他。怎么批评的呢？当时，在美国宣传中国抗战的陶行知，得知上海司机胡阿毛的爱国举措，在一次演讲结束后，特意创作了这样一首打油诗：'一·二八'日子好/中国车夫是好佬/恭喜胡家出好汉/不是胡适是阿毛！听，你们听，这就是诗，诗也可以这么去写。可叹！可叹哟！作为一介市民，作为七尺男儿，作为堂堂的汉子，本人只能携带一家老小，离开大上海，千辛万苦地逃难到一片芦柴滩，以后是死是活，谁能说得清呢？唉——"

　　一直埋头扒饭的老徐，显然被老潘发出的沉重叹息声所打动。于是，他按捺不住内心的忧伤，将自己在上江芜湖的所见所闻甚至所感，一股脑儿地倒了出来。

醉汉·扒手·老徐

那时，淞沪会战已经结束。虽然中国军队与日军拼死作战了三个月，可地处下江的上海最终还是沦陷了。于是，一批又一批难民，纷纷往上江方向逃命。如此一来，除少数市民乘飞机前往苏州、无锡一带试图投亲靠友，长江的江面上，十多艘大轮便成为运输的主要工具。

这一天，有艘高高悬挂"米"字旗的英商"怡和"轮，满载一船难民，正准备前往上江武汉；没想到，它刚抵达芜湖码头，便遭到四架日机的狂轰滥炸。

大轮很快被炸沉，船上一千多人几乎幸存无几。

而接下来两天时间里，又是日军飞机的轮番轰炸。这么一炸，使人口还不到二十万的芜湖城，很快成为一座死城。

有路可逃的市民纷纷逃走了。

驻守在城里的国军开到郊外了。

江河芦荡内，几乎所有的大小船只，都被国军奉命拉走，说是用于战事。

县长和专员见状，也不得不弃城离去……

不知去何处才能保住性命的，除穷人外，还有一些搬不走货物的商人。他们只好躲藏在某个满目疮痍的城市角落，眼睁睁地等待着不可预测的命运。

有个姓李的大户人家，在市区长街的陡门巷口处开设了一个大典铺，正好被日机扔下的燃烧弹所击中。于是，眼睁睁地看着铺子里存放的各种衣物化为灰烬。

一向以库存药材充足著称的张恒春国药店，库房里堆放的燕窝、银耳、别直参、鹿茸、羚羊角等多种营养食材，同样在顷刻之间被毁，而且偌大的店铺，也被焚烧一半。

须知，能在这条街上开设店铺的，可不是一般意义上的市民呦！而是大富、特富，富得冒油的角色。这从门墙梁柱都是木结构，上面雕有龙飞凤舞之类的造型就能看出；至于每户都有一座深宅大院，就更不用再提。

很显然，这一带是富人区，也是商业区：街北的店铺，从长街一直延伸到二街；街南的店铺，又从长街一直延伸到河边。一眼望去，格外气派，又深不可测。然而，好看是好看，气派归气派，可一旦遇到意想不到的火灾，麻烦也就接踵而至：幽远深邃的巷子，已乱成一团了，哪里还有时间去考虑"远水救不了近火"之类的闲事？更何况，这火还不是一般意义上的火苗，而是飞机从空中扔下炸弹导致的，还有一枚又一枚无情的燃烧弹引发的，你有什么办法去灌水浇灭？又有什么理由不夹着尾巴仓皇逃命？县长、专员都逃之夭夭了，国军长官也下达了弃城的命令。要知道，这些人平时都不敢轻易怠慢这条街上的店主！有时碰到了，还得毕恭毕敬、敬畏三分哩！因为这些店铺的真正主人，一旦讲出来，会让人吓了一跳：

"哎哟，鄙人有眼无珠，店铺主人还是我顶头上司的上司哩！"

"噢，想不到，长官的家父，原来在这条街上还有好几家实体，鄙人没理由不多加关照……"

恭维的话虽是这么说的，不就是上下嘴皮子轻轻一碰的事儿？可一旦碰到敌机的疯狂轰炸，那些话就变成空话、废话，甚至屁话，没有一丝一毫的益处。

"敌机一旦对芜湖实施滥炸，也就预示着日军正在逐步逼近，很快就会占领这座小城。"有一个从上海那边逃过一劫的难民，用十分老到的语气说。

"蒋介石在南京的老窝，估计也快守不住啦！"另一个人跟着说。

"要是逃跑起来，我敢打赌，蒋介石会比任何军人都溜得快。"第三个人话音刚落，就有一个难民在他不远处，一头栽倒在地……

日机的轰炸仍在继续，大地震颤不已。

燃烧弹此起彼伏，伴随着一处又一处的火海。

此时，夜色已开始降临，可这座小城，无疑又成为不眠之城。

若站在远处，有一块硕大无比的"当"字牌匾，白底黑字，清晰可见。

哦，那不是位于陡门巷口的李家大典铺吗？多么可惜哟！那高高竖立的牌匾，在熊熊烈焰中，先是傲然挺立，随之摇头摆尾，最后一头葬身于火海……

对岸沿河的水面上，呈现的是另一番"景象"：自河的东面到河的西面，俨然是一条火龙的倒影，又像是一条璀璨的街市，微风轻拂，水波不兴。吹过来的江风，若再大一些，水面的倒影便会在涟漪中摇曳生姿，晃动不定。其场面，不知不觉会让人想起一个特殊的日子——"鬼节"。

往年，每逢农历七月十五，夜色开始降临的时候，人们会争先恐后地跑到水边放河灯。那种静穆，那种肃然，那种惊喜，那种期待，多种因素交织在一块所形成的氛围，总会令人久久难忘。

今晚的水边，虽难得能够见到人影，可无形的氛围却依然存在，并比以往任何一年都来得炽烈，来得令人揪心。

是什么导致的？

当然是熊熊燃烧的火焰！

只见枕河而置的一长排豪宅，此刻都在默默而又执着地燃烧，景观倒映在水中，真的像是一条火龙，或是一条明亮的街市。可这种倒映在水中的奇特景观渐渐被打乱，因为有条小船自不远处缓缓驶来。

那是一只正在漏水的小划子，一家五口人待在上面，有的撑船，有的划桨，有的则埋头忙着从船舱底部一盆接一盆地往外舀水。

河岸另一边，有个衣衫褴褛的中年男子，走路一颠一跛的，显然是个瘸子。人们不知道他究竟叫什么名字，只晓得他姓赵，手上每天都拎着一个晃里晃荡的酒瓶，随时随地会咪上一口。于是，有人就将"赵醉汉"这个相对体面的名字送给了他，而他似乎也乐意接受。倘若有人不这么叫他，而是喊他"赵醉鬼""赵跛子"或"赵瘸子"，他要么眼睛一瞪，将手中的酒瓶朝上一举，做出要砸对方的样子；要么撸起袖子，做起和对方拼个你死我活的姿势。

此刻，赵醉汉跛着脚，摇头晃脑地跟着小划子，并和划桨的船主打起趣来。

"喂，老徐，你要去哪儿？"

"逃命呗！"老徐急慌慌地答道。

"可有好的去处？"

"逃往下江行吗？"

"下江大得很，具体指哪儿？"

"国民首都南京。"

"嗨，莫非指望能得到蒋介石的保护？"

"下江可能比上江要稳妥些。"

"你这家伙，是不是……想去找死？"

"为什么这么说？！"

"听说首都被敌机轰炸得更惨！"

"那就往上江逃。"

"上江……也大得很。"

"走一步瞧一步。"

"想去铜陵？"

"铜陵无法躲，就去对面的枞阳。"

"我看行不通。"

"枞阳无法待，就去上游的安庆。"

"我看也危险。"

"安庆待不了，就去更远的武汉。"

"莫非你想……山穷水尽，柳暗花明？"

"可总得寻条活路呀！"

"哈哈，老徐，你以为正在漏水的那条破船，是铁家伙吗？"

"人不死，船就在！"

"说不定没到铜陵，就葬身江底啦！"

"赵……醉汉，积点口德好不好？我平时可没得罪你。"

"我说的是实话。"

"那你说，该怎么办？"

"像我这样，待在原处。生死有命，管他哩！"

赵醉汉说到这儿，不觉亮开粗犷的嗓门，肆无忌惮地吼了起来：

小时随爷爷四处跑，

去过下江闯上江；

如今父母尸骨寒，

只剩我一人乐呵呵，

乐呵呵呀，乐呵呵……

离赵醉汉几步远的地方，是个"三只手"：十三四岁的模样，个子高挑，皮肤黝黑，长得瘦骨嶙峋，尤其是乱七八糟的头发，好像从未洗过似的。像赵醉汉一样，人们也不知道他究竟叫什么名字，只晓得他姓钱，小时候就跟在一帮人后面，要么去火车站，要么去轮船码头等热闹场所，学着当起了"三只手"。所以，"钱扒手"不知不觉就被人叫开了。后来，那帮人大概嫌当扒手不过瘾，纷纷改当土匪去了，而他嗓子眼像是拉风箱似的，整天"呼呼"作响；流起清鼻涕来，更像是扯不断的面条，怎么能胜任新的行当？当过扒手又干过土匪的赵醉汉，自从右腿被人打瘸后，就和钱扒手待在一起，相依为命。时间一长，两人无话不谈，并且还互认了"干儿子"和"干爸"。有一次，"干儿子"一本正经地叫了声"干爸",并说道:"等我身体长得强壮了,我也想去当土匪。"

"为什么呀?"

"好孝敬你!"

"我只是好酒,其他无所谓。"赵醉汉不禁"嘿嘿"一笑。

"那什么酒最好呢?"

"呃?大概是琼浆玉液!"

"好在什么地方?"

"据说喝了它,人会成仙。"

"那我真的当了土匪,就专门去有钱人家偷这种好酒。"

"好啊,好啊,万一我成仙了,也会带你一道。不过……"赵醉汉再次"嘿嘿"一笑。

"干爸,你想要说什么?"

"我想说的是,你小子如果真的当了土匪,我不会指责,也不会瞧不起你。可要记住,入那个行当,必须遵守'八不抢'的规矩。"

"哪'八不抢'呢?"

见对方问得十分诚恳,赵醉汉果然一五一十地给他列了出来:

一、瞎子聋子不抢;

二、节妇孝子不抢;

三、寡妇独子不抢;

四、婚丧嫁娶不抢;

五、婊子老鸨不抢;

六、学生苦力不抢；

七、先生郎中不抢；

八、清官还乡不抢。

"干儿子"听后，不禁微微点了点头。

此刻，听到"干爸"的吼叫声，"干儿子"冲着河中央的那条小划子，也胡乱地吼叫起来：

天上的星星地上的人哟，

多一个少一个都无所谓。

往后谁敢冲我叫"钱扒手"，

老子会咒他全家被炸光……

只顾划桨的老徐，哪有闲工夫理会岸上一老一少的吼叫，他只希望尽快将小船驶出内河。

这条内河就连着长江。

至江湾口时，老徐用橹桨将小划子往一边使劲地拐着。

等船渐渐出了湾口，他在一阵手忙脚乱中，居然扯起了一张布帆。

很显然，他带着家人顺流而下，前往下江。

"祝你乘风破浪！"

"祝你永不回头！"

一直跟随到江边的一对"父子"，冲着渐渐离去的帆影，居然拖着长长的声调，不约而同地打起了最后的招呼。

老徐听到后，竟莫名其妙地有些感动，便转过身来，伸出右手，朝他俩使劲地招了招。可就在转身的那一刻，他突然发现：原来，白天敌机在江边上空轮番轰炸后，许多茅草屋已被烧成灰烬；而来不及砍割的芦柴，更是被烧得一塌糊涂。

"干爸！"

"哎！"

"这样也好哎！"

"好什么呀？"

"芦柴滩还热乎乎的，人正好可以躺在上面睡个好觉。"

"噢，也是，说不定比躺在破棉絮上还要暖和。"

"那我们今晚就睡在江边。"

"最好能找个窝风的地方……"

这对"父子"时高时低的对话声，让逃难中的老徐仍能听到。

……

老徐说不下去了，或者是不愿再往下去说了。吃过午饭，他和老潘、陈大勇有些恋恋不舍地离开了那帮"难兄难弟"。

伙夫老人·两儿子·涂船主

"南京被日军占领后，整个城市，从早到晚都是逃难的市民。日本鬼子见人就捅，见头就砍，见有姿色的女人就抢……血泊中的尸体、头颅、残体断肢随处可见。假如堆在一块，比一座山峰还高！"有从城里逃到八卦洲避难的市民说。

"下关的草鞋峡知道吗？有个国军，刚从那儿死里逃生。因为日本鬼子入城后，先是将一大批退却的国军以及难民，囚禁在幕府山下的一个村庄里，不供饭吃，不给水喝，还不让盖被子，任凭男女老幼饿死冻死。没有死去的，全用铅线捆扎起来，捆成一个有几里长的队伍，驱赶到江边的草鞋峡，用几挺机枪对他们进行扫射。血泊中，还在呻吟挣扎的，就被乱刀砍死，接着将一桶接一桶汽油浇在尸首上，进行焚烧，然后抛到江中。那个当兵的还算命大，趁混乱中，将绑扎的铅线挣脱开来，假装死掉，并拖一具尸体盖在身上。之后，游呀游，游到八卦洲，才得以脱险。"有个在洲上以捕鱼为生的渔民说。

"噢，难怪昨天，我的网里居然接连扳到四个死尸！原来，它们是从上游的草鞋峡顺流而下漂过来的。"有个常年在江边扳大罾的洲民说。

"四个尸体算什么？今天一大早，我就随一帮人替一户人家到江面布撒大网。收网过程中，我们都觉得这一网怪沉的。可没想到，大网渐渐收拢后，里面的鱼并不多，多的竟是一连串尸体。唉，惨不忍睹！"

……

这一天，伙夫老人听到以上消息，放心不下了。中午吃饭的时候，他将两个砍芦柴的儿子拉到一边，突然嚷道："我要回去一趟。"

"什么？"老大兴仁听了，脸上满是惊讶。

"我要回去一趟。"伙夫老人重复道。

"你一个人回去，我怎能放心？"老二兴义说。

"让我陪你一道回去。"这是兴仁的声音。

"不，让我陪大大回去！"这是兴义的声音。

......

"谁都不用陪！"伙夫老人提高嗓门，近乎吼道，"你俩就老老实实地待在洲上，替大户人家砍芦柴挣钱。没钱喝西北风啊？没钱还想让孩子进学堂念书呀？老家若是没事，我就尽快返回八卦洲。"

"可毕竟有一百多公里的路程！"

"我没那么精贵！这点路程算什么？能搭火车就搭火车。"

"可宁芜铁路有一段不通了。"

"为什么？"

"听人说，被敌机扔下的炸弹给炸断了。"

"那我还有两条腿。"

"天上随时会有敌机！难道你不晓得，上个礼拜，洲上有户人家的船只装满了芦柴，正要运到城里去卖。没想到，船正要停靠在上元门码头，就被敌机扔下的炸弹给击中。结果，满满一船的芦柴被烧得精光不说，船也被炸毁了，船上有个来自无为的雇工，也被烧得半死不活。"

"唉，要怪就怪那个人命不好。"

"再说，路上说不定还会撞见日本鬼子。"

"撞见怎么啦？我一个糟老头子，能值几个钱？"

"大大，你这么一说，我就更加放心不下了！"

"没事的。我不放心的是，芜湖被敌机轰炸了，江北古水镇一带会不会受到影响？"

"那个鸟不拉屎、鬼不生蛋的地方，值得日本鬼子扔炸弹吗？"

"是呀，我也这么认为。"兴仁望着说个不停的兴义，也跟了一句。

"可老三兴宁毕竟还没成家。万一老家那边出了什么事，我实在放心不下。"

听伙夫老人这么一说，兴仁和兴义只好不再反对，而是围绕"该怎么回去"这一问题，展开新一轮的讨论。

要是在以往，从下江回一趟上江，他们一般会从八卦洲的南面过江，乘火车前往芜湖，然后再坐摆渡船过江，回到老家石磨王，可这次显然不大可能。这么一想，父子三人一番争论后，总算达成共识，并一致认为，从江北的浦口赶回去，最好能够乘上汽车。

迫在眉睫，说走就走。

午后时分，兴仁和兴义好不容易在洲上找到一条空闲的小木船，并和姓涂的船主谈妥了费用。因为不大放心，两个儿子都上了船，说是为父亲送行一段。

江北的浦口，也有个火车站。兴仁率先上岸后，本打算就在那儿和他父亲分手告别，可当路过时，发现候车室里是黑压压的人群：有的横七竖八地躺在地面上，有的拥挤不堪地坐在一张长椅子上，但更多的是神情恍惚、心神不定的站立者。这些人，是从哪儿来的？又要去哪儿？父子俩一打听，便很快得知，他们是从已落入日军手中的南京城逃难过来的……兴仁不再忙于打听，而是一把拽住他父亲的胳膊，朝江边走着。

"兴仁，你想干什么呀？"伙夫老人一边不情愿地往江边方向走着，一边不解地问。

"我想用船再送你一程。"

"胡说！"

"就这么让你一人赶回上江，我实在于心不忍！"

"喊，啰唆什么！这条路，我熟得很……"

见两人在岸上吵架般地争个不休，兴义很快从船上跳下来，和兴仁一道，不由分说将他们的父亲一左一右架进船舱，然后吩咐船主，往上游方向再行一段。

"拿钱不当钱，一对败家子！"

"辛辛苦苦替别人砍芦柴，一天能挣几个钱？"

"这样你俩就快活啦？"

……

兴仁和兴义像是没听见他们父亲的絮絮叨叨，依然一左一右地按着他，似乎生怕一不小心，会让对方猛地蹿出船舱，一头钻进江里逃掉。倒是那位长得精瘦精瘦的涂船主，乐呵呵地冲着伙夫老人安慰道："这是你俩儿子的一片孝心，怎能骂他们是败家子呢？"

"不是败家子是什么？血汗挣来的辛苦钱，得用在刀刃上才对！"

"他们没把钱用在刀刃上，那用在什么地方？"

"用在刀柄上啦！"

涂船主听了，不禁哈哈大笑："你一人要赶夜路，又逢兵荒马乱，做儿子的在你身上花点小钱，怎么就成了用在刀柄上？"

"你这家伙，是不是在故意气我？快点让我回到岸上！"

"只要你儿子同意，我立马就让你上岸。"

"要知道，你手上的桨每划一下，相当于在我身上割一块肉哩！"

"呃？不至于吧！"

“那你告诉我，划船费得付多少钱？”

“问你家儿子吧！”

涂船主说到这儿，像是生气一般，划桨的动作不知不觉变得迟缓下来。最后，他索性不划了，任凭小船在江面打起了圈圈。

“大大，你怎能不问青红皂白就得罪好人？”

“兴义，别用古怪的眼光盯着我！我说错了什么？”

“你冤枉好人啦！”

“冤枉好人？”

“要知道，人家是在帮衬我们。”

“怎么回事？”

“就在刚才，你和兴仁在岸上争吵不休时，我和船主做了商量。”

“商量什么？”

“商量能不能用船再送你一程。”

“结果呢？”

“人家同意了。”

“同意归同意，关键是……费用多少？”

“人家答应，只收原先商定好的过江费。”

“啊？！”

“也就是说，从浦口一直划到现在，人家是在免费送你。”

伙夫老人听到这儿，有点惭愧地垂下头来，随后又冲着一左一右仍按着他肩膀不放的兴仁和兴义嚷道：“别像押送犯人一样押我，让我向人家赔礼道歉。”

“赔礼道歉就算啦！我也是个无为人。”涂船主摆摆手，又重新划起桨来，只不过，他刚才做摆手动作所空出的那支木桨，及时被钻出船舱的兴仁抢在手上，并配合另一支桨，轻轻松松地划了起来。

"你在无为什么地方？"伙夫老人好奇地问。

"汉泥镇。"

"哦，那儿离我们古水镇近得很。"

"唉，也不知道那儿有没有被敌机扔下的炸弹轰炸过。"

"我正是放心不下，才要回去一趟。"

"那边还有家人吗？"

"嗯，多得很！有我'烧锅的'，还有两个儿媳、一个未成婚的小三子、一堆孙儿孙女！"

"嗬，不简单！难怪你带着老大和老二来下江苦钱，原来有儿孙满堂这一动力！"

"说得不错！你呢？"

"我？光棍一个，身边只有双眼失明的老母亲。"

"那你为什么要来八卦洲？"

听伙夫老人这么一问，涂船主不觉顿了顿，然后一边划着单桨，一边哼唱起来：

我今年不过四十五，
点的灯儿却数不尽。
清朝时点的是盏豆油灯，
娘在灯下搅糠糊。
听到空腹咕噜咕噜叫，
只好将脖儿不断往前伸。

民国时点的是蜡烛灯，
老父惨死没钱来安葬。
坐在灯旁的老母亲，
泪水止不住往下流，
直到将自己哭成双眼瞎。

‘蒋该死’南京来定都，
那年我不过十岁多。
富户能点美孚灯，
穷家只得风当扫帚月当灯。

可怜我兄长被抓走，
抓走无奈当壮丁，
是死是活说不清。
几年后那帮狗腿子，
又将爪牙伸过来。
没办法呀，没办法！
我只能携母划船来下江……

"噢，原来是为了逃抓壮丁，才来八卦洲的？"
"嗯。"
"那……八卦洲这地方好吗？"
"好个屁！"涂船主冲着问话的伙夫老人呵呵一笑。似乎为了证明自己不是在扯谎，他再次哼唱起来：

八卦洲，八卦洲，

十年其实九不收。

小菜稀饭难糊口，

一吹三条浪，

一吸九条沟。

要不是萝卜干打着坝，

一直会滴到屁股沟。

"有点意思。"

"哈哈哈哈！"

笑过之后，伙夫老人居然也跟着哼唱起来：

八卦洲，八卦洲，

一条裤子九条沟。

养女儿不嫁八卦洲，

十冬腊月要下柴洲。

正二三月娘家必须回，

舍不得芦蒿和马兰头。

哼唱到这儿，两人不觉发出一阵古怪的笑声。

笑过之后，伙夫老人冲着涂船主，一本正经地说："你要知道，天下乌鸦一般黑。"

"谁说不是呢？"涂船主也不苟言笑地回道，"日本鬼子在南京的胡作非为就不提了。单说八卦洲那些大大小小的恶霸，他们连洲上一草一木都要占为己有。这样一来，洲上的垦民，别说砍芦柴，就连割草卖点钱，也要购买他们发行的草票，否则就得挨打受罚。"

"是不是八卦洲离国民党的老窝太近，各种为非作歹的事儿都会发生？"一直没有吱声的兴义，此时忍不住插了一句。

"嗯，你说得有道理。"涂船主认同道。

"那些恶霸，还做了哪些见不得人的丑事？"兴仁望了涂船主一眼，也虚心请教起来。

"多着哩！不信的话，我就说给你兄弟俩听听。"涂船主果然有板有眼地罗列起来，"洲上有个姓萧的恶霸，手脚伸得比谁都长，还用低价的手段，强行收购柴民的鱼、虾、螃蟹、菱、藕等农副产品，然后提高价格转卖出去。我记得很清楚，洲上有个姓孙的无为人，以打鱼为生，可每次到萧月波那儿卖鱼，只能卖到市价的一半，有时还拿不到现钱。还有一个姓蒋的无为人，辛辛苦苦才捕到一批鱼，却被萧月波的打手给抢走了。姓蒋的男子显然不甘心，就上门要钱。萧恶霸得知后，先让一帮打手将姓蒋的捆起来，吊在树上一顿毒打，然后手持一把寒光闪闪的刀子，气势汹汹地嚷道：'你这个无为来的穷小子，以后胆敢过来要什么钞票，老子就用这把快刀，一片一片割下你身上的肉，喂给看门的狗吃！'姓蒋的男子被松绑后，二话没说，掉头就逃。第二天一大早，天还没有亮透，他就带着家人，划着渔船，到不知什么地方去捕鱼糊口了。"

"萧恶霸真该死！"

"那家伙简直不是人！"

兄弟俩忿忿不平地分别骂了一句，以示解恨。

骂过之后，兴义忽然想起了什么，便钻出船舱，要替代涂船主划会儿桨。"你歇会儿,让我来划。"他彬彬有礼地说。

"兄弟,我不累。"船主也客客气气地回敬道。

"船主,你歇会儿,就让他们兄弟俩去划。"这显然是伙夫老人的劝告声。

"我敢说,即使兄弟俩齐心协力,联手划桨,也不一定划得比我快。"

"嗯,这可不是谎话,因为你是内行人,又是这方面专家!"

"多谢抬举!多谢抬举!"涂船主冲着伙夫老人,美滋滋地做了个作揖动作,便将手上的单桨划得更快更稳。

兴义见状,只好替兴仁摇起桨来。

"吸烟吗?"伙夫老人这时从口袋里摸出一包整烟,欲递给船主,可对方直摇头说:"我不会吸烟。"

"那就……继续讲故事。"

"好嘞,类似的怪事多得很。"涂船主抬起右臂,动作飞快地擦了擦满脸的汗珠。

"这不是故事,而是真人真事。"他不厌其烦地接着说,"洲上有个姓郑的无为人,因为经商,手头渐渐变得宽裕起来。萧恶霸得知后,在一个月黑风高的晚上,竟派几个手下闯入对方家中,将煤油浇在姓郑的身上,活活给烧死了。之后,一帮畜生还糟蹋了姓郑的女人……"

"畜生不如的家伙!蒋介石一点也不管吗?"

"呔!他才不管。"

"噢,难怪老百姓都叫他'蒋该死'!"

"还有,还有呢——"涂船主变得有些急不可待了,"就在前天，洲上有个姓李的酒商，好不容易从上江芜湖，运来了一批白酒。当时，日本鬼子已经占领南京，白酒的价格一下子被外界抬得老高。萧恶霸为了劫酒，就带人全副武装地守候在江边，包围了那条运酒的船只，并将姓李的酒商拖进附近一个小庙里，活活给弄死。之后，萧恶霸还搜走死者身上的一些现洋，才派人去处理尸体。怎么处理法呢？你们父子三人可能不知道：八卦洲的西面，有一大片杂草丛生的坟地，新坟压着旧坟，至少有上万人的孤魂游荡在那儿。做贼心虚的萧恶霸，怕被洲上其他人看到，便手一挥，让手下将尸体抛进江里，说是喂养江鱼和王八，也算是做了一桩善事。你们听听，这话是人说的吗？"

"唉，狗嘴里吐不出象牙来。"伙夫老人感叹道。

"伙计，你是怎么知道的呢？"待在船舱的兴仁，有点不解地问。

"问得好，伙计！"船主冲着兴仁，赞许了一句，并解释道，"当时，我在江边下完滚沟后，正蹲在离小庙不过二十米的一片浓密芦柴丛里。"

"你蹲在那儿干什么？"

"肚子痛，要大便。"

"大便……拉出来了吗？"

"已到了屁股门，就是不敢轻易拉出。"

"为什么？"

"没什么好问的。伙计哎！你想想，一旦拉出，臭味会飘到下风处。那帮家伙嗅到了，定会将我抓住，杀人灭口；或用绳子把我手脚捆住，然后不管三七二十一，扔到江里去喂王八。"

"可是……可是……"兴仁问到这儿，竟有点像热锅上的蚂蚁，在船舱里站也不是，坐也不是，蹲也不是。

"伙计，我知道，你是在替我着急。"

"是啊，是啊！俗话说得好，吃饭放屁，天经地义。更何况，要解……大便！"没想到，正埋头划桨的兴义，将话题抢了过去。

"兄弟，你说得没错。"船主瞥了兴义一眼，"可为了留条小命，只得忍，拼命地忍，忍不住也得忍，甚至连同样憋不住的响屁也不敢轻易放出！"

"那……后来呢？"

"后来，那泡大便……只好拉在裤裆里。"

兴义听到这儿，因为笑得前仰后合，身子差点一歪，险些落到江里。

另外三人见了，又是一阵大笑。

笑过之后，涂船主言归正传道："喏，你们看，左边就是江心洲。再往前划，就是子母洲；再往前划，就是新济洲；再往前划，就是再生洲；再往前划，就是上江与下江的交界处——和县；和县的南面，就是马鞍山。"

"哦，不知不觉居然划了这么远。"伙夫老人感叹道。

"要不是担心小棚里的老母亲，我会再送你一程。"

"谢啦，谢啦！前面正好有个野渡，麻烦让我上岸。"

这回，船上没有发生争执，小船总算停靠在岸边。

临分手时，伙夫老人从肩上布袋里，掏出一只煮熟的大山芋递给了船主。大概实在饿了，船主将它接了过去，二话没说就在上面毫不客气地啃了一大口。

伙夫老人又从布袋里摸出两只鸡蛋大的熟土豆，让兴仁和兴义也填填肚子，可两人死活都不愿去接："大大，这可是你路上充饥的伙食，留着慢慢吃吧！"

听俩儿子这么一说，伙夫老人不再拉扯。

太阳已经西斜，好在返回的小船顺流而下。

站在野渡旁的伙夫老人，和涂船主又说了几句恋恋不舍的话，这才转身离去。

当夜，伙夫老人在和县荒郊野外的一个草垛旁，打了个盹，便朝无为方向继续赶路。

他没想到，此趟回去最大的收获，居然是一不小心撞见了未来的亲家公。

石匠·安康·救命船

罗天顺本没打算要过江避难的。

虽然他在芜湖城边好不容易有了三间像模像样的房屋，有一间墙壁被炸弹炸塌了，另一间屋顶则被炸出一个大窟窿；几样可怜的家具与衣被，也被炸得七零八落，散落在一丈远的路边……可所有这些，又有什么值得大惊小怪呢？隔壁就是专做死人生意的棺材铺。那儿人头攒动，抢购者不断。——因为又有一批市民在飞机轰炸时被炸中，倘若死者运气不错，还能给家人留下一具较为完整的尸体；运气不好的，则被炸得残体断头、缺胳膊少腿。虽然这样，可那些要么血肉模糊，要么被烤焦成黑乎乎的手脚胳臂，还是让家人弯下腰身，一一捡起，装入棺材。要知道，自古以来，有谁不希望死去的亲人能保佑家人平步青云、"升官发财"？可但凡是人，总有一死，由于棺材一般是木制的，所以，在"官"与"才"这两个字旁边，还分别加了个"木"字。当然，除农村一般选用柳树、松树、杉木、柏树等木料来做棺材外，城里的富贵人家，对这方面的讲究可谓到了极致：王侯将相为了显示自身的实力与"孝心"，要么不惜重金，去选用出自南方的珍稀楠木来做棺木；要么别出心裁，使用金、石、水晶、铜等高级材料做成寿材。而对穷得叮当响的人家来说，能有一张破芦席盖在尸首上，埋入浅坑，总比暴尸在荒郊野外、听凭狼狗相互撕咬要强得多。可此刻，隔壁那家专做寿材生意的店铺，不仅将"柳不上堂，死不睡杨"这样的禁忌抛诸脑后，而且连不耐腐烂的桦木、极易遭蚂蚁等虫类蛀坏的香樟"薄板"，也被抢得一干二净，以至这类木材都供不应求、无法应急。只有在这样的时候，富得冒油与一无所有之间，才能暂时回归平等。不远处，又有一家大户浓烟滚滚，火光冲天；被炸死的，由于没有棺木，尸体只好被家人用芦席或大麻袋一裹，就近挖个浅坑给埋掉。如此处理，虽迫不得已，可也算是生者对死者所尽的最后一份孝心。

好在罗天顺暂时没有这方面的忧虑：在飞机一轮又一轮轰炸中，他的家人居然安然无恙；再说，他两边的父母都先后过世，下面只有一个亲弟弟。他唯一担心的，正是这个亲弟弟。作为兄长，罗天顺一直想把这个娇生惯养的弟弟带上路，成个家。可对方到了该养活自己的年纪，不是嫌干这个活儿苦，就是嫌那个活儿赚不了几个钱，时间一长，便渐渐染上好吃懒做的恶习，以致早过了成家年龄，却一直未能结婚，终日和一帮混世魔王混在一起。作为兄长，罗天顺当然知道，牛不喝水强按头没用；牛过河扯尾巴也没用！就在房屋被炸成大窟窿的第二天晚上，"混世魔王"悄悄摸进家门，将罗天顺拉到一边，皮笑肉不笑地与他进行了一番对话：

"亲哥哥，日军很快就要进驻城里啦！"

"你这个混世魔王，最好别叫我什么亲哥。"

"混世魔王又咋的？难道不比难民强！"

"滚，给我滚蛋！要知道，这三间房子，一草一木都是我辛辛苦苦挣来的，不然你能从偏僻落后的乡下住进城里？"

"看在兄弟分上，本人才愿拉你一把。"

"拉什么？我有什么需要你拽拉的？好好管住你自己！"

"城里刚刚成立了治安会。"

"呃？"

"我有差事可干了！"

"什么差事？"

"比如，良民证的发放，必须先到治安会报到才行。"

"然后呢？"

"报过到的人，充任一段时间的伕子，就能拿到良民证。"

"伕子？"

"嗯，不是孔老夫子的'夫子'，而是指替日军卖苦力的人。"

"你……入治安会啦？"

"必需的！"

"这不是……狗腿子干的事吗？！"

"什么走狗呀，汉奸呀，卖国贼呀……不管别人怎么讲，本人不会介意的，只要活得轻松自在。"

"干这种缺德事，对得起祖宗八代？"

"管他八代还是十八代！我只认你这个亲哥。"

"好话我已苦口婆心地讲了不止一次，你若执迷不悟，我就不认你这个浑蛋！"

"亲哥啊，不瞒你说，如果你报名当了伕子，我会想办法让你干些轻松活，说不定还能让你当个小头目，不用干活，只需动动嘴巴，指挥指挥。"

"呸，呸呸！"

"还有，我的大侄女秀秀，快十八岁了吧，长得越来越好看。"

"你想在她身上打什么鬼主意？"

"城里不是要成立一个俱乐部吗？档次高得很，是专门为日军头目成立的。"

"你……"

"一般女孩子，别说长得歪瓜裂枣，就是生得还算体面，也不一定就能挤进俱乐部。"

"你……你……"

"你什么……你？好好琢磨琢磨吧！"

"混世魔王"说到这儿，便转身离去。

罗天顺气得眼冒金星，双目紧闭，差一点未能喘过气来。当缓缓睁开眼睛时，他发现门外居然有个不怀好意的家伙，正来回不停地踱着碎步；那家伙屁股后面，还挂着一把盒子枪，一晃一晃的。他不觉倒吸一口凉气，知道自己的弟弟已不可救药：他什么馊点子都能想得出，什么坏事情能干出来！于是，一个念头当即从脑海深处陡然升起——带家人尽快逃离。

逃到什么地方呢？不少难民都开始往南面逃跑了，因为那儿是山区，容易躲藏。可他不想选择那条线路：人多嘴杂，"混世魔王"想打听他，准能打听到；再说，他常去山区一带干活，当地不少人都认识他。"混世魔王"当然也知道这一点，只要对方顺藤摸瓜找到他，并送到新认的主子那儿邀功请赏，那么，一切就晚了。他不希望自己苦苦经营的家，毁在这个"灾星"手上。于是，他决定，带着家人逃到无亲无故的江北。

可逃往江北，必须有条船才行。他家有船吗？当然没有。江边好端端的码头，已被飞机扔下的炸弹炸得七零八落。那么，只能通过野渡。野渡口有人在摆渡吗？他不清楚。如果没有，他只能面朝江北，望之兴叹。可在月光朗照的江边，说不定还有人在悄悄捕鱼。如果真的能够碰到，就和对方商量商量有关摆渡的费用，无非多说些好话，尽量多给些摆渡费。可他能掏出多少费用呢？他的房屋已被炸出一个大窟窿了，藏在木箱里的一点存款，也被炸飞了。他只能将身上仅有的那点小钱，倾囊而出，当作摆渡费。他担心的是，非常时刻，炸弹和燃烧弹随时会落到船上，谁愿意为了几个小钱而不顾性命？究竟是钱重要还是命重要？虽是这么想，可他还是出了家门，到江边去碰碰运气。

一路上，有位好心人告诉他，平时做水上运输生意的老徐，刚才正在内河里，划着一条小划子，带着家人，急如星火地往江边方向逃去。他得知后，一口气跑到内河边，拼命往前追赶着。只可惜晚了一步，当气喘吁吁地追赶到江边，对方的小划子已出了江湾口。

"就像我和干儿子这样，待在城里，说不定不会死掉。"赵醉汉冲着罗天顺，忽然开口嚷道。

"我家房子，已被炸弹炸成大窟窿啦！"罗天顺哭笑不得，如实相告。

"炸个大窟窿？好玩好玩！"赵醉汉的干儿子在一旁拍起手来。

"我想打听一下，附近还有没有渔船？"罗天顺着急地问道。

赵醉汉摇摇头，一旁的干儿子也跟着晃了晃脑袋。

罗天顺实在不想跟眼前这对特殊的"父子"多啰唆什么，他想去别的地方再打听打听，谁知转身没走几步，便发现有个陌生男子，在月光下慌里慌张地寻找着什么，并伴有时高时低的哭喊声；待走上前去打听，才得知对方是在寻找他的母亲。

"我叫彭安康，在江边一家医院当工役。"男子看到罗天顺，便呜呜咽咽地诉说起来，"日军的飞机不光炸沉一艘大轮船，还炸死江边许多人，尚有一口气还没死的，被好心人运往医院进行抢救。唉，抢救又有多大用处呢？一个炸弹或燃烧弹随时都会了结任何人的性命。不信的话，就去现场看看：太平间早已堆满了尸体，过道也同样积尸成堆。寿材供不应求不说，连做棺材的木料也用完啦！医院所雇用的几个工役，因担心出去不安全，随时会有炸弹或燃烧弹落下来，便迟迟不敢到外面掩埋，最后只得在医院基地上，掘个大坑，一下子就埋掉几十具尸体。"

当工役的彭安康说到这儿，便"妈妈、妈妈"地哭喊起来。他说他父亲和弟弟去下江的八卦洲替人开垦荒地了，已有半年没有回来，只有他一人在家照料双眼失明的母亲。中午时分，因放心不下，他特意从医院溜了出来，划着自家的小船回去看望母亲。见草棚子还在，母亲也在，便划着小船，又去位于江边的医院干杂事了。谁知晚上回来，他的母亲不见了，用来栖居容身的草棚子也化为灰烬。

"噢，我以前也在那家医院干过杂事。"罗天顺说。

"该怎么称呼你呢？"

"就叫我老罗。"

"老罗，你家里……还好吗？"

"好个屁！好端端的三小间房子，一间被炸塌了，一间被炸弹钻了个大窟窿。"

"家人呢？"

"老天还算有眼，家人都还活着。"

"可我老妈不见了，呜……呜……"

"兄弟，先别哭，我俩分头找找看。"

"干儿子，我俩也不能袖手旁观！"赵醉汉趁机凑上前来，冲着身后的干儿子嚷道。

于是，四个人在月光下，开始朝不同的方位寻找开来。

"干儿子，找到了吗？"

"没有啊，干爸！"

"兄弟，你那边呢？"

"也没有呀！"彭安康"呜呜"地哭得更加伤心……

"哎呀，这儿有个人！"一个惊讶伴随声嘶力竭般的叫声突然响起。

那叫声，是不远处罗天顺发出的。

其他三人听到后，很快围拢过来，并在一处低洼的水沟里，看到一具不堪入目的尸体：死者的头发已被烧得精光，脸上的五官也被火烤得模糊不清。

"唔……老妈，老妈呀！你怎么被烧成这样？儿子对不起你哟……"彭安康一边哭喊着，一边将面目全非的尸体从水沟里抱了上来。

"小兄弟，下一步你该怎么办呢？"罗天顺问道。

"唉，入土为安吧！"站在一旁的赵醉汉，也身不由己地叹了口气。

彭安康像是没听见似的，将自己的外套脱了下来，然后默默盖在他母亲身上。

不远处，有时高时低的哭啼声传来，隐隐入耳。

"干爸，带我过去看看。"男孩说道。

"有什么好看的，不就是家毁人亡吗？"

"我想去看看！"

"夜里不怕做噩梦？"

"嗯，只看前面一户。"

"看过之后，我俩就离开芦柴滩。"

"芦柴滩上热乎乎的，今夜不在窝风处睡觉啦？"

"被炸死的人很多，阴气太重。"

"叫魂的人也一定不少。"

"嗯，看过一户就回城里，我俩找个更好的地方，保证能够一觉睡到天亮。"

"好哎！好哎！我听干爸的。"

"父子"俩嬉皮笑脸地说到这儿，便又朝一户哭啼声走去。

临走时，赵醉汉还不忘向彭安康抛下这么一副对联，作为临别赠言：

"面朝黄土背朝天，一身力气百身汗。"

似乎为了给对方留下更深印象，他还自创了一个横批：

"何苦来哉？！"

"唉，入土为安吧！"罗天顺见一老一小渐渐离去，不觉将赵醉汉先前说过的话，重复了一遍。

"老罗，我不忍心啊！"

"小兄弟，我也不忍心，可没办法。"

"草棚被烧成了灰，一草一木都不剩，可我需要一块薄板才行！"彭安康又哭喊起来。

"是不是让你母亲躺在薄板上，再入土为安，你心里就好受些？"罗天顺用同情的语气问道。

对方"嗯"了一声，并使劲点了点头。

"那好，我替你去想想办法。"说完，罗天顺掉头便走。

彭安康以为对方不过是找个借口脱身而已，因为一支烟的工夫不知不觉过去了，两支烟的工夫也过去了，三支烟的工夫仍不见对方影子……正当陷入雪上加霜的苦痛与迷茫时，罗天顺肩扛一块木板，手持一把铁锹，气喘吁吁地赶了过来。

那块木板，其实是罗天顺家的门板——由他从自家门窝里亲自取出来的。

"老罗，可不能……这样！"彭安康得知后，一把鼻涕一把泪地直摇头，做出一副不能接收门板的模样。

"嗨，家都无法待了，空留一扇大门又有屁用！"罗天顺放下门板与铁锹，用手抹了抹脸上的汗珠，满不在乎地回道。

彭安康听了，扑通一声，跪倒在地。

罗天顺连忙走上前去，将对方扶了起来。

"想不到，连挖坑需要的……铁锹，也替我……考虑到了。呜……呜呜……我算是……遇到了……好人！"

"都是上江人，抬头不见低头见。"

"可我不知……如何才能……答谢！"

"死者为大，入土为安吧！"

"我想……让我老妈在……门板上……躺一夜。"

"那你呢？"

"我就……跪在……老人身边，算是……为她守……一夜的灵。"

"明天，敌机飞过来了，又要轰炸怎么办呢？"

彭安康一时被问得哑口无言。

"日军要是一眨眼就占领芜湖城呢？"

彭安康被问得不知所措。

"要是你母亲知道自己不在人世了，可连入土都不得安宁，她会瞑目吗？"

彭安康被问得又哭了起来。

"再说，你父亲和弟弟若是从下江突然回来，知道这件事，他们会认为你的守灵，是一种孝心吗？"

彭安康这回被问得呼天抢地，捶胸顿足，像个还不大懂事的孩子。

"兄弟，不用再哭了，趁月光很好，此刻江面又风平浪静，我们一道来挖个坑。"

这回，彭安康无可奈何地点起头来。

那么，坑挖在什么地方呢？

"草棚子原本是我的家，现在，家没了，我妈的坟墓就放在原来的住处。"彭安康抹去脸上的泪水，总算说了句连贯的话。

于是，在那间草棚已化为灰烬的废墟上，一个面朝下江的坟头，在月光下悄然隆起。

"唉，好心人，为什么要这样帮我？"

"都是上江人。"

"我还不知道你的全名。"

"没关系，就叫我老罗。"

"嗯，好人自有好报！"

"你母亲已不在了，你有什么打算？"

"当然去下江的洲上，找我父亲和弟弟。"

"外面在打仗，一路要小心。"

"我不会选陆路，我有一只小船，只能走水路。"

"小船不都被国军征用了吗？"

"是啊，可我家那只小木船，正好被医院留用，专门去江面上负责打捞。我不想在医院干了，要去下江找亲人。你呢？"

罗天顺沉吟片刻，这才将要去江北避难却无船过江的焦虑说了出来，但对家中出了个"混世魔王"这桩丑事，他却只字未提。

彭安康不由得长舒一口气，并知道该如何去回报对方了。

于是，黎明时分，罗天顺和他的家人，被彭安康用那条救命的小木船，悄悄送到了江北……

邂逅后的"吹牛"

次日傍晚时分，上江古水镇的窄街上，一个看上去狼狈不堪的中年男了，不仅肩挑两只大箩筐（　只箩筐装的是刨子、斧头、锤子、尺子、凿子等乱七八糟的东西，上面堆着两床黑不溜秋的棉被，还有一条锯子斜挂在扁担的末端；另一只箩筐装的是一男一女两个嗷嗷待食的孩子），而且逢人还大言不惭地乞讨道："行行好吧，行行好！给点吃的，给点喝的！我们一家老小，已有两天没吃东西了。"

这一幕，刚好被从下江披星戴月赶回上江的伙夫老人撞见了。一番询问后，伙夫老人首先了解到，来自江南芜湖、名叫罗天顺的乞讨男子，除箩筐里的两个小孩外，身后还跟着一大一小两个女的。其中，大的步履蹒跚，外形奇陋，右脚长得特大无比，那是他"烧锅的"；小的蓬头垢面，一脸憔悴，一时看不出有多大年龄，可若细瞧，又不难看出她模样周正，长相好看。原来，那是他的大女儿罗仁秀。于是，伙夫老人不由分说地领着流离失所的罗天顺，惊喜交集地往石磨王村落赶去。

通过边走边聊，伙夫老人很快知道，罗天顺原来出生在一个石匠世家，小时还念过一年私塾。他的"大脚女人"生下不久，便被发现右边的脚趾粗大，并随年龄的增长不断增粗、增长，以至刚过十岁，就得穿上三十八码的鞋子。那是什么样的一种怪病？谁都说不清楚，村里人只晓得，因为得了这样的病，她不用裹脚了，并被邻村石匠家的罗天顺娶了过去。好在"大脚女人"为罗家生养过五个孩子，其中两个夭折了，一男二女依然活着。为了糊口，罗天顺和他父亲为一些有钱人家雕过石狮子，凿过石磨，还刻过各式各样的石碑。当发现石匠这门祖传手艺难以养活一家时，他又学起了木匠这门手艺。

看得出，罗天顺是个乐天知命的家伙，也是个见多识广的男子。不然的话，初次见面的那个晚上，当一家老小被一些食物填饱肚子，又被安排在一处窝风的草垛旁过夜时，他就不可能心直口快地与伙夫争论谁是石磨的发明者、谁又是王家大院的主人之类的闲话，甚至还开了一个接一个的玩笑。临睡前，当伙夫老人冲着他说："你一家老小，就在我们石磨王安顿下来吧！"他求之不得地点了点头。

于是，第二天一大早，伙夫老人领着罗天顺，给沿汉河两岸居住的十户本家一一打起招呼。见没有一户跳出来反对，两人回来后，便在一块空地上搭起了窝棚，以便让罗天顺一家能有个容身之处。至于搭棚所用的棍棒、树枝、麦秸、玉米秆、芝麻秆，甚至一大捆草绳，都是伙夫老人从自家草堆上一一贡献出来的。

裹着小脚的伙夫女人看在眼里，疼在心里。有好几次，她都想尖着嗓门，冲着伙夫发一通牢骚，可每当发现年纪比她要小不少的石匠女人所流露出的那副可怜相，她的心不觉又软了下来。——那是怎样的一个女人呀，昨天领回时，天色已晚，未能细看，现在才看得一清二楚：左脚趿拉着一只脏兮兮的布鞋，另一侧拖拉着一只大的右脚。巨脚的外面，是个什么东西呢？如果不走近细看，你可能会认为，那是一团乌七八糟的拖把，或是一堆黑乎乎的牛屎粑粑。其实都不是！原来呀，那是一只用芦苇花做成的芦花鞋。

伙夫女人发觉后，眼睛不禁为之一亮，就像见到自己的亲人一般。是啊，她对芦苇这种东西太熟悉不过——每天进屋或出门，揭起的门帘正是它做的。它的作用还不止于此。要知道，每到秋天，是江边芦苇成熟的季节，砍下的芦苇浑身是宝。比如，鲜嫩的芦苇根，可以熬腊肉汤（虽然　家老小春节期间才能偶尔吃上一回，算是打打牙祭）；芦苇秆晒干后，与泥浆混在一块，铺在茅屋顶上，冬暖夏凉，效果比什么都好；芦苇秆碾碎后，还能编织芦席、箩筐、簸箕。至于它的叶子，也有妙用——是包粽子最好的材料。

伙夫女人的目光，仍一动不动地盯着石匠女人，确切地说，是在盯着对方那只稀奇古怪的大脚。

那时，"大脚女人"就站在汉河边，聚精会神地看着两个男子比画着该怎样搭窝。她左手紧紧牵着刚满四岁的小男孩，似乎担心小男孩随时会被人拐走；右手则托着趴在她后背上的一岁半的女孩。至于她的大女儿罗仁秀，可怜兮兮地光着双脚，像是不知什么叫挨冷受冻，可清鼻涕不时会往下滴着。伙夫女人显然看不下去了，便转身进了自家茅屋；当再次出现时，她手上多了一双鞋面已蒙一层灰尘的布鞋。那是她三儿子兴宁穿过的，因为有点夹脚，一直被他胡乱地扔在床肚底下。

"百病从寒起，寒自脚下生。姑娘，把这双鞋子穿上吧！"伙夫女人说这话时，故意将声音提得很高，似乎想让左邻右舍的人们都能听到。

"谢谢，谢谢啦！""大脚女人"见状，用低沉的语调回应道。

罗仁秀愣在一旁，一时没有去接鞋子。

"还不去接鞋子，谢一声大妈？！"

罗仁秀听到她母亲的吩咐，这才伸手去接，并冲着对方说了声："谢谢！"

没想到，老三兴宁这时从屋里跑了出来，并把那双旧布鞋从罗仁秀手上夺了回去。

"老三，你要它做什么呀？"伙夫女人不解地问。

"留着自己穿。"

"你不是说它有点夹脚？"

"妈，这双布鞋，要是不套厚袜子，我穿着正好。"

兴宁一边说，一边将两只布鞋举过头顶，然后用劲拍了拍。这一拍，使鞋面上的灰尘随之消散开去。接下来，他弯下腰身，撅着屁股，果然将它们一左一右地套在自己脚上，而原先穿的那双大半新的鞋子，他居然恭恭敬敬地摆放在罗仁秀脚边。

伙夫女人这回没有尖叫，反而"扑哧"一声笑出声来，笑得有点古怪，笑得意味深长，笑得更充满自豪与骄傲。之后，她冲着罗仁秀说："既然我家兴宁十九岁，比你年长一岁，又舍不得你的双脚挨冻，你就穿他刚脱下的这双吧！"

罗仁秀不大自然地朝兴宁母亲望了望，又冲兴宁瞅了瞅，最后才将目光转向自己的"大脚母亲"。

"秀啊，乖，去河边把脚洗干净，然后穿上小哥送给你的鞋子。"

听"大脚女人"这么一说，兴宁便领着罗仁秀，一步一步朝水边的一个大石块走去。

而两个未来的亲家母，则开始了新一轮的对话：

"这芦苇花呀，也是个好东西。"兴宁母亲指着罗仁秀母亲右脚上那只松松垮垮的"芦花鞋"，似笑非笑地说。

"嗯，它的用处多得很。"对方将话题接了过去。

"说出来让我听听。"

"比如，芦花可以代替棉花，缝制棉袄。"

"嗯，还有。"

"它还能装在布袋子里，当枕头。"

"不过，它的最大作用，还是用来做漂亮的芦花鞋。"

"唔，唔。"罗仁秀母亲不住地点点头。

"可你脚上这只芦花鞋，做得五大三粗，一点儿都不耐看。"

"我的右脚，本来就长得五大三粗，不能责怪芦花鞋做得不好看。"

"左边那只呢？"

"虽然比右边的要小些，可比正常人也大。"

"两只手呢？"

"也是，又粗又大哩！"

兴宁母亲凑近一看，发现果然如此。

"可右脚那只芦花鞋，是谁替你做的？"

"当然是我的大闺女秀秀。"

"她……也会做芦花鞋？"

"嗯，她不光会做，还能说得一套一套的。"

"说来让我听听。"

"好哎！我那丫头会冲我说，首先，要将芦花收集起来，装在一个袋子里，反复揉搓，去掉芦花上的芦苇籽，就会得到清清爽爽的芦花，看上去就像脱籽的棉花一样，只不过颜色略微有点泛黄。然后，用摆锤将芦花碾成细线，反反复复搓在一起，就能成为芦花绳。最后，用芦花绳编织成芦花鞋，编的方法和编草鞋差不多……"

"大脚女人"说到这儿，忽然停住了，因为她发现自己的女儿罗仁秀双脚被洗净后，变得白里透红，上面甚至还冒着一团袅袅的热气。蹲在一旁的兴宁开心极了，不容分说地将那双自己的鞋子给她穿上。

另一处，罗仁秀父亲和兴宁父亲正一边搭着草棚，一边随意进行着交谈。大概出于回报的缘故，罗仁秀父亲忽然没头没脑地冲着兴宁父亲嚷道："老哥，我倒有一个想法。"

"什么样的想法？"

"草棚搭好后，我打算制作一个石磨，让你们王氏族人想用随时都能用到。"

"咦，你知道我们这儿为什么要叫石磨王吗？"

"不知道。"

"是这样的，"石匠的未来亲家公如数家珍般地解释起来，"隔壁的张老洼与我们紧挨着，两个村落交界处，有一个古石桥；石桥下面，原有一块箩筐大的石头，王氏族人一心想把它弄上来，请人做成一个实用的石磨，放进祠堂里，以供附近的人共同使用。有一回，一帮本家好不容易将它移到桥上，可一不小心，它又掉了下去，并被摔得一分为二。这样一来，石磨就无法做了，而这儿的村落，却一直被称作石磨王。"

"哦，原来是这样！正好让我替你们重新做台石磨。"

"不会是吹牛吧？"

"吹牛的话，我就不叫罗石匠！"

"嗯，这话我爱听，可材料用什么石头最好？在这方面，我是个门外汉。"

"最好的当然是黑色花岗岩，比如山西黑。"罗石匠一旦涉及自己的专长，便变得侃侃而谈，滔滔不绝。"要知道，一块大石头，能不能做成石磨，得看它有没有这三方面特性：一是硬度，如果硬度不够，就容易崩解；二是韧性，如果韧性不够，就容易断裂；三是研磨性，如果研磨性不够，就不耐磨损。"

"哇，你不愧是个石匠师傅哎！"

"我们上江有个灵璧的地方，你知道吗？"

罗仁秀父亲居然向未来的亲家公卖弄起来。见对方一时哑口无言，他便接着说："灵璧位于安徽东北部，地处黄河、淮河二水之间。那儿有石皆珍，是著名的奇石之乡。早在唐代就以'灵璧'来命名县，当然是取'山川灵秀之钟，石皆璀璨如璧'之意。"

"莫非那个地方，你曾去过？"

"实话相告，我没那个福分哟！不过，家父年轻时去过一回，是替一个大户人家购买一批美石。"

"不管怎么讲，这回，要是你真的能制成一台石磨，我这张不值钱的老脸，在族人中不知会增添多少的光彩！"

"嘿嘿，好咧！"

说干就干！

次日，当草棚子搭好后，两位未来的亲家公，果真朝附近一座石山走去，然后借来一辆平板车，运回了两块大石头，就放在新搭成的草棚前。于是，罗石匠或用锤子敲打，或用凿子雕琢，投入新一轮的忙碌。那段时间，居住在汉河两岸的同祖同宗，每天上午，总会有一户人家派人过来打声这样的招呼："嗨，罗石匠，明天该上我家吃饭喽！"这种供饭方式，在当地被称作"吃灵活饭"，它几乎从罗石匠扬言要为本村的王氏家族打造一个石磨那天便渐渐开始了。如此一来，罗石匠一家人的糊口问题，总算暂时得到了解决。罗石匠每念于此，内心不免会产生丝丝感动，手上的活儿便干得更加带劲。两个月后，一台像模像样的石磨，连同架子一道，终于宣告完工，并被罗石匠与伙夫老人用那辆借来的平板车，宝贝般地运到王氏祠堂内，以供族人们使用。而相邻的张老洼那边，需要用的时候，自然也会过去沾沾光的——没有人指手画脚，更没有人蛮不讲理。

在这段时间里，伙夫老人已将当初"老家若是没事，就会尽快返回八卦洲"的计划忘得一干二净。因为他知道"天上掉馅饼"的不易，同时还懂得"煮熟的鸭子也会飞"的风险；更何况，他的小儿子兴宁与石匠女儿罗仁秀之间的关系，还没有进入透彻明朗的程度。这就要求伙夫老人不能乱跑，更不能轻易离开罗石匠。

好在年关就在眼前，去下江苦钱的上江人，已陆陆续续地回来了。其中，阿公一跛一瘸有惊无险的归来，更是令人唏嘘不已，感慨万千。

伙夫老人得知后，当即登门做了拜访，并将罗石匠一家人的来龙去脉，一五一十地做了表白。表白之后，伙夫老人接着又说起他的孙子守金，以及阿公的宝贝女儿水灵。说着说着，伙夫老人使劲眨巴了几下眼睛，突然间提出这么一个请求："不妨让两边的孩子订个娃娃亲！"

阿公听了，愣了一下，将目光不觉转向身旁的阿婆。

阿婆多少也愣了一下。

"舍不得吗？"伙夫老人朝两人呵呵一笑，并解释道，"我家老二兴义，其实早有这方面的想法，只是不大好意思开口。"

"有什么不好开口呢？"想不到，阿婆率先发话了，"依我看，这事好得很！"

下面该轮到阿公了。

阿公的表态同样直爽，他说："君子一言，驷马难追！"

"呔！就这么定啦！"伙夫老人抬手猛拍一下大脑门，乐滋滋地赶回去给家人报信了。

第三章
吹吧，尽管"吹牛"

这一天，无疑是个风停雪霁的好天气，太阳从东边冉冉升起。

田埂上，有另外村落的两个男子，手上各捧一只大碗，一边埋头吃着早饭，一边径直不转弯地走向离一所破庙不远处的王氏祠堂。他俩去干什么呢？当然是看一眼正在转动着的石磨；而一大早排队等着用石磨的人，居然还不少哩！

原来，今天正好是腊月二十三：送灶日，又称"祭灶日"。

为什么要祭灶呢？民间传说，每个人的一言一行，都有人能看到，不仅人间有这样的人，天上也有！为了监督考察每家人一年来的所作所为，玉皇大帝特意在每户人家，都派了一位监督员灶神（也就是灶王爷）。到了腊月二十三日或二十四日，灶王爷们会纷纷飞到天上，向玉皇大帝汇报每家人的善恶，玉皇大帝根据汇报，来决定下一年对每家的奖励或处罚，这就有了百姓对灶王爷"上天言好事，下界保平安"的期盼。为了能够梦想成真，人们在欢送灶王爷升天这一天，还会将关东糖用火融化，涂在灶王爷嘴上。这样一来，灶王爷在玉帝面前，就不能说什么坏话了。

哦，多少美妙的期盼！

又是多少凄婉的善良！

好在就要辞旧迎新了，祠堂外的雪地上，有一群孩子正在尽情玩耍：有的在打雪仗，有的在堆雪堆，有的在造雪人，还有的孩子，不知是从窗外的上方还是从屋檐的下端，居然弄来一根根粗细不等、长短不一的冰锥子，拿在手上比画着，炫耀着，甚至一口接一口地吮吸着，那种不怕冰冷的劲头，大人们可能无法体会……同时，孩子们的嘴里，时断时续地还会唱着有关腊月的歌谣：

二十三呀，糖瓜粘。

二十四呀，扫房子。

二十五呀，磨豆腐。

二十六呀，炖肉肉。

二十七呀，宰公鸡。

二十八呀，把面发。

二十九呀，蒸馒头。

三十晚呀，熬一宿。

大年初一，扭一扭。

当唱完最后一句时，有的孩子会将手上的雪团朝空中扬去，并不停地嚷着："过年啦！过年啦……"

刚才去祠堂参观石磨的两个男子很快出来了，他俩离开时，不觉朝来自江南芜湖的罗石匠竖起了大拇指。其中有一个，拖着长长的语调，意味深长地还带了这么一句："呱——呱——叫——唉！"

另一个也跟着嚷道："呱呱叫！"

当时，不断接受大拇指夸奖的罗石匠，正倚靠在离祠堂不到两丈远的一个草垛边，由未来的亲家公伙夫老人作陪。两人一边晒着冬日的太阳，一边漫无边际地扯谈着。不知不觉中，他们身边多了一些孩子，包括龙江与水灵——兄妹俩是随大人磨豆浆跟过来的。于是，伙夫老人见机行事，大言不惭地向孩子们普及起有关"石磨"的方方面面。

"石磨是个什么样的玩意儿？哦，它是一种器具，借助人或牲口的力量来磨碎谷子、麦子、豆子之类的粮食。这种石具，通常由一上一下两扇磨盘组成。操作时，一扇磨盘固定不动，另一扇则在其上面悠悠地转动着，并通过磨盘的孔眼，不断将一些粮食作物放入其中，然后转呀转，磨啊磨，磨盘在滚动过程中，粮食就被磨碎了，形成粉末。如果一边磨，一边添些水，就会形成浆沫般的东西。"

见孩子们听得十分认真，伙夫老人的普及也就更加带劲："打个比方吧！假如今年你家又颗粒无收了，比如战争、洪水、干旱、蝗虫等，天灾人祸中的任何一项，都会让人呼天天不应，叫地地不灵，怎么办呢？一家人只能靠储存的一些黄豆来填填肚皮，吃得肚子都'咕噜咕噜'乱叫了，吃得一家人臭屁连天，怨声载道。这个时候，如果家里还有一台石磨，那就不妨换一种口味：喝豆浆。"

伙夫老人在一阵嘻嘻哈哈的笑声中，冲着孩子们继续说道："圆溜溜的黄豆，怎么能够变成豆浆呢？不用担心，有了石磨，一切都好办！首先，取一些黄豆，在清水里浸泡，直到把豆子泡胀、泡软。趁这个时间，你可以把长时间没用过的石磨清洗干净，并要确保它能够正常转动。然后准备一个脸盆，放在石磨的出口处，用来盛装石磨磨出的豆汁。这时候，你就可以将泡好的豆子，从石磨口中放入，并开始转动石磨。转呀转，磨啊磨，别忘了还要在石磨口加水冲出豆汁，注意加的水量不能过多，也不能过少，只要豆汁能均匀并缓缓流出。下一步，用一块干净纱布，将收集好的豆汁进行过滤，去掉一些较大的碎片，包括豆子本身的残渣碎片。最后，在煮锅里加些清水，并将过滤好的豆汁放在铁锅里煮，煮到豆浆开始冒出泡泡了，稍稍冷却一下，就能'咕噜咕噜'地喝进肚里了。如果家里还能找到一些红糖，不妨放些进去，调味一下，口味当然会更好。真是民间出高人喔！"

伙夫老人讲到这儿，忽然觉得自己有点冷落未来的亲家公了，便话锋一转，将对方隆重推出："孩子们，你们知道吗？祠堂里的那台石磨，是谁制作的？"

见孩子们的目光纷纷转向身旁的石匠，伙夫老人大声嚷道："对，就是他！他是我们这一带的恩人！"

罗天顺一时被表扬得满脸惭愧，因为他发现，有四个大人路过草垛时，停下脚步，也在偷偷聆听所谓的"普及"。那四个人，正是伙夫老人的大儿子兴仁、二儿子兴义，外加阿公的三儿子龙水、四儿子龙和。他们也刚从祠堂里参观石磨出来。

伙夫老人可不管这些，他所需要的，正是那种"广而告之、人人皆晓"的奇特效果。

"如此神奇的宝贝，最早是谁发明的呢？"伙夫老人这回冲着罗石匠问起来。

"是我们祖宗琅琊王氏发明的！"没想到兴义抢着回答，并在接下来的一连串对话中，居然目中无人，占据了主角。

"凭什么呀？"罗石匠望着兴义，不解地问。

"因为早在晋朝，就有了水磨。誉满天下并占据'半壁江山'的王氏家族，当然是这项伟大发明的创造者。"

"兄弟哎，有句俗语，要是我说出来，你可能会这样骂我：狗嘴里吐不出象牙来！"

"嘿嘿，不会的。"

"可吃人家的嘴短，拿人家的手软。"

"兄弟，你这是什么意思？"

"因为逃难，石磨王收留了我们一家。"

"都是上江人，别说客套话。"

"你这么一说，我更不好意思啦！"

"良药苦口利于病，忠言逆耳利于行，不是还有这样的俗语吗？"

"是呀，是呀！"

"只要兄弟说得在理，我决不生气。"

"那我可要说啦？"

"嗯。"

"不能碰到所有的好事情，都一把揽进怀里；也不能遇到风光无限的事儿，都爱往自己的脸上贴金。"

"咦，兄弟，这是什么话？"

"坦率地说，石磨这东西，还真不是王氏后代发明的。"

"那……谁发明的？"

"鲁班。"

"就是发明锯子的那个人？"

"嗯，嗯。"

"哦，那个家伙原来姓鲁，不是我们王氏家族的？"

"他姬姓，公输氏，名般，春秋时期鲁国人。"

"听说我的祖宗琅琊王氏也出自姬姓。"

"是呀，是呀！你的开族始祖，是春秋齐国的大司马王子成父，他是周桓王的第二个儿子，因为避乱投奔齐国，后被任命为齐国大司马。齐桓公死后，王子成父的后代，继续担任齐国将领，定居下来，并世代以'王'为氏。于是，这才有了琅琊王氏。"

"想不到，兄弟也知道这些？"

"还有呢。"

"还有什么？"

"说出来你同样不要见怪。"

"当然，兄弟。"

"自从隋唐以来，真正的琅琊王氏家族已不存在。"

"啊？"兴义的嘴巴，一时张得老大，"怎么可能？难道在朝廷继续当大官的也没有？"

"到了唐朝，虽然王氏还有屈指可数的几个人还当宰相，可与两晋南北朝相比，一个在天上，一个在地下噢！"

"呃？！"

"其实，南朝四大盛门中，在唐朝能持续繁盛的，只有兰陵萧氏；没落得最彻底的，要算是陈郡谢氏，因为这个家族呀，居

78

然没有一个人出任过宰相。”

“唉，我的琅琊王氏哟！”

“兄弟，不用唉声叹气！琅琊王氏虽然不在了，可王氏家族里的能人，还会一茬接一茬地冒出来。”

“兄弟，此话又怎讲？”

伙夫老人听不下去了，他不仅有一种鸠占鹊巢的感觉，而且对兴义没大没小的叫法，显得十分反感，于是狠狠地瞪了对方一眼，并将话语权给夺了回来。

“石匠兄弟，他是晚辈，我家老二兴义。别听他的，我俩继续普及。”伙夫老人冲着石匠说。

“好嘞，”罗石匠言听计从道，“兄弟，你听说过故宫吗？”

“当然听说过。”伙夫老人没想到石匠会提出这个问题——莫非是在试探未来的亲家公我肚里有几滴墨水？虽然不敢说，自己走过的桥，要比他走过的路长；吃过的稗子，要比他吃过的米多；甚至吃过的盐，也比他吃过的饭多——好在这个问题，未能轻易将伙夫老人给难倒。于是，他兵来将挡地回道，“它也叫紫禁城，是明清两朝的皇宫，更是权力的象征！”

“它庞大不庞大？”石匠接着问道。

“据说花了十多年才建成，能不庞大？”

“可王家大院比故宫要大二十多倍。”

“你……在说什么？”

“我没骗你，王家大院就在山西灵石。”

“大院的主人是谁？”

“据说祖先是个卖豆腐的，名叫王石。元朝时，他从太原迁过来，做起了豆腐生意，经代代努力，先由农集商，再由商到官。当家业渐渐变得庞大了，就大兴土木，营造起宅院。"

"噢，居然是白手起家。"

"可要是没有走由商到官这条路，王家大院也不可能建得那么庞大。"

"它究竟有多大？"

"经过明清两朝三百多年才建成，包括五巷六堡一条街，建筑面积要比故宫大十万平方米，仅院落就有三十多座，房间三百多间，上下左右相通的院落之门，有六十多道，是名副其实的'华夏民居第一宅'。"

"哎哟，乖乖隆地咚！"

"所以，你们的王氏家族，人才辈出。"

"可我……不大稀罕。"

"王家是一个院，院是半个城，许多人都会这么说。"

"可我……还是不大稀罕。"

"它向下传了二十八世两百多年，从富甲天下到高官满朝，最鼎盛是在康熙、乾隆、嘉庆年间。"

"听你这么一宣扬，我就更加不稀罕啦！"

"兄弟，为什么呢？"

"你想想，一个小小卖豆腐的，要不是与官府勾肩搭背、狼狈为奸，家业能做得那么大吗？！"

"民间有这样一句话：小葱拌豆腐——一清二白。看来呀，你的这个王族本家，无法清白，也清白不起来噢！"

"不知对方是从哪个分支上蹦出的！我只认下江与上江的王氏族人。"

"呵呵呵呵！"

"兄弟，你别笑。"

"请问有何赐教？"

"赐教虽谈不上，我只想告诉你，财分两种：一种是吉财，一种是凶财。"

"是呀！到了道光年间，王家大院就开始走下坡了：先是人烟稀少，后来荒无人烟，直至院内空空荡荡，无一人居住。"

"嗨，这正是凶财带来的报应！"

"三十年河东，三十年河西嘛！"

"不扯这些，还是让我俩继续畅聊老百姓所欢迎的石磨。"

"前面不是讲过了吗？它的发明人叫'般'。"

"这个名字……有点怪。"

"他被人称作公输盘、公输般、班输，尊称公输子；又称鲁盘或鲁般，惯称鲁班。"

"为什么一个人要用一大堆的名字？"

"可能与……发明很多东西有关。"

"他除了发明锯子、石磨，还有什么？"

"刨子、曲尺之类的木工用具，也是他一手发明的。"

"你怎么知道的？"

"别忘了，我还是个木匠，鲁班正是我的祖师爷。"

"别忘了，我虽然不怎么会写字，但认可的老祖宗正是王羲之。"

扯到这儿，两位未来的亲家公，又发出一阵爽朗的笑声。

这笑声，送走了刚才还站在一旁的四个男子。

这笑声，还迎来另一位男子——他不是别人，而是会"识字断句"、极受别人尊重的饱学之士。有人称他为"秀才"，但更多人叫他为"识字先生"。其实，他有一个充满学问的名字，叫张镜汝，只不过一般人很少这么去喊他。

第四章
祠堂内外

得知今天是个特殊日子：送灶日，民间还有打扫室内灰尘之俗，于是太阳刚刚升起，识字先生碗筷一丢，便准备进行大扫除。可活儿刚刚开始，他老母亲便嚷着要去王氏祠堂看看石磨，顺便带些黄豆，磨成豆浆，回来好改善一下口味。识字先生听罢，丢下手中的活，搀着她，快步朝距离一座破庙不远的王氏祠堂走去。

正在排队磨豆浆的阿婆，见到识字先生和他的老母亲，自然显得十分开心。接下来，她所做的第一件事，是将自己好不容易排到的、稍稍靠前的位置，毫不犹豫地让给了对方，而她却挪到最后一个位置。

"咦，老姐，怎么能这样？"识字先生见状，连连摆了摆手。

"我愿意哎！"阿婆清脆的礼让声，在不大的祠堂内回荡，在场的每个人都能听得一清二楚。

"嘞，那就排我前面吧！"原本排在阿婆前面的一户妇女，也做出一副将位置主动让出的姿势。

"还是……站我这儿！"又一个排在前面的裹脚女人，忽然举起右手，朝后扬了扬，显出跃跃欲试的模样，以表示眼看就轮到自己磨豆了，却心甘情愿将最好的位置主动让给同样裹有一双小脚的"秀才"母亲。这个小脚女人不是王氏本族人，也不是隔壁的张老洼人，而是住在古水镇一户比较有地位的人家——因为她男人是个郎中，并在镇上开了一个中药铺子。

"秀才"母亲见状，虽然喜得有点合不拢嘴，可从里面吐出的话语，却是婉转的，亲切的，暖心暖肺的，更是充满学问的。

——她是这么说的："倚老卖老，固不足取噢！"

祠堂里的人，一时开心地笑了起来。

"心意领了，各就各位！"识字先生此时居然拿出为师的派头，一本正经且满脸严肃地嚷道："各位父老乡亲，各位兄弟姐妹，你们不用推推拉拉，也无需客客气气。我刚才数了数，排队的人总共不过五六户，只要大家耐心排队，磨起豆来会很快。再说呀，凡事都要讲究秩序，秩序没了，一切不都乱套啦？"

说到这儿，识字先生不禁将他那句被老母亲学到手的警句，又重复了一遍："倚老卖老，固不足取噢！"

祠堂里的人，再次开心地笑了起来。

"水灵，水灵哎！"阿婆在人们的欢笑声中，忽然将脑袋朝祠堂外伸去，并且叫喊的声音显得有点刺耳。

"龙江，龙江哎！"见水灵不理不睬，阿婆只好将目光转向正在草垛旁听大人普及知识的龙江，"你把你妹妹给我拉过来。"

龙江"哎"地应答着，并很快将不大情愿的水灵拉到了祠堂——要知道，她正在和刚定下娃娃亲的守金合伙堆一个雪人。

"嘞，这是你姑奶奶。"阿婆指着识字先生的母亲，首先朝龙江介绍道。

"姑奶奶好！"龙江有礼貌地喊了一声。

"水灵，你是哑巴，还是聋子？"阿婆冲着水灵说。

"叫我过来做什么？"水灵一脸茫然地问。

"喊人呀！"

"怎么喊？"

"喊姑奶奶好！"

"噢，姑奶奶好！"

喊过之后，水灵正欲离去，却被阿婆又拽住了。

"还有这位亲戚，你们两个还没有去喊。"阿婆指着一旁的识字先生说。

"又是亲戚！"水灵望了识字先生一眼，显得有些不大耐烦："怎么个喊法？"

"他是你俩表舅。"阿婆说。

"表舅好！"龙江率先打起了招呼，然后又跑到草垛旁，继续听大人的"普及"。

"表舅好！"水灵模仿龙江的口吻，也打起了招呼；所不同的是，她要离去，却被阿婆再次给拽住："你等等。"

"阿妈，还有什么事？"

"当然有事。"

"快点说呀！"水灵急得快要跺脚，因为外面的雪地上，有许多孩子都在尽情玩耍。此外，她娃娃亲的另一半，此刻正等她继续造那个雪人。

"'水灵'这个名字，你知道吗？"阿婆冲着水灵，故意慢悠悠地问。

"我自己的名字，怎么会不知道？"

"知道是谁给你起的吗？"

水灵轻轻摇了摇头。

"你猜猜。"

"我没时间，我要去堆雪人。"

"那好，我告诉你。"

"嗯，快说。"

"远在天边，近在眼前。"

"谁？"

"你说呢？"

"是表舅？"

"嗯。"

"我知道啦！"

"再叫表舅一声，我就放你走。"

这回，水灵冲着识字先生，甜甜地又脆脆地叫了一声，这才溜之大吉。

"唉——她有三岁了吧！"识字先生望着水灵在雪地上一蹦一跳的身影，不觉轻轻叹了一口气。

"虚龄四岁。"阿婆纠正道。

"咦，我记得应该正好是三岁。"

"老弟，你忘啦？她是大前年立冬那天出生的。"

"我知道，你让我为她起小名时，说过此事。"

"你想想，立冬后面有小雪、大雪和冬至；遇到有的年份，小寒和大寒也有可能排在除夕的前面。这么一算，老弟呀，你不得不承认我说水灵虚四岁的正确性。"没想到，阿婆说这番话时，表情显得那般认真，甚至当着在场人的面，有点和识字先生顶嘴的味道。

"唉——算老姐你说得没错！"识字先生长长地叹了一口气。

"镜汝，都快过年了，你叹什么气呢？"正在排队的识字先生母亲，笑着反问道。

"妈妈！"识字先生当着在场人的面，十分亲切地喊了他母亲一声，然后解释道，"我昨天才得知，水灵那小姑娘，和亲戚家的孩子定了娃娃亲。"

"哦，这事我还没来得及告诉你老妈妈。"阿婆正好将话题给接了过去。

于是，两个女人之间，便有了下面的一段对话：

"你家女儿水灵，知道自己定娃娃亲了吗？"

"唔，她还小，稀里糊涂的，谁知道呢？"

"是呀，上江这一带，有时几个老汉没事聚在一块，就会把儿女的婚事给定下，一般小孩都不会知道，也不需要知道。"

"嗯，我家水灵大概也是这种情况。"

"有中间人吗？"

"没有。"

"有见证人吗？"

"没有。"

"有媒人吗？"

"也没有。"

"只是口头协议？"

"嗯。"

"也是。一旦说出口的话，就像案板上钉钉子，应该不会抵赖。"

"嘻嘻。"

"不是有这样的古话——君子一言，驷马难追！"

"嘻嘻。"

"这里面，其实有一种诚信。"

"更何况，双方还是亲戚。"

"唔，你说，说给在场的所有人听听。"

"要知道，男孩守金的父亲，还是我的堂弟。"

"我知道有这层关系。"

"若再往上追究，孩子祖父那一辈，应该算是亲兄弟啦！"

"也就是说，你宝贝女儿水灵，嫁的是她表哥。"

"正是，正是！"

"或者说，水灵未来的公公，也是她舅舅。"

"正是，正是！"

"或者说，水灵将来的老婆婆，也是她舅母。"

"正是，正是！"

"这样看来，你们两家，算是亲上加亲。"

"正是，正是！"

"两家本来就是亲戚关系，加上平时相处得蛮不错，为了世代永远好下去，所以就让子女结成一队，定个娃娃亲。"

"唔，老妈妈，你说得全对！"

"水灵爸爸呢？"识字先生此时打断了两个女人的对话。

"他呀，一大早就去江边了。"阿婆及时回答道。

"去江边做什么？"

"他想在那儿架一个大罾，往后专门干扳鱼糊口的事。"

"不去下江八卦洲苦钱啦？"

"外面在打仗，保命最要紧。更何况，他在八卦洲替大户人家干活时，一不小心，一只脚被崴了一下，成了半个跛子。"

识字先生"哦"了一声，又看了一眼正在转动着的石磨，这才背着双手，从祠堂里慢悠悠地踱了出来。

第五章
有请"识字先生"

在这个风停雪霁的早晨，阿公将门前的雪路重新打通后，吃过早饭，便深一脚浅一脚地来到江边。大概由于脚步迈得过于缓慢，他一瘸一跛的模样，不如平时那般显眼。

那么，过年之后，该干些什么呢？这也是他连日来心事重重、思绪万千的一个主要原因。

下江的八卦洲，看来他是不再去了，因为"糗事"已使他心灰意冷，更何况，他在那个洲上，一不小心成了个跛子。这两桩倒霉事都是笑料，虽然被同去下江苦钱的一帮人小心翼翼地遮掩着，可他内心始终不是个滋味。直到从下江归来，他将两桩倒霉事一五一十地向阿婆做了坦白——阿婆听了，没有责怪，只是不停地叹着气，并且抹着泪水——他才渐渐松了口气。

"好吧，春节过后，你就不用再去下江受人欺负啦！"阿婆最后安慰道。

那么，不去下江，怎么挣钱供一家人糊口？若是只靠老三龙水与老四龙和，显然不大可能。于是，带着这个问题，他不知不觉来到了江边。

风平浪静的江边，一时虽难觅人影，可江面上，有大大小小的船只在缓缓行驶。明晃晃的太阳，已越升越高。一些不同的鸟儿，正孜孜不倦地觅着食物：喜鹊有的栖息在树上，一下一下啄着东西，有的叽叽喳喳，生怕眼前的好东西被抢走。一群麻雀也是。几只生性胆小的野鸡也是：它们从离堤埂不远处的一片芦柴丛里，鬼头鬼脑地伸出脑袋，一口一口地朝下面啄着，站在堤埂上的阿公，能够看得一清二楚。它们在啄些什么？哦，原来是在啄触目可见的积雪。

"要死鸟朝天，不死面朝地！"

当缓缓走近一片快要干涸的内江时，阿公不觉说了句粗话，并告诫自己：新年过后，别再去下江的八卦洲急功近利、现世现报啦！这儿离古水镇的湾口很近，不妨就在内江架一个大礕，以度晚年。主意已定，他的心情似乎一下子轻松了许多，并一瘸一跛地朝王氏祠堂方向走去。很显然，他也想去那儿参观一下石磨。

那时，离祠堂不到两丈远的草垛旁，一对未来的亲家公仍在有滋有味地进行着吹牛。他们身旁，围着一些大人与小孩，识字先生不急不慌地走了过去。

"那就不妨……再吹吹你祖师爷发明的水磨。"冲着罗石匠说话的，正是伙夫老人，也就是水灵未来老公公的父亲；若说得再具体点，他应该是水灵的舅爹爹！

快走到草垛时，伙夫老人洪亮的声音，十分清晰地传入识字先生的耳里。

水灵见识字先生也走过去听吹牛，便不再和长她四岁的守金共同做雪人，而是一脸快乐地跟在了"秀才"后面。她穿着臃肿的棉袄、棉裤，在厚厚的雪地上一蹦一跳地向前挪动着，那副笨笨拙拙的模样，像只肥硕的老麻鸭，又像个一不小心落在雪地上正吃力朝前划动的江猪子。而此刻，同样长她四岁的小哥龙江，正目不转睛地盯着罗石匠，准备接受对方下一轮的"普及"。

"好嘞！"罗石匠冲着刚过来的识字先生笑了笑，便当仁不让地普及起来。他说："在鲁班的时代，人们要吃米粉、麦粉，都得把米麦放在石臼里，用粗石棍来捣。这种方法很费力，捣出来的粉末有粗有细，而且一次捣得很少。于是，我祖师爷鲁班，便想出一种用力少、收效大的好方法：将两块扁圆柱形的石头制成磨扇，下扇中间装一个短立轴，用铁制成，上扇中间有一个相应的空套，两扇相合后，下扇固定，上扇可以绕轴转动。两扇相对的一面，还留有一个空膛，叫磨膛。膛的外周，制成一起一伏的磨齿。因为上扇有磨眼，磨面时，谷物就可以通过磨眼流入磨膛，均匀地分布在四周，被磨成粉末，从夹缝中流到磨盘上。最后，过一下筛箩，去掉麸皮，就能够得到面粉。"

"你说得这么内行，莫非……"识字先生冲着石匠故意问道。

"哎哟喂，'秀才'大人！我忘了告诉你，这位稀客是木匠，也是一个顶呱呱的石匠！"伙夫老人生怕别人不知道似的，抢着回答。回答之后，他的目光又转向了石匠，卖弄道："这位'秀才'呀，肚子里装的全是墨水，是我们这一带最有学问的高人。"

又是一阵大人和小孩混杂在一起的嬉笑声。

识字先生同样笑了笑，并冲着石匠点点头。其实，他已事先知道，眼前这两个家伙，原本素不相识，并且一个生活在江北，一个生活在江南芜湖，可后来怎么就速战速决地成了"预备亲家"？又如何将一厢情愿中的"亲家"，一步步变成了现实？哦，不看不知道，一看全晓得：两人采用的原来是吹牛！反正吹牛不用花钱。但仅仅吹牛，也不太像，里面似有计策——三十六计中的计策？顺手牵羊？有点像；树上开花？有点像；抛砖引玉？有点像；虚张声势？有点像；反客为主？有点像；欲擒故纵？有点像；连环计？多少也有点像……可所有这些，又都不怎么像。管它去吧！且看这两个家伙，接下来又要扯谈些什么。

伙夫老人接下来要将话语权给夺回来，必须夺回来——可不能老是让对方围绕"石磨"这一话题转来转去，这可是他的强项。石匠本身来自江南，又是芜湖城的人，小时候还念过一年半载的私塾，各方面条件都不错。更主要的是，他那虚龄十八岁的女儿，那一回洗净脸庞后，出现在人面前的完全是另外一副模样：头发乌黑，眉毛修长，一双大眼睛水汪汪，微笑起来，面如桃花；走起路来，细腰轻摆。这不就是古书中所描写的美女吗？尤其是，她若不经意地笑起来，两片薄薄的嘴唇在笑，一对亮亮的大眼睛在笑，甚至腮上的酒窝也在笑着哩！长她一岁的自家老三兴宁，若能娶到这样的姑娘，不知祖上修了几辈子的福气，才会有这么好的运气！可运气归运气，得好好把握，不能让石匠带着家人再次回到江南芜湖。那样的话，岂不是竹篮打水一场空！想到这儿，伙夫老人眉头一皱，计上心来，并打算采取"扬长避短"的办法。那么，他这个"上无片瓦、下无尺寸田地"的伙夫，有什么"长处"值得吹牛呢？又有什么"长处"值得向外界炫耀呢？没有，什么都没有！除了空谈，除了一分钱都不用花费的吹牛皮，其他什么都没有。可吹牛皮也得有资本！像伙夫老汉这么个没进过学堂、没读过私塾、吹牛水平无法与石匠相抗衡的糟老头，怎么会是石匠的对手？又怎么能真正留住对方，直至两家真正走到一块？好在……好在……救星来了，能拐弯抹角扯得上是亲戚关系的救星来了！（本来就喊识字先生为表舅的水灵，与守金结成娃娃亲后，识字先生与男方这边的感情，无疑又贴近了一层）。于是，伙夫老人趁机将孙辈结娃娃亲的事，简简单单地说了一遍。罗石匠听后，啫啫地点了点头。伙夫老人又将自己与识字先生也是亲戚关系的缘由说了一遍，罗石匠同样啫啫地点了点头。

"既然如此，那就有请我们的'秀才'登场。"伙夫老人顺便做了个有点滑稽的手势。

"什么，登场？"

"嗯，登场……就是普及。"伙夫老人瞅了"秀才"一眼，又看了看围拢过来的孩子，不禁大声宣布道，"正好这儿有大人，也有一些小孩。"

"普及什么呢？""秀才"问。

"你是识字先生，应该知道中国的第一大姓。"

"嘿，那当然，名门望族，非王氏家族莫属！"

"那就……继续普及王氏家族。"

"好嘞。"识字先生清了清嗓子，正欲展示一下自身的学问，却不料罗石匠这时插话了。

"兄弟哎！"他冲着伙夫老人先喊了一声，然后提醒道，"你该不会忘记，前面我与你家兴义已探讨过这方面问题。"

"知道，知道，那不过是皮毛而已……识字先生下面会讲得更加精彩。"伙夫老人说到这儿，不觉改用气鼓鼓的语气补充道，"我家老二兴义，辈分问题还没弄清，就叽里呱啦地乱说一通，真是乱弹琴——没谱！"

"那请问大爹爹：兴义对石匠又是怎么称呼的？"一个喜欢看热闹的外族后生，路过草垛时停下脚步，趁机打趣道。

"那个小炮子子呀，居然和罗石匠也称兄道弟！"

"哦，既然兴义能和石匠称兄道弟，那么，他弟弟兴宁也该和石匠称兄道弟才对！"

"哈、哈、哈、哈！"聚集在草垛旁的几个男子，顿时发出一阵哄笑声。其中，有的笑着笑着，在雪地上跺起脚来，有的拍起了巴掌，有的开心得直不起腰来。

伙夫老人见状，既不气恼，也不辩解，因为他心里其实是这么想的：索性让人们去议论吧！最好能当罗石匠的面，将那道窗户纸给捅破，免得遮遮掩掩。

"闲话少说，言归正传。"识字先生大概有点不耐烦了，便用双手做了个"暂停"动作。

刚才的哄笑声果然听不见了，有人交头接耳的议论声也停止了。

于是，识字先生又清了清嗓子，果然普及起来。

"王氏家族，那可是个道不尽的话题哟！"他说，"其中的'王'，当然是指白古就有'华夏首望'之誉的琅琊王氏。作为晋代'王谢袁萧'四大家族，它不早就名列第一、誉满天下了吗？是呀，是呀，这可不是胡言乱语吹出来的，也不是随心所欲、我行我素编出来的，而是这个拥有庞大家族体系，以及一代又一代后人相传下来的，甚至连《二十四史》这样的书籍，也有过详细的记录。如果你是王氏家族中识文断字的一位成员，第一次看到后，不禁会一惊一乍地发出这样的感叹：哎哟喂！我们的王氏原来出自姬姓；最早的开族始祖，是春秋时期齐国大司马王子成父；最早琅琊王氏的奠基者是西汉时期的王吉。王吉将自己的家族，迁徙到琅琊国临沂县都乡南仁里，此后，子孙后代都在那一带生活。渐渐地，'琅琊王氏'这个名号便出现啦！"

见罗石匠听得格外用心，识字先生忽然改用声情并茂的语气，接着说："王氏家族从汉代登上历史舞台，到两晋逐渐隆兴，历经东晋南朝，通过十数代人的不断努力，不仅子弟众多，更是才俊辈出，三百余年冠冕不绝，其流风余韵还延续到隋唐时期。若进一步往下探究，你或许还会发现：从东汉到明清一千多年间，琅琊王氏共培养出以王吉、王导、王羲之、王元姬等人为代表的三十多个宰相、三十多个皇后、三十多个驸马，以及近二百位文人名仕……我的老天爷呀！黑字一笔一画、清清白白记在书上，怎么会诳你？不可能！那么，不妨再追究一下它的来龙去脉：琅琊王氏家族，世代居住在琅琊临沂……临沂，不就是山东临沂吗？不就是因临沂河而得名的吗？那么，一个在北方，一个在南方，八竿子都打不着，远着哩！怎么能与上江、下江扯上关联？别急，别急，有关联，并且关联得相当紧密：因为西晋发生过一场谈之色变的'永嘉之乱'，以王敦、王导为首的士族集团，积极拥立琅琊王司马睿。在改朝换代、大是大非问题上，王导有个堂兄弟名叫王旷，他首先认为，当时的北方，夷族太多，建议司马睿南下，渡过长江，把首都定在下江的金陵，以实行战略性迁徙。而在此之前，王旷与王敦、王导已先行一步，南下去'开辟'根据地了。于是，历史上著名的'永嘉南渡'就这样发生了：整个中原的北方名门望族，以及政府机构、官员，甚至士族家中的佣人和鸡、鸭、牛、马等，纷纷被带过长江。这次以门阀士族为主要力量的大迁徙，共有九十余万人，琅琊王氏家族正是其中最重要的一支。在王氏家族的拥戴下，司马睿终于在下江的南京（当时叫建康）建立东晋，中兴了晋室。由于对司马政权的鼎力支持与艰辛经营，琅琊王氏被司马睿称为'第一望族'，并欲与之平分天下。王氏家族势力，当时有多么厉害哟！最强盛的时候，朝中百分之七十五以上的官员都是王家的，或者说，都是与王家有关联的，真正形成了'王与马，共天下'的局面。或许是故土难忘的缘故，抑或是落叶归根的乡愁，时不时会缠绕在人们心头，总之，南渡来到下江后，王氏家族的成员，仍以北方土地的名称为称呼。到了东晋元帝，因念念不忘北方的琅琊，皇帝索性就将侨居的地方设置为'南琅琊郡'。这个地方如今在哪儿？就在两百里外的下江；说得再具体点，就在金陵的栖霞，离重镇龙潭不过咫尺之遥。哎哟喂！不能再扯了，若继续往下扯，说不定就能扯到正处上江石磨王这个分支的村落！"

见伙夫老人听得两眼有点发光，围在一旁的孩子们也听得目不转睛，识字先生便继续往下进行"吹牛"："君不闻，一些家族的谱系，可能续得比王家还长，却没有王氏家族的权位那么高；君不闻，有些家族，可能曾在权势上胜过王家，却没有王氏蝉联得那么悠久。三百多年的风云际会，王氏家族能人辈出，仕宦显达。他们或引领一代之风尚，或执一朝之牛耳，从汉魏入两晋再历南朝，一直是那么繁盛，那么荣耀。虽然琅琊王氏族系庞大，各个分支升降不一，时而此支显贵，时而彼支荣枯，可谓'三十年河东，三十年河西'。可不管怎么说，这个纷繁庞大、令人叹为观止的族系，一旦离开下江与上江，离开它的祖祖辈辈和子子孙孙的不断更替，离开他们'曾饮一江水，共话一家情'的难忘岁月，那么，对于这个庞大家族的理解，就显得一叶障目、以偏概全；就显得数典忘祖、不合情理；甚至不客气地说，就显得像个纯粹浑蛋！君不见，王氏家族一辈接一辈的后代中，不知有多少家的孩子，都被起有像王旷、王敦、王导、王戎、王肃、王衍、王祥、王览之类的好名字。这些名字，有的被堂兄弟已经用过，做家长的明明知道，却还要让自家的孩子再用一次，仿佛大好河山、锦绣前程不能让家族亲戚们所独占。更有甚者，有的祖父和孙子还共用同一个名字。咦，这样一来，不就乱套啦？嘁，这有什么！什么叫见贤思齐？什么叫'这山望着那山高'？什么又叫'一代更比一代强'？！从王氏家族前辈的起名中，外族不难猜出他们朝思暮想的心思：司马睿难道不是该家族的一个典型代表吗？要知道，这家伙在朝中占有举足轻重的位置，地位与名望之高，其他任何家族都无法比拟；后来，在著名的'淝水之战'中，才与崭露头角的陈郡谢氏家族平起平坐，并被后人合称'王谢'。即使如此，有过辉煌历史的谢家，也远不如王家的昌盛繁荣。当然，也有对那段历史颇感兴趣的外姓行家认为，在整个南朝时期，如雷贯耳的王氏家族，已明显出现了'声望高于实力'的端倪。因为司马氏一不小心，居然被身边一个名叫刘裕的家伙给取代，并自立国号为'宋'。几乎同一时期，鲜卑拓跋氏统一了北方，自立国号为'魏'。历史的车轮滚滚向前，并由此浩浩荡荡地转入另一个朝代——南北朝。南北朝分南朝和北朝，南朝四个朝廷为宋、齐、梁、陈，都位于中国南方。南朝最后一个朝代，由外姓名叫陈霸先的家伙所创建，此人抢了帝位，成立了中国唯一以自己姓氏命名的王朝：陈朝，首都仍定在下江的南京。后来，这个陈朝，又被隋朝毫不客气地灭掉，从而使得天下再次得以统一……唉！啰唆这么多，有多大意义？又能说明什么呢？关键是，王氏家族无限风光过，在史册上，留下过浓重的一笔。作为它的一代又一代子孙，没有理由将昔日的娇贵弃如敝屣，也没有理由每当提起那些如雷贯耳的大名，便趋之若鹜，纷纷效仿，管他雷同不雷同！王氏家族上江分支中，就有一位秀才出身的书生，因肚子里多喝了些墨水，知道祖宗十八代中，还出现过文学方面的奇才。如：齐梁时期的王俭，是一代儒学宗师；梁朝时的王融、王籍、王褒、王肃等本家，都是当时知名的诗人。其中，王融还是一个名叫'永明体'诗歌流派的几位创作家之一。于是，每当有本家人摸上门来，请秀才给自家孩子起个正式名字，他便将肚子里的墨水，连同成名成家的祖宗名字一道，毫不吝啬地奉献出去。只可惜，那位秀才早就死掉啦！不过，还有另外一类人——世世代代或为地主家耕种，或结伴前往下江的大小洲地，替人筑江堤、修渠埂、砍芦柴……几乎样样活儿都愿干，样样活儿都能干。目的只有一个，那就是靠出售力气挣些辛苦钱，以养活家人——上江的王氏家族自然也不例外。可他们在为自家孩子起名字的时候，并不在意有没有与什么名人呀、名气呀之类的虚荣相挂钩——叫大牛、二牛、狗娃之类的，大有人在——而是喜欢接受祖宗所留下的一些好东西，并用另一种方式来教育自己的孩子，比如，面对面地讲述故事。故事的内容可能是这样的：

从前啊，你们有个名叫王祥的本家前辈，自幼失去了母亲。继母朱氏并不慈爱，常在他父亲面前说王祥的坏话，因而他又失去了父爱。有一年冬天，继母朱氏因为生了病，十分想吃鲤鱼。可天寒地冻的，河里的冰层结得很厚，怎能捕捉到鱼？于是，王祥只得赤着身子，卧在冰面上，一遍又一遍地祷告着。真是心诚则灵，情真则明啊！忽然间，冰层吱吱地开裂了，又吱吱吱地裂了个缝，并且裂缝越来越大。两条活蹦乱跳的鲤鱼，趁机从裂缝间一一跃出。王祥开心极了，连忙将它们逮住，然后带回去供奉继母。他的这一举动，很快在十里八村传为佳话。人们都说他是人间少有的孝子。有诗为证：继母人间有／王祥天下无／至今河水上／留得卧冰模。

贫寒出孝子。王氏前辈的孝道，难道不可以从中略见一斑？再比如，还是与王祥有关的故事，不仅被王家人津津乐道，而且被广大百姓所接受。故事的内容是这样的：

在我国晋朝，有个名叫王览的人，是王祥的弟弟，也是王祥的好朋友。兄弟俩有个母亲，只不过她是王祥的继母。因为是继母，她常会打王祥。每逢这时，王览总会流着眼泪，抱着哥哥不让他挨打。母亲虐待王祥时，王览的妻子和王览一样，也会赶过去护着王祥。后来，王祥在社会上渐渐有了名声。王览的母亲十分妒忌，就想用毒酒药死他。王览知道后，一不做，二不休，拿起药酒抢着要喝。他的母亲看到了，急忙将药酒夺了过去，倒在地上。因为发生了这件事，他的母亲心有所悟。当时，吕虔是一位著名的将领。他有一把佩刀，看相的人对他说过这样的话——只有能做高官的人，才能佩带这把刀——吕虔将心爱之物送给了王祥。王祥后来果然位列三公。临终时，王祥将这把佩刀转赠给他的弟弟王览。王览后来果然也做了很大的官职。

这些族人留下的闪光故事，经文字记载，又通过一代又一代的口口相传，早就家喻户晓，更是深入人心。"

"还有哩！"罗石匠显然不甘示弱，朝侃侃而谈的识字先生提出了另一个故事。

"什么故事？"识字先生问道。

"当然是'东床佳婿'。"

"咳！我正好也想到这个好故事。"伙夫老人不觉猛拍一下大腿。

"礼让为先，让罗石匠先说。"识字先生建议道。

"那我就不客气啦！"罗石匠果然说了起来：

那也是在晋代，有个太尉，名叫郗鉴。

有一天，他派一个门客前往王导家。

去王导家做什么？

当然替太尉选佳婿。

"王家的年轻人，一表人才，个个俊雅！"门客回来汇报道。

"好啊，好啊！"太尉一听，笑得有点合不拢嘴。

"可是……"

"别吞吞吐吐，快说，快说！"

"可听到有人去选女婿，都变得拘谨起来。"

"呃？还有这样的事情？"

"只有其中一个人除外。"

"那人怎么啦？"

"他敞开衣襟，不修边幅，只顾在东边床上埋头吃饭，好像根本没看见有人登门，也没听到我说的话。"

"嗨，依我看，那人正是难得的佳婿！"

郗鉴所说的佳婿，正是王羲之。

于是，太尉便将自己的女儿嫁给了他。

正因为如此，后来，人们也称"女婿"为"东床"。

多么有意思的一段提亲哟！尤其是这样的一则故事，眼下竟由未来的亲家公亲口叙述，并且讲得有模有样，眉飞色舞，伙夫老人心里不禁乐开了花。可为了稳住自己的情绪，更为了能让罗石匠不认为自己只是个土包子，他必须兵来将挡、水来土掩——不，应该说是以恩报德，以礼相待——他必须也要讲一个故事作为回报，并且在内容上，最好能与罗石匠刚才讲过的故事密切相关。

伙夫老人能讲出那样的故事吗？或者说，他肚子里确实保存着那个故事，可是能够一五一十地讲出来吗？假如在讲述过程中，一不小心发生了"茶壶里煮饺子，有口倒不出"的窘境，那可多丢人哟！于是，在场的大人都瞅着他看，孩子们都盯着他瞧，识字先生的嘴角边，更是不大自然地抽搐了几下，似乎是想给伙夫老人提供一点提示。好在伙夫老人肩负重任，不负众望，并在急中生智之余，犹如神助般地完成了对下面这个故事的表达。

"嗨！前辈本家难道辜负了家族的厚望？"

在讲述恰如其分的故事之前，伙夫老人不禁朝罗石匠飞快地瞥了一眼，然后自问自答道："没有，真的没有哎！"

"既然没有，那就接着往下说。"罗石匠开始催促道。

"好嘞，他确实是个好女婿！"

"嗯，我也这么认为。"两位未来的亲家公，开始变得一唱一和。

"那个小伙子，不仅是个好女婿，而且……"

"而且什么？"

"而且在无意中，还创造了'入木三分'这个成语。"

于是，伙夫老人胸有成竹地"吹牛"起来：

一切得追溯到皇帝要亲临北郊去参加祭祀的那桩大事。

王氏家族有生意头脑并常年在外奔波的人，恐怕很少不知道，过去做生意的店家，一般是有招牌的，并要将自家的店号起个大吉大利的名称。比如"盛锡福"呀，"恒源祥"呀，"老正兴"呀，"东来顺"呀，"洪长兴"呀，等等等等，名目繁多。

单说东晋年间，有家王氏商店生意做得不错，门面扩大了，货物增多了，旧的招牌也想换个崭新的。

可别小瞧这招牌，它对生意的好坏还挺有影响哩！因此，招牌一般是用上等的木板做成的。

凑巧，有人给找来了一块曾祭祀用的木板，木板上写满了祝词之类的文字。

哦，原来，它是皇帝亲临北郊、参加祭祀用过的木板。

虽然民间早有传言，说担任右军将军职务的王羲之，书法写得不错，可究竟好到什么程度？皇帝没有亲眼所见，便趁机将在木板上书写祝词的差事交给了他。

祝词在木板上写好后，还需再派民间雕刻家来雕刻。

雕刻的人一边雕刻，一边惊奇地发现，王羲之写的字，笔力渗入木头里竟然有三分多，于是，便啧啧赞叹道："右军将军的字，真是入木三分呀！"

想不到，这块木板居然落到一家普通的王氏商店。

一开始，人们并未在意，商店老板让人把木板上的毛笔字给洗掉，以便写上新的内容。

谁知，干活的人擦洗老半天，木板上的毛笔字，不仅没有擦掉，反而变得更加清晰。

既然如此，那就刨吧！

用刨子刨去一层木板，看上面的书法还往哪里躲。

可奇怪得很：刨过之后，木板上的笔迹，依然清晰可见。

干活的人，对着木板又刨了两层，笔迹还能看到。

围观者这才惊讶无比：这字是谁写的？怎么这般深刻有力！

一位懂书法的老先生走过来一瞧，当即惊呼道："想不到，这是书法家王羲之的笔迹，真是入木三分啊！"

就这样，"入木三分"这个成语出现了，并很快不胫而走。

伙夫老人"吹牛"到这儿，一桩婚姻大事就这么被"吹"成了：两人当场决定，明年夏天，罗石匠女儿年满十八岁时，就和伙夫老人的小儿子兴宁配成婚姻……

真是人算不如天算！又一桩婚事，就这么轻轻松松地敲定下来。这里面，"秀才"的功劳自然功不可没。

此时，伙夫老人忽然发现，聚集在草垛旁的人，不觉变得越来越多，甚至连在祠堂里排队准备磨豆子的人也溜了出来，大概只为了能听一听"吹牛"的故事。其中，阿公从江边也赶了过来，他将伙夫老人与罗石匠当众许下的诺言，记得十分清楚。

"哎哟，想不到你也来啦？"伙夫老人冲他打起了招呼。

阿公笑了笑，一时未做回答。

"如果你不介意，我想……"伙夫老人灵机一动，计上心头，可在表达时，却又有点欲言又止。

"什么事？尽管说。"阿公鼓励道。

"我想让水灵与守金结的娃娃亲，也能沾点喜气。"

"你是前辈，有什么新想法？"

"也算不上什么新想法，只想让下一辈也能沾到喜气。"

"说得具体点嘛！"

"也就是说，我家老三兴宁和罗石匠宝贝女儿办喜事那天，同时向外界正式宣布：我孙子守金和你家水灵也结了娃娃亲。"

"唉，多此一举！"阿公嗤嗤一笑。

"是不是……你有点介意？"

"哪里，哪里。君子一言，驷马难追——两天前，你亲口向我和水灵她妈说过这样的话。"

"只是……有点对不起你的宝贝女儿。"

"喊，她小得很，贪玩还来不及！"

"那她……人呢？"

是呀，水灵呢？还有守金呢？这对亲上加亲的娃娃亲，刚才还在像模像样地听着大人讲故事，可一眨眼溜到哪儿去了？

"在那儿！"自始至终都舍不得离开的龙江，眼睛尖得很，很快发现了目标。

——哦，两人原来跑到另一个草垛的旮旯处，重新造起了雪人。

"那……就这么定啦！"伙夫老人分别望了阿公和罗石匠一眼，最后一言为定道。

在场的大人们听后，纷纷竖起大拇指，而识字先生摇头晃脑般地加了这么一句："呱、呱、叫！"

第六章
夏天的流水席

"水灵，你是我'烧锅的'！"

再次定下"娃娃亲"的那个夏日中午，伴随一阵急促的鞭炮声和此起彼伏的知了鸣叫声，住在石磨王的守金，一边在自家门前和他弟弟守坤争相寻找地上炸剩下的小炮仗，一边学着用大人的口吻来逗乐水灵。

水灵一开始不理不睬，只顾在新来的人群里钻来钻去。在别人眼中，她像是一只快乐无比的小兔子，又像是一条一不小心被浪头带到岸上活蹦乱跳的小江豚。是呀，她才虚龄五岁，怎么会懂得"娃娃亲"的含义？又怎么会晓得'烧锅的'意义？虽然如此，可她明白：守金门前的一大片树荫下，从别人家借来的一张八仙桌已经摆开，只等流水席正式开始。同时，她还隐约得知：今天不仅是守金的小叔兴宁娶新娘子的好日子，而且自己也沾上了一份喜气，不然的话，她的家人怎么会全跑过来喝喜酒呢？甚至连表舅之类的远房亲戚，也赶来凑热闹哩！

"不知从何时开始，古水镇一带有了吃流水席的习惯：碰到红白喜事，乡下人不会像镇上人那样，到饭店酒馆去包几桌酒席，而是在自家门前搭起棚子，垒起灶台，请上两个乡厨，自己做酒席来宴请所有的亲朋好友。可你们晓得吗？在我国西北农村，这种习俗，从古一直延续至今，无论穷家富户，家家都是这样：吃完一道菜，端上另一道菜，如行云流水，所以称做'流水席'。"发表这番高见的不是别人，正是水灵的表舅识字先生。

此刻，见围拢在身旁的客人明显多了起来，胸有成竹的识字先生，变得像个说书人一般，越说越带劲，越说越滔滔不绝。不信的话，你们都过来听听：

这种吃法，最早还是隋唐时代僧尼所独创的：为了款待有地位、有声望的施主，他们不仅煞费苦心研究出别具一格的素食斋饭，而且便于香客就餐，还把木制的条盘一一漂在水渠上，"流水席"因此而得名。

后来，这种吃法，被喜欢摆阔气的百姓搬到了民间宴席上。它共有二十四道菜组成，这二十四道菜，分为八冷十六热。其中，八个冷菜中，分四素四荤，是先上桌的下酒菜；十六个热菜中，有四个压桌菜，其他十二个菜每三个一组，都用大小海碗盛装，味道相近，每组都有一道领头大菜，叫"带子上朝"。民间的流水席，根据主家的经济情况可选定档次。每桌坐八个人，每上一道热菜，大家都纷纷盛舀。因为有汤水，又有大小碗，所以又称做"小碗汤儿"。每碗汤里配料齐全，数量固定，平均每人一到两汤勺。这对眼疾手快的人来说，十分有利，而对讲究斯文的人来说，根本"抢"不到。至于"甜盘子"是必上之菜。它是米与蜜枣蒸熟的，周围围上炸熟的红薯，顶上撒上白糖。这道菜，一般需要用黄酒或开水浇顶，化开白糖方能食用。最后一道菜为"肉丸子"，类似四喜丸子，但汤碗里一共盛有八个，正好每人一个。这道菜吃完后，流水席也就结束了。

等候吃流水席的人群中，有大人听得津津有味；有小孩因听得嘴馋，口水正顺着嘴角往下流淌；还有一个以"专揭家族短处"而有名的"大嘴巴后生"兴邦，"嚯"的一下从板凳上起身，径直朝厨房跑去。回来后，他冲着识字先生，不依不饶地嚷道："'秀才'，你是在骗人！"

"噫，你说什么？"识字先生一时大惑不解。

"我是说，你在骗人！"

"骗你什么啦？"

"你刚才说的流水席，全是一派胡言！"

"噢，原来是这样。"识字先生显得有点难堪。

"你说十六个热菜中，有四个压桌菜，其他十二个菜，每三个一组，都用大小海碗盛装，味道相近，每组都有一道领头大菜，叫'带子上朝'。"

"大嘴巴后生"与识字先生不觉抬起杠来。

"嗯，我刚才确实是这么说的。"

"那么，请问'秀才'大人，'带子上朝'究竟是什么？"

"你去厨房看看，不就知道啦！"

"我刚才去看了。"

"不妨说出来，让大伙儿听听。"

"海碗里盛装的，要么是红烧豆腐，要么是红烧萝卜，要么是红烧土豆，要么是红烧大白菜……没有一样能称得上是'带子上朝'。"

前来吃喜酒的客人，不禁窃窃地笑了起来。

"你们不要偷着笑，我说的全是真话！"

"小伙子，我前面普及的，还有一点，你别忘了。"

"哪一点？"

"就是民间的流水席，主家可根据经济情况来选定档次。"

在场的人听到这儿，不再笑了，可后生兴邦冲着"秀才"，依然不服输地嚷道："还有，还有……"

"还有什么，你慢点说。"识字先生安慰道。

"还有……就是最后一道菜。"

"嗯，我说过，最后一道菜吃完后，流水席也就结束了。"

"问题是，你说最后一道菜为'肉丸子'，类似四喜丸子。"

"不错，我确实是这么说的。"

"你还说，汤碗里一共盛有八个，正好每人一个。"

"是呀，有什么问题吗？"

"问题是，'肉丸子'没有，只有'红薯丸子'。"

兴邦揭短到这儿，似乎还不解气，便冲着前来吃喜酒的亲戚们又加了一句："要是不信，你们都去厨房看看，耳听为虚，眼见为实！"

又是一阵窃笑声。

"还有……"

"还有什么？"识字先生不觉对"大嘴巴后生"产生了兴

趣，便凑上前去，乐呵呵地问。

"当然有，"兴邦显得气呼呼的，"'秀才'说了，为了摆流水席，主家搭了棚子，垒起了灶台，可这两项，根本没有！"

"还有呢？"

"还有，你说主家会请两个乡厨过来，可在厨房忙碌的，不是这个婶那个嫂，就是七大姑八大姨……全是一大堆亲戚。"

"这……有什么不好？"

"好，当然好，可是……"兴邦还想继续"揭短"，却不料伙夫老人的二媳妇出现了——她是兴义"烧锅的"，也就是我的奶奶。在这样一个"小叔子兴宁娶亲、儿子守金又与水灵正式结成娃娃亲"的双重喜庆里，她有义务更有责任站出来亮亮相——于是，她操着一双小脚，从厨房里一颠一颠地跑了出来。她的双手，分明捧着一只面盆，面盆里盛的是蒸熟了的红薯，红薯已被捣得稀烂，成了细腻的红薯泥。下一步，加一些粉就行了。于是，我奶奶首先对第一桌流水席还未正式开席表示有点歉意，然后冲着前来吃喜酒的亲戚们安慰道："这是最后一道菜，不是肉丸子汤，而是红薯丸子汤，我手头正在做着哩！该加什么粉呢？"她趁机也普及起来："淀粉？面粉？还是其他什么粉？我告诉亲戚们，都不对噢！要知道，为了让红薯丸子能够定型，粉子是少不了的。如果用面粉，丸子放凉后，口感很硬，而且很吸油，口感太油腻。而我这回，要把丸子做得更酥脆些，更好吃些，这就需要多做一步。这一步是什么？就是高油温复炸，让丸子外酥里嫩，也能逼出更多的油分，使口感清爽不油腻。"

絮絮叨叨地说了一大堆，我奶奶似乎觉得还没讲到点子上，便接着说："正确的做法应该是，一半面粉，加上一半糯米粉，这样才能保证口感外焦里嫩，不油腻；放凉后，也不至于软塌、发硬。"

"哦，二婶原来是在图省钱。"想不到，"大嘴巴后生"兴邦和我奶奶也抬起杠来。

"呃？"我奶奶愣了一下。

"二婶，你想想，什么高油温复炸呀，什么清爽不油腻呀……依我看，若用一句话来概括，不外乎就是……"

"就是……什么？你说！你说！"

"我说了，你别生气。"

"你倒快点说呀！"

"就是……舍不得买肉！"

"兴邦小子，你……你……"

"要是有肉，不管瘦的还是肥的，做成什么汤都好喝。再说啊，亲戚们肚子里所缺少的，难道不正是肥肉的滋润？！"

大概这回被"大嘴巴后生"所言中，等着喝喜酒的人不再笑了，而是默默点了点头，有的甚至还向兴邦悄悄竖起了大拇指。

"老弟呀，你说得没错！"识字先生这时接话了。他说："当然，还有这样的一种'流水席'：鸡鸭鱼肉一起上，等一拨客人吃完了，抹嘴走人，换另外一拨人再吃。前几天，我正好看到一本来自民间的野史，上面有着更加明确的记载：陕西地方流水席，一般半下午开席，大约两到三点。喜事一般中午为臊子面，白事要看主家情况而定。由于农村流水席在午饭与下午开席之间，大约还有两三个小时，亲朋好友可以充分利用这段时间，来忆忆苦，或叙叙旧，所以，农村流水席，会比在酒店聚会更具人情味，不会开席而聚，闭席而散。至于酒席本身，办得有没有档次，有没有品位；菜肴准备得丰富多彩，还是心有余而力不足……这些就另当别论啦！但我敢说，今天赶来吃喜酒的，不会有人去计较这些。"

"是呀，是呀，不愧是大名鼎鼎的'秀才'噢！"伙夫老人这时接话了。

"那个兴邦小子所说的，大家不用去理睬。"他倚老卖老地说，因为他知道，对方已过世的父亲，和他只是堂兄弟。

"你们知道吗？兴邦今天为什么会变成这样？"伙夫老人转而冲着亲戚们问道，然后乐呵呵地做了这样的解释，"他其实比兴宁年长好几岁，还没成婚，今天趁吃喜酒的机会，顺便说说玩笑话，甚至当新娘子的面，冲着他的堂弟捣捣蛋，也并不显得有什么过分。各位亲戚，请多多包涵！至于粗茶淡饭，我想你们更不会计较的。"

"噫？新郎与新娘呢？"识字先生忽然向愣在一旁的我奶奶问。

"他们两个，一大早就去了古水镇。"

"去镇上做什么？"

"听说镇上新开一家照相馆。一对新人，想拍个结婚照，留作纪念。"

……

不一会儿，一道道海碗盛装的土菜，已被旋风般地端上了桌子。

——流水席总算开始了！

第七章
两小无猜

"水灵，你是我'烧锅的'！"

当守金操着从大人嘴里学来的称呼再次逗乐水灵时，两人已经填饱了肚子。

"你叫什么名字呀？"水灵站在门外的树荫下，一本正经地问道。

"我不是告诉过你了吗？"

"忘啦，再说一遍。"

"金子。"

"有学名吗？"

"有。"

"我还不知道，说来听听。"

"叫守金。"

"金子哥！"水灵听后，脆生生地唤了一声，然后又问道，"'烧锅的'究竟是什么意思？"

"连这个你都不晓得？"

水灵"嗯"了一声，有点难为情地低下小脑袋。

"'烧锅的'，就是……天天待在家里，烧锅做饭，缝缝补补，负责所有家务。"

"哼，想得美！"

"为什么呀？"

"我才不干哩！"

"为什么呀？"

"因为你说的那些，没意思。"

"那就……不让你做'烧锅的'。"

"做什么呢？"

"做媳妇好啦！"

"难道媳妇比'烧锅的'要好些？"

"可能是吧！"

"为什么？"

守金想了想，很快答道："因为媳妇，就是男孩最喜欢的女孩。"

"噢，那我愿意。"

——说到这儿，水灵似乎不大放心，便又喊了一句："金子哥，你要记住刚才的话，永远喜欢我才行！"

"那当然。"

"可我……还是放心不下。"

"拉钩怎么样？"

"好哎！"

话音刚落，两个孩子的小指头，已迫不及待地勾在了一起。

他们一边拉着钩，一边还不断地吆喝着："拉钩上吊，一百年不许变……"

接下来，见门前的流水席依然在吵吵嚷嚷中进行，守金便拉着水灵，随一帮孩子叽叽喳喳、有说有笑地跑向不远处的河边。

这里是上江的江北，南面临着长江，境内河塘水荡随处可见。

孩子们去河边做什么？当然是嬉水、捉鱼虾、摸螺蛳、踩"歪歪"（又名河蚌）。水灵一边开心地玩耍，一边唱起这样的歌谣：

螃呀么螃蟹哥，

八呀八只脚。

还有两只大夹夹，

一个硬壳壳。

夹呀么夹着你，

甩也甩不脱……

可没想到，歌中所唱的情形，恰恰让水灵给撞上：她没有摸到鱼虾，也没有踩到什么"歪歪"，却踩中一只大螃蟹。

水灵担心螃蟹会从脚底下溜掉，便大胆地伸出双手将它给按住。

按是按住了，可她右手的大拇指同时被螃蟹的大钳子给夹住，疼得很，又动弹不得。

她只好咬紧牙关按着它，谁知按得越紧，螃蟹的大钳子就夹得越重。

于是，她"唔唔"地哭了起来，哭得摇头晃脑，一筹莫展。

"你在哭什么？"几米之外的守金，一边高声问道，一边朝她而去。

"唔……我抓到了一只大螃蟹。"

"噢，有这样的好事？"

"可它……咬住我啦！"

边哭边说到这儿，水灵忽然来了一股勇气，呼啦一下竟将一只张牙舞爪的大螃蟹，从水下提了上来。

守金这才发现，水灵右手的大拇指果然被夹住，正流着血，殷红殷红的。于是，他连声喊道："松手，快点松手！"

"不！"水灵倔强地摇着小脑袋。

是啊，好不容易逮住一只大螃蟹，她怎能轻易松手让它跑掉？

"让螃蟹平躺在水面，你就松开手。"守金依然在一旁指挥着。

"不，我不！"水灵哭嚷得更加厉害，并用近乎哀求的语调说，"你快点帮我把它给拽开。"

"瞎说！"

"快点呀！"

"那样一来，螃蟹的大钳子会把你指头夹断。"

"那……怎么办呀？"

"照我说的去做。"

"如果螃蟹真的溜了呢？"

"有我在，它溜不了！"

听守金说得如此肯定，水灵这才缓缓地将大螃蟹放进水里。

117

螃蟹遇到水后，果然慢慢松开大钳，不再继续咬人。它那两只小眼睛，骨碌碌地朝四周瞅了瞅，企图溜之大吉。谁知守金早有准备，从螃蟹的下方，缓缓抬起双手，将它稳稳捉住。

接下来，他左手抓着一筹莫展的螃蟹，右手握住水灵流血不止的大拇指，一遍又一遍地吮吸着。见水灵不哭了，他从河里顺手扯起一截细长而柔软的水草，一头用牙齿咬住，一头扎住她的大拇指，扎了一圈又一圈，直到鲜血不再流淌，他才牵着她来到岸上。

"螃蟹也听你的话？"

见水灵充满好奇地发问，守金不禁摇了一下手上的大螃蟹，笑着说："这个张牙舞爪的家伙，谁的话都不会听的。"

"如果又被它的大钳子夹住呢？"

"要么放进水里，要么用火去烤，它才肯松开。"

"噢，金子哥，你真能干！"

"喊！别说螃蟹，就算踩到一只老鳖，我也能把它治得服服帖帖。"

听守金这么一说，水灵不禁笑了，笑得是那般开心。

后来，当两人带着被抓获的大螃蟹回到石磨王，流水席依然还在进行中。

那一年，水灵虚五岁了，守金长她四岁。

第八章

初进学堂

秋天到了，与守金同龄的龙江，终于进了学堂。

龙江性情好静，不爱凑什么热闹。空闲的时候，他喜欢找一些旧挂历、废报纸甚至破画报之类的印刷品，像模像样地翻看着，往往一看就忘掉时间。

"唉，家境再穷，也不能阻拦孩子去念书！"

"是呀，负责教书的张老师，和我们家好歹还能沾得上亲戚！"

……

经过一番商量，阿公、阿婆总算同意让龙江进学堂念书。

学堂是由附近一个无人居住的破庙修建而成，里面的窗户、课桌、黑板等，也一应俱全。

积极捐资的人是谁？当然是古水镇的袁大户。

默默修建破庙的人又是谁？当然是集木匠、石匠于一身的罗天顺。

"哎呀喂！袁大户家的小公子，也改进学堂念书啦！"

"镇上好几户人家的孩子，原先都是请私塾先生上门讲课，现在都进了学堂！"

"二十多个座位，齐刷刷地排列，看了会令人眼馋。"

"没想到，'宁住荒坟，不上破庙'这句古话，也有过时的时候。"

"哈哈哈哈！"

"人过留名，雁过留声嘛！"

"袁大户总算做了桩善事。"

"嗯，罗木匠也功不可没。"

……

此类议论，很快在古水镇一带传开。

好在龙江，有幸成为学堂里的一员。

穿过石磨王、张老洼两村的地界：石桥，向右拐个弯，顺着路边堆有大大小小草垛的一条土道，往前走四五百米，再绕过一个晒场，就到了。龙江每天都是这样提前赶往学堂。他还知道，晒场四周，除了几堆草垛外，还有个二十多米高的土墩子，如果爬上去，四周的一切可尽收眼底。于是，有人便说，这是古人留下的烽火台；也有人说，是以前操练士兵所用的指挥台；还有人说，那是当地百姓为祈求风调雨顺所设置的社稷坛……谁能说得清楚呢？好在龙江很快有了这样一个习惯：傍晚时分，放学归来，他会首先将学堂发生的一些新鲜事，一五一十地说给水灵听。

比如，开学第一天，识字先生不厌其烦地向学生们讲述了教学计划大纲。

计划大纲分四大部分，一是经费，二是生活，三是环境，四是口号。其中，最能吸引水灵的是第二部分，也是最有特色的部分，它由健康的体魄、科学的头脑、艺术的兴趣、生产的技能、自由平等互助的精神五项"生活目标"组成。

　　为了保证这五项目标的贯彻落实，计划大纲又详细制定了"生活的方式"，下分"个人生活"与"团体生活"两部分。前者共有近三十项，其中：（1）每天做内体运动一次。（2）每天要整洁一次。（3）每天写日记一篇。（4）每天吃开水五大碗和豆浆一大碗。（5）每天大便一次，且有定时。（6）每天看或听别人念本地和外地的报纸各一份。

　　说完每天要做的事，接下来是每年要做的事：（7）每年种痘一次。（8）每年洗澡约八十至一百次。（9）每年和国内外小朋友通信十二封……

　　计划大纲除规定每个学生每天每年要做的事情，还进一步扩大到人对环境的认识。比如，（15）要认识环境中最易见的动植物各十种以上，并且要观察各一种以上的生长过程及与人类的关系。（16）要认识每晚容易看见的恒星和行星十二颗以上，并能懂得风云雨露等自然现象的成因和人生的关系。（17）能欣赏名歌名画和自然风景。

　　此外，在计划大纲中，还有五条具体要求：（18）会唱十二首新歌。（19）会弄一种乐器。（20）会制作科学玩具及动植矿物标本各十种以上。（21）会开留声机、电影机和无线电收音机。（22）会摄影和冲洗印照片……

　　"请问：你的先生张老师，都能做到那些吗？"正在埋头做家务的阿婆，不知何时被吸引过来，突然间大声嚷道。

龙江一时被问得有点发愣。

"你冲着水灵罗列了一大堆,有什么意思?其中有一条,我听了之后,就像是龙王爷爷丢鞋——"

"什么意思?阿妈!"龙江问。

"不知云里雾里!"

听阿婆这么一解释,龙江总算缓过神来,并问道:"你刚才说的,究竟是哪一条?"

"第一条,"阿婆说,"'每天做内体运动一次。''内体'是什么意思?"

"噢,原来是这样!"龙江笑着解释道,"听张老师说,内体是室内小孩体育活动的一种类型。在比较大的教室里(最好地面上还能铺有一层木板),或过道的角落,放一些孩子用的运动器械,比如,跳床、平衡板、摇马、攀登架或攀登网、自制的硬纸盒'地道'、充气小城堡、大型塑料玩具、塑料小球池、必要的安全垫子等。这可以在户外天气不好、场地条件有限的情况下,仍然能为孩子们提供活动的机会。孩子在室内进行活动时,最好还要光着脚或穿着袜子,这样可以减少灰尘,保持室内清洁……"

"够啦!够啦!"阿婆打断龙江的啰唆,并伸出右手,在他额头上轻轻碰了碰,然后问道,"你是不是有点发烧?"

"没有呀!"龙江显得若无其事。

"既然不发烧,怎么净说胡话?"

"张老师说,以上的一切,只是计划而已,好让孩子们有个盼头。"

"张老师还扯些什么?"

"他说，'我们一天天老去的一代，是看不到那种美好的生活，更过不上那种日子。说不定将来某一天，你们和你们的下一代，或许有机会能够碰上。'"

"张老师真的是这么说的？"

"嗯，我记得很清楚。"

"那好吧！"阿婆将目光转向水灵，"你跟我到外面去挖野菜，别听你小哥胡说八道！"

"不，我不！"水灵显然不大乐意。

"你小哥说的，不过是城里公子、小姐所过的生活，与你们有什么关系？"

"我不，我不！"水灵一边说，一边用小手推搡着，意思让她母亲一人去外面挖野菜。

"野外好玩哩！有许多鸟儿，有各种颜色的蝴蝶，还有……"

"我不，我不！"水灵似乎不愿往下听，连忙用小手捂住耳朵。

"听那些没用的东西，只会害你！"阿婆变得喋喋不休起来，"将来啊，你洋不洋土不土，活像一个二百五，恐怕连婆家都难找到！"

"还有你，"接下来，她冲着龙江嚷道，"送你进学堂念书，只是让你多识一些字，会写一家人的名字，听那些没用的东西，同样也会害你！将来啊，你像孔夫子一样，穿着西服，不土不洋，会让别人笑掉大牙！"

"你走，阿妈，你去外面挖野菜！"水灵也嚷了起来。

"你这个小丫头，乱嚷什么？"

"我要听小哥继续讲下去。"

"听那些有多大益处？"

"我喜欢听！"

"要是不听大人话，当心把你扔到江里去喂江猪子。"

阿婆的恐吓，并没有吓倒她的宝贝女儿。——水灵继续推搡着，直到阿婆无可奈何地拎着一只破篮子，气呼呼地走到门外，她才善罢甘休。

"小哥，你接着讲。"

"……进了学堂，除了念书识字，还要学会认识社会生活。"龙江果然继续讲了起来。

"怎么去认识呢？"水灵问道。

"听张老师说，最好能选择一种生活——如瓦匠、木匠、铁匠等——详细观察，记在心里；已会写字的，就记在本子上。"

"阿妈去野外挖野菜，也是一种社会生活吗？"

"应该是。"

"阿爸去江边扳大罾，也是吗？"

"嗯，应该也是。"

"还有呢？"

"听张老师说，学生要学会游泳和撑船。"

"这个我顶喜欢！"听到这儿，水灵禁不住有点儿手舞足蹈。

"还有哩，"龙江说，"学堂里的学生，每日要轮流做主席和记录，每日要轮流烧饭和抬水，每年要长途远行一次。"

"去下江，也算是长途远行吗？"

"差不多吧！"

"那就让阿爸带我们去一次下江。"

"可现在不行。"

"为什么？"

"因为外面……在打仗。"

"谁和谁打呢？"

"当然是……好人跟坏人在打。"

"什么样的人是好人，什么样的人是坏人？"

龙江没想到水灵对这一话题纠缠不休，他想一言以蔽之，可凭仅有的知识，他一时很难能够回答清楚，于是，他只好说："把别人的好东西抢走，占为己有，这就是坏人！"

"嗨！谁有这么大胆量？"

"倭寇。"龙江没想到曾从阿公那儿学到的一个词语，此刻竟被用了起来。

"倭寇……是个什么东西？"水灵问得更加带劲。

"一开始，我也以为，那是一种没见过的东西。"

"既然不是东西，那是什么？"

"是坏蛋！"

"鸡蛋？还是鸭蛋？"

"嘻嘻嘻嘻！"

"小哥，你笑什么？"

"我笑你……猜得不对。"

"那是什么蛋？"

"你再猜猜。"

"鹅蛋吗？"

"也不对。"

"鸽子蛋？"

"也不对。"

"野鸡蛋？"

"也不对。"

"蛇蛋？"

"更不对。"

"那……到底是个什么东西？"水灵有点不耐烦了。

"一开始，我不就说过吗？是坏蛋！"

"谁跟你说的呀？"

"当然是阿爸。"龙江这才如实相告，"阿爸曾对我说过，凡是日本人，都被称为'倭寇'。"

"倭寇……有什么不好？"

"听阿爸说，'倭'这个字，本身指身材矮小的人，加上许多日本人都长得又黑又瘦又小，所以就被称作'倭人'。"

龙江没想到水灵对这个话题充满兴趣，更没想到自己能向对方普及有关这方面的知识，于是，他说："很久很久以前的汉代，日本岛上有上百个小国。其中，有一个小国向汉朝派遣使臣。皇帝见了，十分开心，就封日本小国王为'倭王'，并专门授予一枚印章，使它成为中国的附属国。这样一来，中国人对日本的其他一切称呼，都爱加个'倭'字。比如，长相丑陋的女子，叫倭傀；日本生产出的缎子，叫倭缎；日本所制的锋利佩刀，叫倭刀……再后来，中国人又开始将日本人称为'倭寇'，根本原因在于，我国东南沿海一带，接连发生一起接一起日本强盗入侵事件，'倭寇'也就成了'日本侵略者'的代名词。我这么一解释，你该明白了吧！"

水灵似懂非懂地点了点头。

"所以，我现在不妨告诉你，坏蛋，其实不是什么鸡蛋、鸭蛋，也不是什么鹅蛋、野鸡蛋，而是日本这个大坏蛋！"龙江及时补充道。

"也就是说，倭寇是个大坏蛋！"

"这就对啦！"

"幸好我们这儿还没打仗。"

"鬼不生蛋、鸟不拉屎的地方，自有它的好处。"

"晓得啦！这话我也听大人讲过。你进了学堂，还有其他什么要求呢？"

"当然有，"龙江继续普及道，"学生要养五对鸡，两只狗。"

"这个……也是你们上课的内容？"

"嗯，张老师确实是这么说的。"

"还有吗？"

"当然有。"

"快说，快说！"

"要学会捕灭蚊虫，并懂得它们为什么是人类的大敌。"

"要是阿妈还在听，一定会认为你们老师讲得有点离谱。还有吗？"

"张老师说，还要学会对社会的批判……"

"学堂里的学生，岁数一般有多大？"水灵这回主动提出了另一个问题，这个问题对她来说，或许显得尤为重要。

"大多数七八岁，只有我一人九岁，在班上年龄最大。"

"哦。"

"张老师在课堂上还说，要是能按照计划大纲所规定的内容进行学习，用不了几年，每个人身上的变化，不仅自己觉得惊讶，连家长们都会感到不可思议！"

说到这儿，龙江换了一个话题，并将张老师在课上分析给学生们听的一句话，当即背了出来："人有短，切勿揭；人有私，切莫说。"

"知道这话是从哪儿来的吗？"背完之后，龙江有点炫耀地问。见水灵显得一问三不知，他便大声自答道："《弟子规》。"

"为什么要背这句话呢？"龙江接着说，"因为我们每个人，都有许多不好的地方，无论大人还是小孩。可刚才，你对阿妈乱嚷一通，甚至推推搡搡，很不耐烦，害得阿妈气呼呼地走了。你这样做，对吗？"

水灵睁大眼睛望着龙江，嘴上虽没有明确地承认错误，小脑袋却极其认真地摇了两下。摇过之后，她喊了声"小哥！"并问道，"往后你会……继续教我念书吗？"

"会的，当然会！"

见龙江表态得这么爽快，水灵又变得开心起来。

龙江没有食言。以后放学回来，他会从书包里拿出一本《乡村小学语文》教材，放在一条长凳上，然后搬来两条矮板凳，让水灵老老实实地端坐在书的一侧，他自己则一本正经坐在书的另一侧，开始对照课本上的图片与文字，先讲解一番，之后领着水灵，煞有介事地读了起来：

猫捕鼠，犬守门，各司其职。人无职业，不如猫犬。

接着，他又领读起第二课：

孙赵二女，同校读书。孙女得新书，持赠赵女。赵女取纸笔报之。

随后是第三课：

徐湛之出行，与弟同车。车轮忽折，路人来救。湛之令先抱弟，然后自下。

接着是第四课：

王华行池畔，见地有遗金。华置金于水边，守其旁。待遗金者至，指还之。

当然还有第五课：

瓶中有果。儿伸手入瓶，取之满握。拳不能出，手痛心急，大哭。母曰："汝勿贪多，则拳可出矣！"
……

兄妹俩一个领读，一个跟读，可谓配合默契，似乎忘却了时间的存在。

谁让水灵也比龙江小四岁呢？

谁让他俩形影相随、情同手足呢？

终于有一天，水灵按捺不住内心的好奇，决定前往龙江念书的地方偷偷地瞄上一眼。只是双手刚刚落在学堂的窗台上，就被教书的张先生吓了一跳，以至"表舅"这个称呼都不知该怎么去喊，便一溜烟地跑开了。

但很快，她的心思不觉又回到学堂上。她没想到，在兵荒马乱的岁月里，龙江所在的学堂，时而书声琅琅，时而又鸦雀无声，这使她对原先的破庙，产生从未有过的敬畏与神往。于是，第二天，快要放学的时候，她又悄悄地溜了过去。

这回，趁学生们手握毛笔描红的时候，张先生轻手轻脚地踱到学堂外，冲着对方，慢声细语地说道："水灵这名字，还是我给你起的哩！"先生顿了顿，又说，"你小哥龙江，正在里面描红。"

这一回，水灵没有像上次那样转身离去，而是一动不动地站在原处，似乎想听听教书先生下面会说什么。

先生果然又说话了，并且所说的内容，连她万万都未能料到："要是也想进一回学堂，明早你就自带一张小板凳过来，和你小哥坐在一块，试听一个礼拜都不成问题。"

"真的吗？"水灵总算开口了。

"难道会骗你？"

"那我……这就回去。"

"急着回去干什么？"

"问一下家里的大人。"

"就要放学了，你和你小哥一道回去。"说完，先生将她丢在一旁，自己则默默地进了学堂。

不一会儿，放学的时间已到，一帮男孩旋风般地朝外奔去。

等张先生也离开时，躲在一旁的水灵，这才一惊一乍地钻进了学堂。

"小哥！"

"哎！"

"明天我也能进学堂。"

"知道啦！"龙江一边在埋头扫地，一边回答道。

"要自带一张小板凳。"

"嗯。"

"就和你坐在一起。"

"只是试听一个礼拜。"

"试听……是什么意思？"

"就是试着上课，不收费用。"

"然后呢？"

"然后……要么你自己不想往下念，要么大人不许你念书。"

"哦，原来是这样！"

水灵更加快乐起来，因为她相信，父母是不会阻止自己去念书识字的。

"哎！你等等我。"见水灵急着要走的样子，龙江冲她嚷道。

"我得先走一步。"

"为什么呀？"

"让阿妈早点知道这事。"

"再等会儿不行吗？"

"我等不及啦！"说完，她头也不回地溜了出去。

接下来，水灵不知龙江究竟又说了些什么，也不知自己究竟有没有向他再打什么招呼。在别人眼里，她可能是一只贴近地面的小燕子，飘飘然然，翩翩起舞；又像刚出生不久就蹦蹦跳跳、四处乱奔的小梅花鹿，快快乐乐，充满灵气。是啊，世上还有什么比这更令人开心的时刻？又有什么比这一时刻更令她扬扬得意、忘乎所以？！学堂外，一帮刚放学的男孩如脱缰的野马，你追我赶，尽情玩耍：有的从一个草垛下，猫着腰身绕到另一个草垛下，蹑手蹑脚，神出鬼没；有的分成两组，围着操场上的土墩玩起了骑马打仗的游戏；还有三四个穿红戴绿的女孩，在附近一条弯弯曲曲的田埂上，追着蝴蝶，嬉笑声不断……

第九章
瞧，那帮小男孩

"嗨，新娘子！"一个声音忽然在附近响起。

原来，当张先生宣布放学时，有个顶调皮的胖男孩，本想率先冲着水灵高嚷一声，却没有发现她的踪影。此刻，他总算找到表现的机会。

"他小哥呢？"另一个男孩跟着嚷道。

"是呀，龙江打扫卫生后，应该陪他亲妹妹一道回去才对。"

"不然多孤单哟！"

几个男孩停止游戏，聚在一垛草堆旁，七嘴八舌地议论起来。其中有个爱流鼻涕、精瘦精瘦的小家伙，头上扎有一条好看的细辫子，脖子上还佩戴一个银色的项圈。项圈在秋阳的映照与小主人一蹦一跳的跑动中，不时闪烁着诱人的光亮。

"哎，新娘子！"戴项圈的男孩冲着水灵也叫了一声。大概胆量一开始有点欠缺，叫过之后，他连忙躲到一个草垛后面，故意将自己隐藏起来。

水灵像是没听见似的，从对方身边轻轻走过。

戴项圈的男孩见了，显然有点失望，同时又平添几分人多气盛的勇气。于是，他从草垛后探出尖尖的小脑袋，冲着水灵不伦不类地学起了猫叫：

"喵——喵——"

"喵——呜——"

"咕噜咕噜。"

一连三次，见水灵仍然不理不睬，他便扮起另一种怪相，学起了狗叫：

"汪——"

"汪——汪——"

一帮男孩听了，纷纷伸出粗细有别、长短不一的脖颈，冲着水灵也接二连三地吼叫起来：

"汪！"

"汪汪！"

"汪汪汪……"

一阵乱叫之后，他们又蹦又跳，手舞足蹈，似乎生怕被新一轮游戏所淘汰。

新一轮游戏该怎么玩呢？胖男孩很快有了主张。

"我是大黄狗，汪！汪！"胖男孩率先蹲在地上，猛地朝前跳动两下，似乎一口就能咬住水灵的脚后跟。

"不对！不对！你这是青蛙在蹦。"一个男孩及时做了纠正。

"废话！这是我发明的新游戏。"胖男孩重新蹲在地上。他的脸蹩得通红，双眼瞪得老大，恨不得当场就给指手画脚的家伙来个响亮的耳光。

"噢噢，知道了。我是大灰狼，嗥！嗥！"对方乖乖地做了接龙，并弯腰朝前蹦了两下。

"我是一只大老虎，嗷！嗷！"戴项圈的男孩不甘示弱，紧随其后。

"我是……一只……大公鸡，喔！喔！"一个说话有点口吃的小男孩，总算接龙成功了；谁知话音刚落，却遭到前面胖男孩的一阵奚落："你是公鸡呀！公鸡有屁用？它能咬人吗？它能替我们追上去拖住新娘子吗？饭桶，简直是饭桶！"

被奚落的男孩，有点不服气地回击道："能，我家养的大公鸡，不仅追人，还敢啄人。"

胖男孩一时被驳得有点哑然。

过了一会儿，他只好冲着后面的人命令道："下一个！"

"我是一头小牦牛，哞——哞——"

"我是一只小山羊，咩——咩——"

喜欢指挥的胖男孩又不大满意了。他蹲在地上，屁股朝上撅得老高，并通过裆部下方，将后面两个接龙人的偷懒行为看得一清二楚。

"游戏不想玩了吗？"他冲着其中一个嚷道。

见对方装聋作哑，胖男孩又冲着另一个嚷道："不想玩，就滚蛋！"

"想玩，我们还想接着玩。"两个偷懒的小家伙齐声表态后，老老实实地蹲在地上，接连往前蹦了两下，虽然动作很不标准。

"可是……"戴项圈的男孩大概蹲得有点累了，不觉直起腰身，朝胖男孩瞅了瞅，显得欲言又止。

"你想咋呼什么？"胖男孩问。

"新娘子连头都不回一下，显然根本不理睬我们！"说到这儿，戴项圈的男孩幸灾乐祸，一脸开心。

大概是要进一步引起水灵的注意，那帮男孩又七嘴八舌地议论起来：

"她长得像只猫。"

"哎，真的蛮像。"

"特别是眼睛。"

"可猫的眼睛没她眼睛大。"

"依我看，她就是一只大白猫。"

"为什么这么说？"

"因为……她长得白。"

"还有，她脸上两边的腮帮子肉多，鼓鼓的。"

"嗯，确实不像穷苦人家出生的。"

"可能与她常喝新鲜的鱼汤有关。"

"噢，难怪。"

"你怎么知道的？"

"因为她家有个罾，很大很大。"

"有多大？"

"我说不准，反正大得很！"

另一帮在草垛后玩"骑马打仗"游戏的男孩，疯玩一阵后，气喘吁吁，满脸是汗，不知不觉也围拢过来，加入新一轮的话题。

"大罾是个什么东西？"其中一个男孩好奇地问。

"我知道，"另一个个头偏高，姓董，自诩"懂扳罾"的男孩，胸有成竹地将话题给抢了过去。他说，"那是一种四方形的扳网，有多大呢？比我家住的一间茅草棚还要大。"

"乖乖，这么大！"刚才提问的男孩，不觉将舌头朝外伸了伸。

"它里面还有不少机关哩！""懂扳罾"一边用手胡乱地比画着，一边扬扬得意地卖弄起来。他说："扳罾前，首先必须固定好四个角的对角交叉处，再连接一个结实的绳扣，绳扣上再装置一个长竹竿或木棍，向捕鱼人所处的岸边延伸。靠近岸的地方，得有个支点才行，用来拉绳；而罾的底部，还要坠一块至少有十斤重的石头。"

"用石头砸鱼吗？"胖男孩听得似乎不大耐烦，率先打断了对方的显摆。

"嘻嘻！一定是用石头去砸鱼。"

"把鱼砸晕了，就能捞上来！"

噫，没想到胡乱地问了一句，居然能得到两个小伙伴的支持，不愧是哥们儿！胖男孩为自己话语权的失而复得，不禁沾沾自喜。

"懂扳罾"听了，先是摇摇头，随之笑了笑，然后自问自答道："坠一块石头有什么用呢？是为了加快大罾的下坠速度。"

"然后呢？"戴项圈的男孩满怀好奇地问。

"懂板罾"有问必答道："由于石头坠在罾的底部，而罾的四角又被绳条牵引，扳罾时，人们就会看到一张呈漏斗状的大网。如果有鱼正好游过，就会被大网一下子给兜住。"

"然后呢？"戴项圈的男孩接着问。

"这个时候，扳罾的人往前靠近一点，用长把子捞兜朝前一伸，再往后一拖，鱼就进了兜里，让人一把给逮住。"

听了"懂扳罾"的一番描述，戴项圈的男孩似懂非懂地"哦"了一声；而胖男孩的脸上，显得有些沮丧。

"能扳到什么鱼呢？"似乎为了挽回面子，胖男孩又抛出一个新的话题。

"懂扳罾"瞅了对方一眼，不屑地回敬道："什么江鲢、江鲫、鳊鱼；什么鲤拐子、螺蛳青、昂刺；还有黄鳝、白鳝、螃蟹、虾子……几乎样样都有。"

"哇，你好厉害！"有人冲他拍起手来。

"喊，我也知道！"胖男孩不甘示弱道，"肯定还能扳到死猪、死狗、死羊，甚至人的尸体。"

"啊？！"有个胆小的男孩，听到这儿，像是当场被一盆冷水浇到身上，浑身不禁打了个冷战。

其他男孩将目光纷纷聚集到"懂扳罾"身上，似乎悄悄在问："自以为是的胖子，说得对吗？"

"懂扳罾"没有说"对"，也没说"不对"，而是将话题不觉转到另一个层面。

"你们说，这种捕鱼方式，像不像守株待兔？"他将下午在学堂里刚学到的一个寓言，及时抛了出来。

孩子们一时被问住了，过了一会儿才缓过神来。

"噢，没想到，真的像哎！"

"咦？真的蛮像。"

"可我不这么认为。"这又是胖男孩发出的声音。

"那你最好能摆出理由，让我们心服口服。"

"你们这些人，不爱动脑筋！"胖男孩果然发出了自己的高见，"一群鱼儿无忧无虑地游过这儿，谁都没惹，却呼啦一下被扳进网里，这不是拦路抢劫，又是什么呢？"

话音刚落，一帮男孩像是炸了锅的黄豆，有说笑的，有叫嚷的，有哼唱的，有一蹦一跳的。其中，戴项圈的男孩掩饰不住内心的兴奋，居然亮起嗓门，摇头晃脑地吟诵起几句古文：

蓬生麻中，不扶而直；白沙在涅，与之俱黑。人之交友，亦如是也。故当近君子，远小人。

孩子们听了，变得愈加开心；而胖男孩丢失的颜面，似乎又给挽了回来。

"可是，""懂扳罾"有点不服气地嚷道，"扳罾的时候，网里一般是没有鱼的。"

"为什么？"胖男孩歪着脑袋反问道。

"难道你没听过这样一句口头禅？"

"你说呀！"

"十扳九网空，一网能成功。"

"我不管，"胖男孩冲着"懂扳罾"，语气生硬地回道，"这种做法，在我看来，就是拦路抢劫。"

"懂扳罾"一时盯着胖小子，嘴角不自然地朝上翘了翘，并露出一丝意味深长的微笑："嗯，就算你说得没错。"

"还有，你刚才说什么'十扳九网空，一网能成功'。依我看，也不一定。"胖男孩接着说，并有不达目的决不罢休的意味。

"那你还想说些什么？"

"我想说，有时扳十网，也会落空的。"

"懂扳罾"这回嘻嘻一笑，并谈起他和长他两岁的哥哥，第一次去江边偷偷扳大罾的一些趣事。

那是一个暴雨渐歇的午后，江水浑黄得如同泥浆。趁大罾的主人不在现场，兄弟俩分别头戴笠帽，身穿蓑衣，兴致勃勃地钻出自家草屋，朝不远处悬挂在半空的那张大罾奔去。一开始，两人扳上来的不是空网，就是几条毫不起眼的小毛鱼。于是，他们便把原因要么归结于自身的手气，要么怪罪大网摆放的位置。其实，他们是头一回鼓捣这种玩意，连扳罾最基本的技巧都一窍不通，哪里懂得如果起网时偏重，造成水花大，会吓得鱼儿避网走开；下罾时偏急，网竹架不平衡，造成网脚落地七高八低，鱼儿会从网底轻易溜掉之类的道理？半个钟头过去了，近一个钟头也快过去了，两人除了网到一只癞蛤蟆和一条水蛇，像模像样的鱼儿仍然没能扳到。兄弟俩垂头丧气，准备回去，不再玩这种毫无意义的游戏，谁知最后一次，网脚还未完全脱水，兄弟俩便听到"噼里啪啦"的一阵乱响。哦，原来有条六七斤重的大青鱼，正在网里横冲直撞，甩尾翻滚。两人这回来了精神，当即行动起来：一个将大罾固定好后，顺着由几根树木搭起的简易小桥，一晃一晃地朝前挪动；另一个手持长把子捞兜，往前递去。两人一唱一和，配合还算默契，并盘算起回去后让母亲将扳到的大青鱼做成两道好吃的菜肴：一道是鱼头炖豆腐，一道是糖醋爆鱼块。当然，他们也会将大罾的主人请过去，陪他们父亲好好地喝上一顿酒。可高兴的劲儿未免有点过早：那条不肯就擒的大青鱼，糊里糊涂地钻进长把子捞兜后，又甩尾翻滚地窜了出来，并在还未完全脱水的大网中央，溅起一大团水花。那水花是黄色的，混浊的，并伴有金粉状般的细沙泥末，洒落江面，会发出"嘭嘭嘭"的沉闷声响。又一阵折腾过后，大青鱼总算累了，这才鼓着圆圆的眼睛，张着大嘴巴，乖乖地被请进了捞兜。接下来，兄弟俩收起沉甸甸的捞兜，正往岸边抬着，没想到，大青鱼活蹦乱跳又挣扎起来，这使得摇摇晃晃的窄木桥，一时晃动得更加厉害。在这危险时刻，兄弟俩只顾捞兜里的青鱼，却忽略了脚下的窄桥，结果脚下踏空，两人身体往前一栽，连人带捞兜纷纷落到江水之中。

"那条大鱼呢？"戴项圈的男孩迫不及待地问。

"跑啦！""懂扳罾"晃了晃脑袋，苦笑道，"我俩只顾往岸上爬，哪里还顾得上什么大青鱼？"

一帮男孩听到这儿，嘻嘻哈哈地笑了好一阵。

"大罾的主人这时回来啦！"他接着说，"得知好不容易扳到一条大青鱼又弄丢了，他不禁也摇头晃脑，哈哈大笑。因为是我父亲的老熟人，他没有训斥我们随便动用他的宝贝，反而还向我俩灌输了一套有关扳罾的学问。他说，'不是一年到头都能到江边扳罾，因为它的季节性很强，就像眼下的六七月份，一场暴雨过后，江水一片混浊，最适合捕捉。为什么这么说？因为鱼儿并非呆头呆脑，而是挺聪明，挺灵活，那双骨碌碌的小眼睛，如同火炬一般，能够洞察到水里甚至水面上的一举一动，平时人们很难能够扳到它们；只有发大水时，它们的视力才会减弱，才容易被人扳到手，这跟浑水摸鱼的道理其实大同小异。''可我俩扳了很长时间啦！'我哥不解地问。大罾的主人听后，一边悠悠地摆弄起大罾，一边冲着我俩说，'别看这张网大，其实也没什么了不起的。因为游速如箭的鱼儿，一眨眼的工夫，就能从大罾上轻松穿过。''那……该怎么办呢？''是呀，这里面确实有门道。''什么门道？''唔，我也说不准；鱼儿和我处得再好，也不会将捕获它们的秘密告诉我。不是有这么两句有关鱼的话吗：平生独爱鱼无舌，游遍江湖少是非。我爱这样的人，也爱所有的鱼。'大罾的主人朝我们兄弟俩看了看，然后才补充道，'要想能够扳到它们，扳网的隔点确实有门道。"

"哎哟，你是在给我们上扳罾课吗？"胖男孩忽然高声嚷道，并试图中断对方的显摆。

没想到，身材要比胖男孩高出半个头的"懂大罾"，朝地面重重地吐了一大口唾沫，并目不转睛地瞪了对方一眼。

胖男孩发觉后，似乎有点惧怕，便不再吱声。

"'什么是网隔点呢？'""懂大罾"这才接着说，"'我告诉你俩，就是前后两次起网的时间距离。要知道，只有当鱼儿入网和起网为同一时间点，才能提高扳鱼的效率。'听大罾的主人这么一说，我们一时没有回去，而是静静地待在一旁。看来大罾的主人果然是这方面的高手，两次起网居然都有收获，第一网是条不大的江鲫，另一网居然是条半斤左右的桂鱼。经过观察，我们发现，大罾主人的网隔点其实也不规则，有时要等待吸一支香烟的工夫，有时则需要一刻钟时间；而我们兄弟俩起网总是那般勤快，你扳一下，我紧跟着也扳一下，生怕路过的鱼儿从自己手上溜掉。于是，我哥不解地问大罾的主人，'你网隔时间并没有定性，可为什么时常能够扳到鱼儿？'对方听了，摇摇头说，'要是时常能够扳到鱼儿，那我不就发财啦！''可是，'我跟着问道，'你扳罾比别人内行，有什么诀窍？'见我这么一问，大罾的主人呵呵一笑，然后有点神秘地说，'见鱼速起网，无鱼勿起罾。''怎么就知道鱼儿进网了？''看呗！''怎么个看法？''眼观六路看水花，有鱼无鱼察鱼波。'说到这儿，大罾的主人趁机在我俩面前继续卖弄起来。他说，'不同的鱼儿在水里游动，会产生不同的鱼波：有的波大，有的波小；有的霸道，有的则像小姑娘一般，文文静静；还有的一眼看去就急如星火、火烧眉毛，生怕同类不知道它的存在。'"

说到这儿，"懂大罾"故意顿了顿，瞄了胖男孩一眼。

其他男孩见状，也将目光齐刷刷地投了过去。

"你们都看我干什么？我又不是大青鱼。"胖男孩生气地嘟囔了一句。

"嗨，没有说你是条大青鱼。""懂大罾"言归正传道，"'这就牵涉到会看鱼波的问题。这可是项技术活，只能意会，不可言传，因为其中的门道多得很。'大罾的主人讲得头头是道，我们兄弟俩也听得津津有味。末了，他还对我们兄弟俩说，'扳罾所选的位置也大有讲究，一般都选在江水回旋的水域。因为鱼类在这个水域，活动比较频繁，有时一网扳上来，竟能网住一群鱼哩！"

"那……大罾的主人不就发财啦？"有个男孩变得更加好奇。

"怎么会呢？""懂扳罾"笑着答道，"能供家人糊个口，就算不错。"

"你怎么知道得这么清楚？"又一个男孩问。

"我父亲在镇上经营各种渔网，怎么会不知道？"

"那你刚才说大罍的主人，究竟是谁？"

　　"龙江父亲呗！"

　　"噢，难怪。"

　　一帮男孩议论到这儿，忽然不再七嘴八舌，而是背着各自的小书包，一哄而散。

　　噫？怎么突然会这样呢？因为水灵在他们眼皮底下逃之夭夭了，而她在学堂负责打扫卫生的小哥，不知何时一声不吭地跟随在他们身后，将以上几个男孩所说的话，听得一清二楚。

　　"水灵，等等我！"见那帮男孩已作鸟兽散，龙江当即迈着碎步跑动起来，并朝前面喊道。

　　"哎！"水灵虽应答了一声，可目光却落在仿佛从天而降的另一个男孩身上。

　　那个男孩名叫守坤。

第十章
与守坤的对话

水灵是在快跑到石桥时才碰见守坤的。因为只顾埋头朝前跑着，路边又有一垛又一垛的小草堆，她差点和对方撞个满怀。

这不是守金的弟弟守坤吗？他什么时候也进了学堂？他哥守金呢？这么一想，水灵不觉停下脚步，并转过身去，叫了声："守坤！"

"哦，原来是水灵呀！"守坤回应道。

"你哥守金呢？"

"在家呗！"

"在家做什么呀？"

"一定在干活。"

"干哪些活？"

"拾柴火、拎水、浇菜、摸鱼捉虾……他几乎样样都会做。"

"这……不大公平！"

"为什么要这么说？"

"因为……他是你哥，应该先进学堂才对。"

"可我爸妈说了，不让他念书，他也不需要念书。"

听守坤这么一说，水灵的小嘴巴，不觉朝外鼓了鼓，像是有人惹她生气似的。

"守金本人也不想念书吗？"她追问道。

守坤嘻嘻一笑，随即摇头晃脑地说："非也，非也。"

"那……是什么意思？"

"因为……我和守金都抓过周。"

"呃？"

"怎么啦？"

"你刚才说什么？"

"抓周呗！"

"抓周是个什么东西？"

"这个你都不知道？"

"嗯。"

"你小哥龙江没跟你说过？"

"没有。"

"你爸妈也没跟你说过？"

"可能说过，但我忘啦！"

"好嘞。"守坤一边朝前挪动着脚步，一边愉快地当了回"小先生"，只听他一本正经地普及起来："它是小孩过周岁时，家里为小宝宝所举行的一种预测前途的仪式。这种仪式，一般都在中午那顿'长寿面'之前进行。讲究的富裕人家，会在床铺前摆设一张桌子，桌上放有印章、纸笔、砚台、算盘、钱币、账本、首饰、花朵、胭脂、吃食、玩具。如果小宝宝是个女婴儿，当然还要加摆铲子、勺子、剪子、尺子、绣线、手帕等物件。而穷苦人家，限于经济条件，抓周的东西自然也会少得可怜，有的人家，可能连一张小桌子都没有。怎么办呢？就用筛子、篾箩或一张铺在地上的大麻袋来替代，摆放的东西，没有《三字经》或《千字文》之类的书籍，就用破破烂烂的旧日历簿来替代。但要记住，过周的小宝宝，必须要由自家大人抱着，来到物品前，然后让宝宝坐在物品旁挑选，大人不准做任何诱导与暗示，看自家的小宝宝先抓到了什么，后又抓到了什么。这样一来，小宝宝将来的前途和职业，就能被测得大差不离。"

　　守坤显摆到这儿，不觉顿了顿，并朝身旁的水灵瞅了一眼，见她仍在老老实实地聆听着，便继续说道："每一样抓周的物品，其实都代表一种寓意。比如：笔，代表爱写字；算盘，代表擅长经商，会做生意；铜钱，代表富贵荣华；书，代表有学问；吃食，代表有口福、及时行乐；葱，代表聪明；芹菜，代表勤劳；稻草，代表适合干农事；刀剑，代表能做警察、当军官……"

　　"你抓到什么啦？"水灵不禁问道。

　　"印章。"

　　"印章又代表什么？"

　　"听大人说，它代表官运亨通，掌握实权。"

　　解释到这儿，守坤好像担心水灵仍没完全听懂，便又补充道："长大后，说不定我真的能够做官。"

　　"那……你哥呢？"

　　"他也抓过周，并且接连抓过两次。"

"第一次抓到了什么？"

"稻草。"

"第二次呢？"

"唔……让我想想。"

"别吞吞吐吐，快点说呀！"

"我想起来啦！"

"是什么？"

"尺子。"

"尺子？"水灵不解地问，"尺子……不好吗？"

"听爸妈说，尺子代表建筑设计。"

"嗯，起码要比印章强。"

"可哪有什么建筑哟！连矮棚草屋都住不起，设计管个屁用！所以，守金的命苦得很！抓周那天，他抓住一个小尺子，牢牢不放，就跟抓一根扁担、一把锄头差不多，注定一辈子卖苦力，干粗活。"

"呸！呸！呸！鬼话连篇，我才不信！"

"不信的话，你就回去问问你家大人。"

"你瞧不起守金；你家大人和你一样，也瞧不起守金。"水灵这回真的生气了，眼睛不觉瞪得又大又圆。

"水灵，我没说谎，是真的。你别生气，我们两家还是亲戚。"

"你说说看，亲在哪儿？"

"你的妈妈和我爸爸是堂姐弟。"

"还有呢？"

"我爸爸称你妈妈叫堂姐。"

"还有呢？"

"你妈妈称我爸爸叫堂弟。"

"还有呢？"

"烦不烦呀？哪有这么多'还有'！"

"有，当然有，你答不出来了吧。"

"怎么会答不出来？你称我爸叫舅舅，称我妈妈叫舅母。"

"还有呢？"

"将来……"

"将来怎么啦？"

"将来呀，我会叫你……嫂子。"

"去！去！去！懒得与你啰唆。"说完，她跺了跺脚，便扭头而去。

"水灵，我来啦！"龙江的喊声，又从身后传来，并且变得越来越清晰。

水灵像是没听见似的，只顾埋头朝前跑着。有阵阵秋风，从耳边飕飕掠过；几只麻雀，像是要与她比赛似的，忽上忽下，忽左忽右；两只喜鹊也凑起了热闹，它们从身后倏地飞到前面，然后栖歇在土路两旁，叽叽喳喳，摇头摆尾，间或还冲着地面的巴根草啄上一口，衔在嘴里，似乎要朝主人伸去，模样显得友好又殷勤。"去！去！去！"水灵朝它们挥了挥小手，看上去有点不大耐烦。接下来，她不再跑动，而是改为不慌不忙地行走；当走近喜鹊时，她朝路两边的两个小东西又挥了挥手。见对方依然我行我素，叫声不断，大有不肯让路之势，她便索性停下脚步，朝它们瞪了几眼，又跺了跺脚，两只喜鹊这才识趣般地飞到路边一棵柳树的枝头上，玩起了荡秋千的游戏。

第十一章
委屈的泪水

"丫头，你的眼睛怎么红得像个兔子？"

阿婆背着半口袋野菜，心满意足地从野外回来了。那些来自江堤下、田埂上、菜园边、渠道里的野菜，要么是鹅肠草、雷公根，要么是紫花地丁、婆婆丁，要么是马齿苋和一小撮荠菜……它们洗净后，往往会和玉米面拌在一起，放点盐，做成菜饼，可供家人填饱肚皮。在这些野菜中，水灵不怎么爱吃婆婆丁，即使把它焯过水，苦涩的味儿依然挺重。那么，她最爱吃什么呢？当然是荠菜炖鱼汤。只要阿公能在江里扳到鱼，阿婆便会隔三岔五地做一碗鱼汤加荠菜让她解馋。谁让她是家里的老巴子呢？谁让一家人都喜欢她、怜惜她，甚至宠爱她呢？只是水灵还没到真正懂事的年纪，又怎么能理解家长的一片苦心？于是，见阿婆冲着她说了句玩笑话，水灵一时没有理睬，而是不大自然地抬起右手，朝两边的眼角揉了揉，脸上所呈现的表情，期期艾艾，欲语还休，似乎充满一肚子的委屈。

"你……怎么啦？"阿婆又问道。

她还是没有搭话。

"真的哭啦？"

水灵这才"嗯"了一声。

"好端端的，为什么会哭呢？"

"我和守坤……吵架了。"这回，水灵答话的声音，忽然变得很高，仿佛守坤真的和她吵架似的。

"呃？怎么回事？"

"他说守金的坏话！"

"什么样的坏话？"

"说守金……一辈子只配卖苦力、干粗活。"

"还有呢？"

"还说……他不需要进学堂念书。"

"唉，家境不好，念不起书呗。"阿婆一边打着圆场，一边长长地叹了口气。

"可是……"

"你还想说些什么？"

"我……"

"有话快说。"

"我想……"

"别吞吞吐吐。"

"我想进学堂！"这回，水灵想说的话，总算脱口而出。

阿婆不觉有点惊讶，并问道："你今天是不是吃错了药？"

"阿妈，我没生病，也没吃药。"

"那去哪儿啦？"

"去了学堂。"

"去学堂做什么？"

"想念书。"

"莫非你小哥进了学堂，你也想跟他学？"

"可学堂里，不光有男孩，还有女孩，年龄比我大不了多少。"

"那、是、因、为，"说到这儿，阿婆特意停了下来，白了水灵一眼，然后加重语气，一字一顿地教训起来，"人、家、有、钱！"

水灵似乎不敢吱声了。

好在龙江及时赶到。

像是看到救星似的，水灵很快迎上前去，并将刚才未说完的话，当着龙江的面，接二连三地抛了出来：

"老师没跟我谈钱。"

"让我自带一条小板凳。"

"明天早上，就可以去学堂听课。"

"和小哥坐在一块。"

"试听一个礼拜……"

"以后呢？"阿婆突然打断水灵的无理要求，并独自扮成母女两种角色，有点滑稽地表演起来。她老人家表演的是什么呢？原来是单口相声：

女儿："阿妈哎，一个礼拜眨眼就到啦！"

母亲："光阴似箭，谁说不是呢？"

女儿："接下来，该怎么办？"

母亲："闺女呀，你看怎么办？"

女儿："可我进学堂……有了瘾！"

母亲："就跟你阿爸爱吸那种劣质的香烟一样？"

女儿："嗯，有点像。"

母亲："那就戒掉！"

女儿："难戒掉。"

母亲："哼，想得美！"

女儿："可念书……跟吸烟是两码事。"

母亲："道理一样，都是上瘾。"

女儿："阿妈，我想……"

母亲："闺女呀，我也想……"

女儿："那就……"

母亲："可是……"

接下来，是一阵"嘤嘤"的抽泣声。

阿婆这才停止了单口相声，而水灵瘦弱的双肩，正朝上一耸一耸的，好像真的受到莫大的委屈。

站在一旁的龙江，这时开口了。他向阿婆说："放学以后，我主动要求留下来，负责打扫学堂里的卫生。"

"什么意思？"阿婆不解地问。

"明天、后天、大后天……我会天天留下来打扫卫生。"

"哦，原来想偿还人情债？"

"张老师与我们家，本来就是亲戚"。

水灵听到这儿，不觉用手抹了抹脸上的泪珠，望着龙江问道："很亲吗？"

“总之，能沾上亲。”

水灵将目光转向阿婆，一时没有吱声，只是期期艾艾地瞅着对方。

“没错，你们应该叫他表舅。”阿婆心一软，总算道出其中那层拐弯抹角的亲戚关系。

“那就更好啦！”水灵当即破涕为笑。

“可你小哥进学堂的事，我们已经求过人家。”

“这一回，是表舅主动提出来，让我去学堂试听。”

见水灵小小年纪，就学会强词夺理，阿婆不禁冲着她来了句“人来疯”，并指责道：“你没在学堂旁转悠吗？你没趴在窗户外偷看里面的孩子上课被老师逮住吗？你远房的表舅张老师放学后，带着你主动上门跟我们大人商讨过试听这桩事情吗？……喊，对方不过随口说说而已，可你这个不懂事的小丫头，倒学会了拿着鸡毛当令箭这套本领！”

一连串的责问，使得泪水在水灵眼眶里，不知不觉又打起转来。

第十二章

想进学堂与扳大罾的阿公

水灵显然不肯罢休，她想拉着龙江一道，去江边找我阿公评评理。因为在她有限的记忆中，阿公不光知书达理，还会讲一个又一个的故事。

江水干涸·跳龙门

"那是多年前的一个秋天，秋汛来了，江水猛涨，一切都没有任何不祥的征兆。可是谁能料到，一夜过后，江水居然不见了，并且消失得无影无踪。这不是活见鬼吗？消息被位于下江一个村落的几个村民传开后，江的两岸，顿时如炸了窝一般，都慌了神。不少人站在岸边指手画脚，议论纷纷。有的说，这是天神在玩弄人间；有的说，可能是触怒河神啦！河神不大开心，一下子就把长江里的水全部收走了；还有的说，江里本来就有龙王存在，水下的鱼呀、虾呀之类的生物，都是龙子龙孙。由于住在岸边的人，长年累月都在捕鱼，一不小心竟将龙王激怒了。于是，龙王爷先是叹了口气，随即又长长地吸了口气。这一吸，就毫不客气地将满满一江的秋水给吸走了。"

这是龙江进学堂不久的一个黄昏，水灵缠着他前往江边去看望阿公；而阿公一边扳着大罾，一边慢声细语地向兄妹俩讲起了下江所发生过的那桩怪事。

"这是真的吗？"

水灵听了，忽然"啊"地惊叫一声，龙江不觉也打了个冷战。当渐渐缓过神来，水灵这才斗胆问道。

阿公接过她的话头说："一开始，我也半信半疑：什么龙王啊，天神啊，怎么会有？可水呢？满满一江的秋水呢？怎么会在一夜之间就消失得无影无踪？正考虑往后该如何生活的下江村民们，终于顾不了许多，他们立即行动起来，卷起裤管去江心拾捡东西。要知道，江底下的东西是多么丰富：从锅碗瓢盆、破铁锈镜，到茶壶尿壶、瓶瓶罐罐，甚至刀鞘箭头、莫名其妙的旧时战车……古里八怪，应有尽有。可收拾那些东西有多大益处？填饱肚皮才最为要紧。好在奄奄一息或刚刚死掉的鱼儿俯拾皆是，顺手拈来。动作敏捷的男子，能捡满几个箩筐都不在话下。运到岸上后，洗净晒干留着慢慢吃，能供一家人吃上好几个月。这一天，人们正低头弯腰在江床上捡鱼，诡异的事情想不到又发生了：先是不远处传来闷雷般的巨响，随即一股水墙般的巨浪呼啸而至。捡鱼的人们发觉后，惊叫着，呼喊着，哭嚷着，并纷纷拿出吃奶般的力气，拼命往岸上奔逃；动作稍微有些迟缓的，就被汹涌而至的水墙一下子卷进去，转眼就不见了踪影。怎么回事？究竟是怎么回事？原本一江的秋水，消失的时候去了哪儿？两天之后，又是从哪儿突然涌了出来？"

说到这儿，阿公摇了摇头，顺便将大罾不急不忙地扳到江面。这回，网中央有几尾活蹦乱跳的鱼苗，小得可怜，还不及孩子的指头长。阿公苦苦地笑了笑，将大罾重新放入江中，并冲着宽敞的江面喟然长叹道："龙王爷啊，小鱼小虾既然都是你的子孙，我就奉送奉还。等它们——长大了，你别忘交代一下，让它们重游故里，再次光临我的大罾。要知道，平生独爱鱼无舌，游遍江湖少是非。我与各种鱼儿有缘分哩！"

"可水边篓子里，不是还有一条小白鳝吗？"水灵忽然提醒道。

"噢，它也没有长大。"阿公虽然表示赞同，但一个多钟头下来，他只扳到一条小小的白鳝，多少有点舍不得放生，便笑着回答说，"用它来炖一碗浓浓的白汤，再加些荠菜，你喝了，肯定觉得比鲫鱼熬出的汤汁还要新鲜。"

"我不喝。"水灵有点固执地说。

"你说呢？"阿公将目光转向龙江。

龙江当即也做了表态："放掉它，让龙王爷开心点。"

阿公这回同意了。他转过身，拖着明显有点跛瘸的脚步，一瘸一拐地走近竹篓，将那尾小白鳝恋恋不舍地丢进江里。

小白鳝放生后，一时没有离去，而是漂浮在有点混浊的水面上，朝岸边三人认真地瞅了瞅，又似乎微微点了点头，这才悠悠地摆着尾巴，朝江水深处游去。——大概果真是向龙王爷做汇报了。

"哇，好看！"

"真的好看！"

"我还是头一回见到。"

"我也是。"

接下来，兄妹俩先是不约而同地指着西边的一片水域，一惊一乍地叫喊着，议论着；后来就不吱声了，改为默默而又忘情地注视。

那时，滚圆而又硕大的太阳，正贴在宁静开阔的江面。无数道霞光，像是知道一天的使命即将结束，纷纷争先恐后地斜铺开去，有的长，有的短；有的密，有的稀。这样一来，西边那片宁静的水域，犹如被撒进无数的金箔，熠熠生辉，璀璨无比。而太阳呢，刚才还像是一只粉红色的大气球，浑圆的，鼓鼓的，荡漾般地轻浮在江面，可一会儿工夫，它就泄气了，不再浑圆饱满了，而是变成半圆状的车轮，或是被损坏了的脸盆。目睹此景，水灵喜悦的心情，不觉变得有点郁悒；而当太阳完全沉入江底，她不禁"哇"的一声，竟哭出声来。

"怎么回事？"阿公低头瞅了她一眼，不禁问道，"是不是看到什么古怪的东西？"

"江里有什么怪东西呢？"龙江顺便问了一句。

"有啊，比如江猪子。"

"长得什么模样？"

"眼睛小，几乎看不出来。"

"头部呢？"

"圆不溜秋的，像个小西瓜。"

"身体部分呢？"

"身体的中间部分，长得粗粗的，难看极啦！"

"哎，我知道。"听父子俩有趣地对着话，水灵抹了抹眼睛，忽然不哭了，若无其事的模样与先前相比，简直判若两人。只听她抢着说："阿妈有时候会拿江猪子来吓唬我。"

"怎么吓唬的？你不妨模仿一下。"

听阿公这么一怂恿，水灵果然面朝大江，目中无人地模仿起来。只见她双手叉着小细腰，一本正经地嚷道："鬼丫头，往后要是不听大人话，我会把你扔进长江喂江猪子。"

阿公咧着嘴"呵呵"地笑着，笑得是那般忘情，又是那般开心。"可是刚才，你干吗要哭呢？"他接着问。

水灵只好如实相告："因为一眨眼的工夫，我就见不到太阳了。"

"噢，原来如此！"

"是河神要接太阳公公回家吗？"她眼巴巴地望着阿公，像是在求助。

"呃？"阿公一时被她问得有点发愣。

"不对，不对！"龙江这回抢着说，"一定是太阳公公走了一天路，实在累了，要回去休息。"

水灵虽然不大服气，可又指不出龙江的错误，只好再次求助阿公："是吗？"

阿公目睹落日晚霞的美景，又抬头凝视着东边江面上刚刚升起的一轮圆月，便点起一支香烟，美美地吸了一口，望着自己的女儿说："你小哥讲得没错。太阳公公行走一天，确实累了，巡视天空的任务，该交给月亮婆婆啦！要是不信，你看！"

顺着阿公手指的方向，水灵也看到了正从江面冉冉升起的那轮圆月。它是白净的，也是单薄的，犹如气球一般，只不过轻盈的模样，已浮现在远方的江面上，并渐升渐高，生怕天空的缺失而受到太阳公公的指责。

"月亮婆婆也住在江底吗？"

水灵轻轻地又问了一句，像是在自问，也像是在问龙江，更像是在追问从未进过学堂的阿公。

龙江略思片刻，当即纠正道："怎么会呢？"

似乎为了说服水灵，龙江凭借他所掌握的有限知识与想象，居然侃侃而谈起来，只听他说："你现在面朝大江，当然会以为太阳公公和月亮婆婆都住在江里；要是换个位置，处在一片树林里，一个山坳下，一个土墩子上，或一个大草垛上，就会产生其他想法。"

"噫！想不到你还懂得不少。"阿公一边冲着龙江点了点头，一边又缓缓地扳起罾来。

那时，西边的晚霞正在收敛最后的光线，暮色虽未完全降临，可栖息在树林与芦苇丛中的各种鸟儿，开始唧啾一片，纷纷归巢。阿公也准备回去了，和两个孩子一道。没想到，就在他收工前的最后一网，竟一下子扳到两条筷子长的鲤鱼，活蹦乱跳，惹人喜爱。

"嚯！嚯！"阿公快活得叫了起来，脑袋一时摇晃得像个拨浪鼓。

"嗬！嗬！"两个孩子见了，更是同样如此。

于是接下来，手持长把子捞兜的阿公，一边着手收拾着鲤鱼，一边念念有词道："古话说得好，'鲤鱼跳龙门'。知道它的来历吗？"

见兄妹俩仍在一旁欢呼雀跃，开心无比，阿公只好自问自答道："传说北方的黄河里，有一种特殊的鱼，它一旦跳过龙门，就会变成人人羡慕的龙。这种鱼化为龙的宝物，正是鲤鱼。"

"什么意思？我没听懂。"水灵以为阿公又要讲故事了，不觉好奇地问道。

阿公依旧呵呵地笑着，一时未做回答。过了会儿，他才瞅着龙江说："你长水灵四岁，又进了学堂，能说出这句古话的意思吗？"

龙江有点心不在焉地"嗯"了一声，却没有当即回答。因为趁阿公和水灵搭话的那一刻，他的目光不知不觉投向江面，并且思绪又被先前的问题所纠缠，那就是：满江的秋水，忽然一片干涸，怎么又忽然回来了？

"耶？难道一问三不知吗？"阿公显然在催问龙江。

"什么？"龙江不觉愣了一下。

"'鲤鱼跳龙门'，是什么意思？"

"噢，我知道。"他总算醒悟过来。

"说来听听。"

"它其实……是一种比喻。"

"比喻什么呢？"

"当然比喻人。"

"嗯，讲具体点。"

这回，没想到龙江居然能够对答如流："其实，它是比喻人逆流前进，发奋努力，一朝成才，飞黄腾达……"

阿公听他这么一说，不禁有点心花怒放。

"可是……"

"呃，还有什么？"

"满满一江的秋水，一下子干涸了，后来又回来了，难道真的是龙王爷在江底作怪？"龙江总算将缠绕在心头的疑问，一吐为快地倒了出来。

这回，轮到阿公有点发愣了。因为他不知道，龙江的脑袋瓜里，直到现在还装着这个悬而未决的问题。

"阿爸，你说说看。"一旁的水灵也不忘替自己的小哥帮腔。

阿公犹豫片刻，嘴里吐出两个字来："迷信！"

"你俩也不仔细想想，"他接着说，"满满一江的秋水，龙王爷怎能想吸干就吸干，想吐满就吐满？明明是迷信。"

水灵鼓鼓的小嘴巴，一时张得老大；那对骨碌碌的眼珠子，乌黑发亮，同样瞪得很圆。

"可是，"阿公转念一想，又侃侃而谈道，"满江的水干涸了，又灌满了，却是事实。这桩发生在下江吴村的怪事，史书上有着明确记载。'谁告诉你的？'你俩一定会这样问我。当然是学堂的张镜汝先生告诉我的。肚子里装满墨水的张先生还说，这桩玄而又玄的怪事，其实发生在遥远的元代，距今有六百年了。在这里，我不妨也告诉你们兄妹俩，元代过后是什么？当然是明代；明代过后呢？是清代；清代过后呢？显然是我们眼下所处的民国。废话少说，言归正传。满江的水干涸了，又被灌满了，究竟是怎么回事？上知天文、下知地理的张先生，一开始，半信半疑地给出了这样的答案：'可能与长江的断流有关。为什么这么说？因为长江底下，可能还暗藏着一个大裂谷，或别的河流湖泊之类的水域。底下缺水了，上面的大江自然倾其所有，无偿供应。'这样的解释，如果勉强能让人信服，那么，一道铺天盖地而来的巨大水墙，又是从哪儿陡然间冒了出来，并使干涸见底的长江渐渐恢复原样呢？对于这个问题，张先生一脸严肃地摇了摇头，也说不出什么所以然。于是，他不得不相信神的存在：是神在操作一切，玩弄人世。"

一口气扯了这么多道理，阿公这才将早就熄灭的那一小截烟屁股扔进江里，然后指着已被请进长把子捞兜的两条鲤鱼，十分慷慨地送给龙江一句赞扬的话："'鲤鱼跳龙门，'你的理解能力还算不错！"

书童与上江考棚

"可是，"阿公随之抛出一个新的话题："以前读书人，是怎么'跳龙门'呢？"

看着兄妹俩一脸迷惑的模样，阿公自问自答道："通过科考。"

"科考是个什么东西？"大概头一回听到这样的词语，水灵感到有点新奇。

于是，阿公又头头是道地解释起来："从明朝到清朝，每过三年，全国的每个省份，都会举行'乡试'。'乡试是个什么玩意儿？'你俩可能又要这样发问。它的意思，其实就是大比赛。在比赛考试中，考中的人，就会成为举人，就'鲤鱼跳龙门'啦！"

"你从未进过学堂，怎么能知道这些？"一旁的龙江也问了起来。

"三两句道出古今事，五六步走过万里程。"阿公一边将捞兜里的鲤鱼放进竹篓，一边答非所问地笑了笑。

"什么意思呀？"龙江又问道。

"你已进了学堂，自己去领会。"

"可这两句话，是谁教你的？"

见龙江问得有点固执，阿公这才回了句："你爷爷。"

"我爷爷？"

"嗯，他早就过世了。"

"噢。"

"读万卷书，行万里路，也是我从他嘴里学来的。"

"还有吗？"

"当然有。"阿公胸有成竹地又吐出这样的警句："一粥一饭，当思来处不易；半丝半缕，恒念物力惟艰。"

"我爷爷……是做什么的？"龙江的好奇心，似乎一下子被调动起来。

阿公这回没有直接回答，而是反问道："你知道考棚吗？"

见龙江在一旁摇着头，水灵则听得有点目瞪口呆，他便顺手拎起鱼篓，又从草地上拿起一根歪七斜八的拐棍拄着，然后有点艰难地爬上堤埂，自言自语道："那时候，不是人人都有资格参加'乡试'的。为什么这么说？因为报考的人，必须通过预试，而预试的场所，就被称为考棚。"

听阿公这么一解释，兄妹俩几乎不约而同地点起头来。

接下来，阿公在堤埂上一边往回走着，一边告诉他俩：因为安徽在南京西面，居长江上游，习惯上就被称作上江；江苏处在长江下游，所以称作下江。作为科举考试的考场和考生居住的地方，南京在明清两代，都设有"上江考棚"和"下江考棚"。而

"上江考棚"在南京竟有好几处。其中有一处，还是上江古水镇一户有钱人家筹资修建的，完全按照清朝时期的建筑风格：大门前面，是个广场；两旁有一对雕刻精细的石狮子；门前对面，有个大照壁。若进去看看，正堂门前有座石砌平台，周围是花圃，各种各样的鲜花都有，一般人都叫不出它们的名字。此外，还有紫藤缠绕的走廊，拐弯抹角，容易迷路……阿公埋着头，顺着凸凹不平的狭窄堤埂，一瘸一跛地往前走着，两个孩子一左一右跟随在身边。回去的路上，因绘声绘色且津津有味地向两个孩子灌输不少他从他父亲那儿得来的知识，阿公显得异常兴奋，好像他父亲在"上江考棚"待过似的。

"是啊，我的父亲，也就是你们的爷爷，真的在'上江考棚'待过！"突然间抖出这一家史，阿公虽感到有些害羞，可还是理直气壮地说了出来。

两个孩子听了，如同触电一般，目光不约而同地聚集在他们父亲身上。

"作为孙子辈，你俩一定好生奇怪：咦？我们的爷爷怎么会来到'上江考棚'？是要参加预试吗？抑或是预试已经顺利通过，将要进入下一轮'乡试'？嗨！要是有这等好事，你们的爷爷，早就'鲤鱼跳龙门'啦！我呢，也不会不分昼夜、披星戴月地枯坐在江边摆弄大罾；而你俩更是过上饭来张口、衣来伸手的无忧生活……总之，命不好哎！我们都缺少那样的福分。"

阿公将心里的苦楚说到这儿，不觉又想吸支香烟。趁他停下脚步从口袋里掏烟摸火柴盒的那一刻，龙江和水灵像是商量好似的，朝搁在地上的那只鱼篓飞快地瞄了 眼，然后分别拎着竹篓一边的兜绳，一左一右朝前走去。大概觉得篓里的两条鲤鱼一动不动，十分乖巧，兄妹俩竟玩起了这样的游戏：让竹篓两边摆动起来，摆动的幅度越来越大，像是让里面的两条鲤鱼，能够充分享受到"荡秋千"的快乐。两人一边玩着这样的游戏，一边还冲着篓里的鲤鱼有趣地叫嚷着。其中一个叫道："鲤鱼哎，鲤鱼，看你俩还怎么跳出龙门？！"

另一个则嚷道："你俩躺在篓子里一动不动，是不是还没睡醒呀？"

这一幕，显然让阿公看见了，可他并未阻拦，只是难为情地笑了笑，为自己整个下午的收获。过了一会儿，他一颠一跛地跟了上去，继续说："那你们爷爷，在'上江考棚'究竟做什么你们知道吗？"

"是呀，他做什么？"龙江似乎对玩竹篓的游戏失却了兴趣，不觉问道。

"是呀！我也想早点知道。"水灵显得不甘落后。

"做书童。"阿公有点陶醉地吸了一口烟，"你们俩当然不会知道，以前呀，许多书生都是有跟班的。跟班的平时做些什么？无非替主人整理房间，搬运书籍，备笔磨墨，并照顾书生的生活起居。当然，也有的会一起陪读。于是，有人会这样说：'其实呀，书童是被有钱人家花钱买过去的，和仆人、丫鬟之类的角色大差不离，虽惺惺相惜，却互不仰慕'；也有人会做这样的类比：'如果说得好听的，这个差事相当于机要秘书，体面风光得很；说得难听点，其实就是奴才一个，能有多大出息呢？'就看外人怎么去理解啦！"

"没钱人家，就没有书童吗？"

阿公知道，虚龄六岁的女儿，才会问出这种充满幼稚的问题；就像当年，他抱着好奇的心态，向他当过书童的父亲问东问西一样。于是，他一脸平静地答道："没钱人家养不起书童，只好不请。"

"那我爷爷，长得什么模样？"水灵又问了一句。

阿公似乎来了精神，不假思索道："你爷爷眉清目秀，一表人才；加上头脑灵活，手脚勤快，是个人见人爱的懂事孩子。十岁那年，他被一户有钱人家要过去，当起了书童。说你爷爷命好，是因为他每天能够听到这家公子的琅琅读书声。公子读些什么呢？当然是《论语》《孟子》《诗经》《礼记》之类的指定读物。此外，还要将历朝历代的正史典籍，也要背得滚瓜烂熟。时间一长，书上的那些学问，不知不觉就被你爷爷默默记在心里，似乎有朝一日，那些学问能够传给自己后代，让他们也能沾点学问上的恩惠。说句实在话，多大的指望，你爷爷哪敢无缘无故去占有？起码将来的下一代子女，在知情达理、言谈举止、会用格言和成语等方面，总要比一般人家的孩子略胜一筹；至于其中，冷不防会蹦出个什么角色，鹤立鸡群，出人头地，也能住进'上江考棚'，闯过预考，参加'乡试'，成为秀才，甚至成为举人，那岂不是真正的鲤鱼跳龙门，鸡窝里飞出了金凤凰？！"

"中了举人，又有什么益处？"龙江不解地问。

"可光宗耀祖！"阿公不假思索地回答。

"还有吗？"

"有！可以当个官吏。"

"什么样的官吏？"

"县丞之类的吧。"

"有好处吗？"

"当然有，好处多得很！"阿公似乎要将早年他父亲传授给他的所有知识，一五一十传给自己的儿子。他说："中了举人，虽然没有被朝廷授予官职，可一些特殊待遇，还是能够享受到的。比如，见到当地官员，就可以不用行礼，官员也不会怪罪于你；再比如，举人能够享受到减免赋税的特殊待遇；再比如，举人一不小心触犯了法律，只要不是十恶不赦的大罪，就可以免予死罪……"

"还能做更大的官吗？"

"嗯，就看考生有没有考试的本领。"阿公变得滔滔不绝又神采飞扬起来，他说："明清的科举考试，名堂多得很，单在级别上，就分成四个。最低的一级是院试，由府、州、县的长官担任监考。谁考试通过，谁就成了秀才；第二级别是乡试，谁能通过，谁就是举人；往上再高一级的是会试，由礼部主持，考取的叫贡士；最后一关，也就是最高级别的考试，叫殿试，也叫廷试，由皇帝亲自主持，谁能傲视群雄，才华出众，闯过这道大关，谁就成了进士。可是……"

"什么？难道后面还有名堂？"龙江又插了一句。

"嗯，"走在后面的阿公，很快接着说，"我已经讲过，这里面名堂多着哩！要知道，即使成了进士，也不能天下第一，唯我独尊。'为什么这么说？'你俩听了，心里可能会这样问我；即使没问，我也愿意将那些知识，一五一十地说给你们听。因为按照考试成绩，还得再分三甲：第一甲三人，第一名为状元，第二名为榜眼，第三名为探花；下面是第二甲……"

"第二甲后面还有第三甲，第一名是什么，第二名是什么，第三名又是什么，烦不烦啊？"龙江这回自言自语地嘀咕了一番。

阿公装着没有听见，只是偷偷地笑了笑，模样像个未老先衰的老顽童。

"举人，你就接着说说举人。"

这回，阿公以为，龙江的建议是在掏他肚子里的知识，或是想考验他究竟有多少学问，便满不在乎地回答："不错，能崭露头角，成为举人，那确实是桩光宗耀祖的喜事！你想想，县里考一次，府里考一次，之后到省里再考一次。面对这三场严格的考试，考生只有成为一二等级的合格者，才有资格获得'秀才'称号。你再想想，一个府下，有多少个州县？一个省份下面，又有多少个府？我就无法一一罗列了。俗话说得好，十年寒窗无人问，一举成名天下知。好在科举时代，没有年龄上的限制，只要心怀梦想的人，还没有两腿一蹬，闭上双眼，一命呜呼，就可以一直考下去，考得天昏地暗，考得柳暗花明。所以，百里挑一选个人，千军万马过独木桥，这些格言、警句放在秀才身上，同样恰如其分。'咦，明明是说举人，怎么又扯到秀才啦？'儿子啊，你心里头肯定会这样嘀咕。可是，你要知道，那时候的考试，是一环套一环的，成不了秀才，就成不了举人；成不了举人，就成不了进士……它们之间，有个先后问题。谁都无法一口吃成个大胖子，更无法大白天做梦，一步登上天。在这条被挤得头破血流，甚至成疯变傻的羊肠小道上，有无数的失败者不得不低头承认，只要不是天才，一般人是很难一次过关的。没有过关怎么办？只好埋头苦干，从头再来。这样一来，好不容易才熬到第二次、第三次考试。于是考场上，有的人早就过了娶妻生子的年龄；也有的会出现'父子同考'，甚至'祖孙三代同考'的场面；考试结束后，更会出现'三次会试，名落孙山'的悲剧。若是不信，我可以随便举个你爷爷亲口对我说过的例子：有一回，一位年过半百的老考生，再进考棚就哆哆嗦嗦地发起抖来。莫非患了打摆子的毛病？不是的，他是被吓得尿裤子啦！在一阵哄笑声中，这位老考生，气急败坏地将有点不听使唤的脖子朝左一扭，又朝右一扭，丢下一句'老子不考啦！'又丢下另一句'回老家去种田！'之后，挥袖擦拭一下泪水，便双手掩面，哭哭啼啼，踉跄而去。"

兄妹俩听到这儿，不觉"嘻嘻哈哈"地笑了好一阵。

"你俩不要傻笑！要知道，在这条道上，也有许多不甘心失败、勇往直前的厉害角色，'一家六口全中进士'正是其中一例。"阿公似乎顺手拈来地说，"北宋有个上江人，名叫曾巩，出生在江西抚州的南丰。十八岁那年，他首次参加科考，落榜。二十三岁时，和他哥哥一道，第二次赴京赶考，双双落榜。于是，有人写过这样一首诗来嘲笑曾巩：三年一度举考开，落杀曾家二秀才。有似檐间双燕子，一双飞去一双来。又过了十多年，三十八岁的曾巩，居然领着家人，第三次北上应考，包括曾牟、曾布、曾阜三个弟弟和王无咎、王几两个妹夫，整整有六口。结果，全部考上了进士。朝野听到以后，一片哗然。"

"那么，女的也能参加考试吗？"水灵的小嘴巴里，冷不丁地冒出了这么一句。

见阿公一时无语，她有点胡乱地猜想："阿爸这回总算被我难住啦！"

阿公顿了顿，似乎在考虑该用什么样的话语来应付。

"嗯，"谁知阿公很快说，"女子无才便是德！这是多年形成的习俗。她们每到十六七岁，都会出嫁。出嫁之后，就要相夫教子，料理家务，做个贤妻良母，哪里还有什么机会去参加考试？"

"要是……"水灵显得欲言又止。

"你这个小丫头，吞吞吐吐的，还有什么馊主意要说？"

"要是……女扮男装呢？"她总算说出了自己的馊主意。

"噢，这个问题，我像你这个年纪，也曾追问过你的爷爷。"

"我爷爷是怎么回答的？"

"他说，不大可能。"

"为什么呢？"

"因为考生进入考棚，都得由一前一后两个士兵进行搜查，从头发到鞋袜，查验得十分细致。而每个考生身上的衣服，几乎脱得精光，才能证明自己没有夹带任何东西，或在身上书写'小抄'之类的玩意儿。不少自作聪明的孩子，在过这一关时，便原形毕露，栽了跟头。你说说看，在这种情形下，女子怎么可能去参加考试？"

听到这儿，水灵觉得自己的脸庞不禁有点发热，小脑瓜也不由自主地垂了下来。

附近的江面上，有人在撒网，有人在收网，有人在下滚钩。其中有个男子，扯着沙哑的破嗓门在拼命穷吼，颤悠悠的吼叫声清晰入耳：

想当年那个想当年，
我太祖无奈出上江。

为了谋生去下江，

两手空空心头慌。

披星戴月催人老，

后代还要往前闯。

折腾数年回故里，

只留太祖葬下江……

龙江和水灵在堤埂上边走边默默地听着。那时高时低的吼叫声，或许又引发他们对自己爷爷的无限追思。

是啊，爷爷呢？长相俊雅当过书童的爷爷呢？去过"上江考棚"服侍有钱人家公子的爷爷呢？见过大千世界、知晓无奇不有的爷爷呢？能口吐警句、会说"三两句道出古今事，五六步走过万里程"美句的爷爷呢？……当然，兄妹俩还想知道其他，越多越好。阿公从晚辈充满渴望的神态中，能够略知一二。作为晚辈的长辈和长辈的晚辈，阿公还想继续往下说吗？说孩子爷爷（也就是我的祖公）是三代单传，到他这一代，总算有了一大堆儿女？说他们爷爷替古水镇一户姓袁的人家连续当过八年书童（想不到先后服侍过这家的两个书生），对方出于怜悯或歉意，总算支付一笔额外的银两作为补偿；而他们爷爷，正是用这笔补偿，购买到一条梦寐以求的小木船，然后随一帮上江的渔民，从上江无为摇啊摇，沿江经过曹姑洲、陈桥洲、江心洲、何安洲、小黄洲等大小岛屿，穿过上江的和县来到下江境内，然后再经过再生洲、新济洲、江心洲等岛屿，最终来到一代皇帝乾隆曾写过"却喜涨沙成绿野，烟村耕凿久相安"诗句的八卦洲，直至成为这座所谓"世外桃源"荒洲的最早垦荒者？

唉——呀——！

恐怕只有皇帝才能写出那样的诗句哟！

"余生本是无为人"

两天后，水灵与龙江再次结伴来到江边。

那时，西坠的太阳还没落入水中，江天一色的美景，自然会让人产生几分触动，又有几分留恋。阿公呢，则像菩萨一般，一动不动地端坐在一截又粗又矮的葫芦形树墩上，其身后，还多了个小棚子。夕阳的余晖，为他日渐苍老的身影和小棚子，均匀地涂抹上一层金碧辉煌的色彩。

"噫，你俩怎么又来啦？"

"听小哥说，上次的故事，你还没讲完。"

"嘘，声音小点，别把附近的鱼儿给吓跑。"

水灵伸伸舌头，有点神秘地点了点头。

"你阿妈怎么会让你俩再来？"

"我就说，和阿妹一道，接你早点回去。没想到阿妈居然同意了。"

阿公冲着龙江轻轻一笑，并指着脚下的江水说："我平时不让小孩子过来，是有原因的。不信你瞧，这儿是江水回旋的地带，地势陡峭得很，从上到下有四五米高度。万一稍不留神，一脚踩空，落入水中，人就不易爬上来，就会被江水卷走。为什么会这样？因为这儿崩过江。大块大块的土方被江水侵蚀掏空后，再遇到浪头的日夜拍打，轰的一声，土方坍塌了，时间一长，就会发生崩江。"

他顿了顿，接着说："扳罾的地点又为何选在这儿？因为江水回旋的地方，鱼儿一般都喜欢路过，就像人们爱走熟路一样。喏，你们瞧，为了防止这儿会继续塌方，也为了悬空的大罾能架得更加牢靠，我在水边投放过许多石头和灌满土块的草包，夯实过一根又一根木桩，并搭了个能供一人勉强行走的小木桥，以便手持捞兜去网里捞鱼。前天，我突发奇想，用树枝、杂草等杂物，还搭了个遮阳挡雨的小棚子；眼睛困得睁不开时，正好可以待在里面打个盹。何乐而不为？呵呵！"

对自己江边的"新作"一番孤芳自赏后，阿公顺着上回的话题，果然又讲了起来。

"余生本是无为人，开垦荒洲入宁籍。"他说，"你们的爷爷呀，头一回登临下江八卦洲，总爱用这样的打油诗来介绍自己，逢人便说，其中不乏自嘲的成分，也含有一丝自豪的意味。因为他毕竟告别了'上江考棚'，来到下江这片洲地。记得那是深秋时节，满眼都是白茫茫的芦花。芦花上的芦絮，轻飘飘的，经不起江风的吹拂，便纷纷扬扬，四处飘荡。你们的爷爷，就这样将'淘金'的新窝安顿下来。'芦柴盖顶芦柴墙，芦柴凳子芦柴床。'刚刚登临洲上，两句全新的打油诗，不由得从他聪明的脑袋瓜里自然蹦出。下一步，他就着手开垦一片芦柴滩了，使用的方法自然最为原始：先用镰刀将芦柴一根一根地砍倒，被砍下的芦柴积聚到一定数量，就会用小船运到对面的燕子矶或下关码头，卖给城里人，当柴火烧，或编芦席用，然后在芦柴地里开垦土地。一镐下去，全是白花花的芦柴根。开荒头一年，又恰逢深秋时节，来不及播种庄稼；入冬之后，只好继续砍芦柴卖钱。一天砍下来，衣裤总被锋利的芦叶和尖尖的芦茎无情弄破，手脚也被划得横七竖八，血斑模糊，疼痛难忍。有什么法子呢？好在第二年，播种的小麦、油菜总算长了出来，可新的困惑又接踵而至：因为芦根总是难以除尽，冒出的芦苇嫩芽，会争先恐后地夹杂其中。目睹这样的情形，你们的爷爷，显然又想吟诗了。吟风弄月吗？嗘，他哪有那般雅兴哟！那吟什么呢？他摸摸头，咂咂嘴，并想了想，可仍想不出一个所以然，便打算将吟诗的念头，从大脑深处抹去。可就在此时，一个恰如其分的现成诗句，与他不期而遇，并从他的记忆深处，'咕噜咕噜'地冒了出来：'草盛豆苗稀'！咦，这不是来自九江的上江人传下的诗句吗？他还有个好听的名字，叫陶渊明。我怎么会知道这些？当然是你们爷爷告诉我的。爷爷又怎么会知道这些？当然是他当书童的时候，从书生嘴里或书上悄悄学来的。你们爷爷说，他在'上江考棚'那段漫长岁月里，替主人整理这个，张罗那个，几乎每天都会与书本发生接触，时间一长，便与书本有着一种特殊的感情；加上他记忆力惊人，大脑灵活，书生念出的每句话，背出的每句诗，只要他本人在场，或不在现场却能隐隐听到对方的读书声，下次若再传入耳朵，他就能一一记在心里。什么叫侧耳倾听？什么叫过目不忘？什么叫无师自通？什么叫饱学之士？你们的爷爷可能就是这样的人：一个心怀梦想却家境贫寒无法成为秀才的苦命人！有一回，主人让他将一堆不用的书籍处理掉，其中有一本是关于陶渊明诗文汇编。他翻了翻，一时如获至宝，便将它悄悄塞进裤腰带里，没事的时候，总爱拿出来偷偷翻阅，或用树枝在土墙或地面上，横竖撇捺，写写画画，以增强记忆……"

"那个人和我爷爷一样，也不是秀才吗？"龙江忽然打断了阿公的叙述。

"谁呀？"

"就是他写的书，被我爷爷悄悄塞进裤腰带里的那个人。"

"哦，你是说陶诗人？"

"嗯，他难道也不是秀才？"龙江将问的话，重复了一遍。

阿公一边点着头，一边悠悠地扳起大暑，只是里面空无一物。

"那是……举人？"龙江又问道。

"也不是。"

"状元？"

"更不是。"

"为什么呀？"

"因为他生活在东晋，离科举时代远着哩！"

听阿公这么一解释，龙江不禁拍了拍后脑勺，有点急切地问："那他……究竟是个什么样的人？"

"诗人。"阿公不假思索地回答。

"诗人？"

"嗯，就是会写诗的人。"

"他喜欢写什么样的诗？"

"听你爷爷说，他擅长描写乡村的田园风光。"

"还有呢？"

"他还是个归隐诗人。"

"什么意思？"龙江问这话时，脸上不觉露出几分困惑。而一旁的水灵早已闲不住了，只见她忽而小棚里进进出出，忽而围着小棚子东躲西藏，如同一个人在玩捉迷藏的游戏。

"一开始，我也无法理解。后来，你爷爷浅显易懂地给我讲了有关陶诗人的趣闻，我总算明白过来。"阿公扭头瞅了水灵一眼，兴致勃勃地普及道，"这个江西九江的大诗人，在地方当过县令，骨头原来硬得很！有一回，上面有个职位比他大的官员，要来县里巡视。一位县吏得知后，便奉劝陶诗人，要穿戴整齐点，最好身着官服，主动前往迎接。可陶诗人平生最痛恨那类狐假虎威、借名敲诈勒索的家伙，便不假思索地回敬道：'我不会为五斗米而折腰，去迎奉伺候这种乡里小人！'龙江呀，我那时和你差不多大，也不知道'五斗米'是什么意思，后来才知道，那是吃饭糊口的薪水。说得好听点，就是做官所得的俸禄；说得再明白点，就是理应得到的银两。若是换了别人，听过官吏奉劝后，早就屁颠屁颠地迎上前去……可陶诗人没有那样，而是当即推辞道，'我有个武昌的妹妹病故了，正要赶去奔丧。'这样一来，担任县令还不到三个月的陶诗人，就辞官归田了。"

听到这儿，龙江不由得点了点头，似乎对"归隐"的含义，有了初步认识。

"在农村那段日子里，陶诗人除了耕田灌园，还织过席子，打过草鞋，卖过蔬菜。由于农田常会遭到水灾、旱灾、虫灾等侵袭，加上官府逼租催税，他的生活过得十分艰难。尽管如此，他依旧不改初衷。江州刺史得知后，有一回专门前来拜访，发现对方已穷得揭不开锅了，人饿得连从床铺上爬起来都很困难，便奉劝他再去当官。他依然婉言辞谢，并对刺史派人送来的米呀、肉呀之类的东西，同样拒绝接受。对于这样的人，你会怎么看？"

"那个写诗的，可能是个傻子！"一直没吱声的水灵，忽然冒了一句。

"我没问你！"阿公有点不悦地瞪了她一眼。

"他若不是傻子，也是痴呆一个！"谁知龙江也这么认为。

"可你们的爷爷，并不这么认为。"

"我爷爷是怎么说的？"躲在草棚里的水灵又抢先问道。

"你爷爷说，像陶诗人这样的官员，称得上是百里挑一。"

"那……做官究竟好不好？"这回，提出疑问的是龙江。

阿公陷入短暂的沉默。过了会儿，他不轻不重地吐出了这么一句：

"一代做官九代牛！"

"师娘！师娘"

见龙江一脸愕然，阿公解释道："'一代做官九代牛'，还是你奶奶在世的时候，挂在嘴边常说的一句话。一开始，我也弄不明白。后来，她老人家告诉我，一个家族，如果真的出了个做官的，如果做了许多对不起百姓的坏事情，那是难以洗净的罪孽哟，即使九辈子去给老百姓当牛做马，也难以抵消！"

"我奶奶竟能说出这样的话？"龙江不禁欣喜地问道。

"你不知道，她懂得很多。"

"能举个例子吗？"

"当然能。"

"快点讲，快点讲，我等不及啦！"水灵在小棚子又喊了起来。

"比如，遇到一个小孩子，你奶奶总会弯下腰身，用充满疼爱的语气，慢悠悠地问道：娃娃呀，几岁啦？如果对方报出的是虚岁，她就开心无比；如果报出的是周岁，她便有点难过。为什么会这样？因为在她看来，十月怀胎，一个小生命其实已经存在，只是还没见到天日，所以才叫'虚'。一旦出生了，那虚的一岁，千万不能省去，要加到自己的年龄当中才对。因为这样做，是对一位母亲十月怀胎之苦的感恩，更是对孝道家风的传承。"

"嗯，再说说我的奶奶。"龙江鼓励道。

"谚语不是说，早立秋冷飕飕，晚立秋热死牛吗？你奶奶会用不同的方法来划分立秋。比如，今年哪一天是立秋？是早立秋还是晚立秋？秋老虎持续的时间会不会很长？若问别人，可能是一问三不知。而你奶奶是这方面的行家。她会一五一十地告诉对方计算的方法。'方法多着哩！'她会说，'其中之一，是依据立秋当天具体时间来划分。假如中午十二点前立秋，是早立秋；中午十二点之后，是晚立秋。'见对方听得有滋有味，她便继续侃侃而谈，'方法之二，是根据立秋农历时间来划分。如果在农历六月立秋，就是早立秋；如果在农历七月立秋，就是晚立秋。今年的立秋，时间是农历七月初十，按照这一划分方法，今年啊，也属于晚立秋。'接下来，你奶奶还会口若悬河地替对方算一算今年的秋老虎到底猛，还是不猛：'刚才说了，早立秋冷飕飕，晚立秋热死牛。这话的意思是，如果当年是早立秋，那么，凉爽的天气就会来得早一些；如果当年是晚立秋，那么，牛都会被热倒在地。这说明，秋后炎热的天气还会持续一段时间。而今年是晚立秋，这么看来，今年秋老虎的势头会很猛，对于庄稼的生长，其实非常有利。还有一个谚语，六月立秋，两头不收，七月立秋，早晚都收。而今年是七月立秋，这样看来，最后肯定会获得大丰收！'"

听阿公讲得津津有味，而龙江却有些目瞪口呆——因为他头一回知道，自己还有个如此非同寻常的亲奶奶！

"我奶奶会讲故事吗？"似乎为了印证自己的判断，龙江不禁又提出一个问题。

"呃，讲故事？"阿公顿了顿，很快说："她会讲。"

"她是怎么讲的？"

"你知道'狗咬吕洞宾'这个典故吗？"阿公瞅了龙江一眼，反问道。

"当然知道。那乱咬吕洞宾的家伙，是不是一条疯狗？"

阿公依然端坐在那截葫芦形树墩上，摇摇头说："你奶奶要是还活在世上，听了你刚才说的话，会笑掉大牙的。为什么要这么说？因为'狗咬'是个人名，名字应该写成'苟杳'才对，与那只疯狗其实没有任何关系。"阿公一边解释，一边用手比画着那两个字的写法。"要是不信的话，就听你奶奶是如何表述这个故事的。苟杳这个人，从小家庭贫寒，在他十几岁的时候，父母双亡。无依无靠的他，就借住在吕洞宾家里。在苟杳结婚的时候，一向正直的吕洞宾，却提出了这么一个要求：'你新娘娶过来以后，要先陪我三天才行。'苟杳想：'此人真不厚道！我娶的老婆，为何要陪你三天呢？'想是这么想，可他咬咬牙，还是答应了。好不容易熬过了三天，苟杳终于见到了新娘。新娘于是哭诉道：'为何郎君三夜只是读书，天黑而来，天明而去？'苟杳这才明白，原来错怪了吕洞宾。吕洞宾其实是想通过这个方式，激励自己好好读书，不要贪欢。后来，苟杳真的金榜题名，做了大官。又过了几年，吕洞宾老家失火了，烧得一塌糊涂，什么都没了，便去找苟杳求助。苟杳用好酒好肉款待他，却一直不提怎么去救助对方。吕洞宾于是想啊想："都好几天了，我算是吃饱了、喝足了，可家里还有一家老小，还等着救命呢。而眼前这个家伙，肚子里藏着什么心思？不说话，那就说明不情愿救助呗！识相点，回去吧！'这么一想，吕洞宾就回到村里了。没想到的是，他看到被烧掉的房屋，已翻盖一新，还看到自己的妻子，正扶着一口棺材在号啕大哭。妻子见丈夫回来了，不禁吓了一跳。因为别人告诉她，吕洞宾在路上饿死了，好心人用棺材把他拉了回来。吕洞宾当然也吓了一跳，一气之下，就把那副棺材给劈开了。劈开一看，发现里面全是金银财宝，还留了一封短信。信的内容是这么写的：苟杳不是负心郎，路送银，家盖房；你让我妻守空房，我让你妻哭断肠。吕洞宾这才明白，原来苟杳早有安排，错怪他了。其实啊，他们两人都在默默为对方付出，只是被表面的一些现象所蒙蔽。从此以后，就有了'苟杳吕洞宾，不识好人心'这一说法。传着传着，竟成了被狗咬了。你奶奶说完这个故事，有点闷闷不乐，而你爷爷则哈哈大笑，并自言自语道，'往后做任何事情，不能光看表面。路遥知马力，日久见人心。古人说的一些话，真是千真万确哟！'"

　　龙江蹲在阿公身旁，默默地倾听着；躲在小棚里玩耍的水灵，不知何时也被狗咬吕洞宾的故事给吸引，听得同样有滋有味。

　　"我奶奶也会讲十二生肖的故事吗？"她这时又插了一句。

　　阿公将大罾扳了上来，网里空无一物。他见了，并不气恼，反而冲着水灵，乐呵呵地回答道："你奶奶不仅会讲，还是这方面的专家。要知道，我有关十二生肖方面的知识，正是她最早用故事的形式讲给我听的。"

待大罾稳稳地沉在水底，阿公果然向一对儿女普及起来："其实啊，十二生肖没有那么复杂。古时候，一个时辰，就是两个小时。十二生肖中，各自对应十二时辰中的一个。先说子时，它是从夜晚十一点到次日一点。老鼠在这个时候，最为活跃，经常会偷东西吃，还会乱搬东西，所以被称为子鼠。丑时，是凌晨一点到三点。因为牛有个习惯，喜欢在夜里吃草，所以，农民伯伯时常会在深夜起床，挑灯喂牛。寅时，凌晨三点至五点。这个时候，昼伏夜行的老虎最为凶猛，所以，古人常在这个时候听到虎啸，故称寅虎。卯时，清晨五点至七点。这个时候，天刚刚亮，兔子喜欢吃窝边带有露水的青草，所以叫卯兔。辰时，早上七点至九点，这个时段很容易起雾。据说龙喜欢腾云驾雾，而这个时候，也是太阳刚刚升起的时候，所以叫辰龙。巳时，上午九点到十一点，大雾已散，太阳当空，蛇经常会在这个时候出动去觅食，所以叫巳蛇。午时，上午十一点至下午一点。没有被人类驯服的野马，到了午时，总会撒开四蹄，到处奔跑，尽情嘶鸣，午马就是这样来的。未时，下午一点到三点。这段时间，正是放羊的好时光，放羊的人，会赶羊出栏，所以叫未羊。申时，下午三点到五点。太阳即将落山，猴子最爱在这个时段去啼叫，所以就叫申猴。酉时，下午五点到傍晚七点。此时，太阳已经落山了，公鸡自然会通过一连串的打鸣声，来提醒农人：喔——喔——喔——！该收工啦！该回家吃晚饭啦！所以称酉鸡。戌时呢，自然是晚上七点到九点。这时，人们已结束一整天的劳累，准备休息了，狗便开始它们的守护工作，戌狗也就因此诞生。最后一个时辰，亥时，由晚上九点到夜里十一点。夜深人静的时候，最能听到猪拱窝的声音，所以称亥猪。"

一口气说到这儿，阿公有点沾沾自喜。末了，他还特意向龙江和水灵做了这样的交代："十二生肖的排列，其实是按照动物的习性来排序的。对于那些胡编乱造、天花乱坠的传说，你们的奶奶在洲上逢人会说，'别信那一套，别信那一套，会糊弄下一代的！'"

"奶奶的话管用吗？"龙江好奇地问。

"当然管用！"

"为什么呢？"

"因为洲上人对她挺尊重，都称她师娘。"

"师娘？"

"嗯。因为你爷爷来洲上不久，办了个私塾，招收七个孩子，作为门下的学生，教他们念书识字；而他自己，好歹也成了一位先生，算是圆了自己的梦想。"

"那奶奶呢？"

"你奶奶……后来就成师娘喽！"

"师娘！师娘！"见父子俩谈得十分投机，躲在小棚里的水灵，禁不住急切地呼唤了两声。

"你奶奶是个稀罕人！"阿公转过头去，朝水灵瞥了一眼，并不由自主地向两个孩子道出了"稀罕人"的另一段身世。

"那时，八卦洲忽然来了一批旗人。在这批旗人中，有个十三四岁的女孩，是从孤儿一天天长大的，显得不大合群。经过打听，才得知，她来自遥远的东北，并且是鄂伦春人。鄂伦春你兄妹俩是头一回听说过吧，我七八岁的时候，也是头一次听你们爷爷说起：他们是从事狩猎生产的少数民族，主要分布在黑龙江和内蒙古自治区。一年四季，男子都会在茫茫林海中穿行，一匹猎马一杆枪，獐狍、野猪、野鹿满山遍野打不尽。对很多‘猎民’而言，能到林子里打头猎物扛回家，并让乡亲们分享它的美味，那才叫过年哩！再比如，在吃饭的时候，族人总会把最好的肉，都留给老人和小孩吃；如果外出打猎，遇到空手而归的猎人，同伴会把自己的猎物，分一部分给对方，这样才觉得心无顾虑，内心踏实。”

“奶奶呢？你就直接说我奶奶吧！”龙江催促道。

“那个一开始不大合群的鄂伦春女孩，后来就成了你奶奶。”阿公说，“有一年春天，一个鄂伦春女孩在洲上的芦苇滩挖荠菜卖钱，看到你爷爷正在不远处的一个小棚里，领着几个孩子读书，琅琅的读书声起伏跌宕、轻重有致，女孩一下子就被吸引过去。接下来，听了你爷爷的一番话，女孩就再也挪不动脚步啦！”

“我爷爷是怎么说的？”待在小棚里的水灵，冷不丁地又蹦出一句。

“你爷爷在给学生讲课文时，说自己通过看书，发现汉字一个奇妙的规律，并为老祖宗造字的奇思妙想拍案叫绝！‘规律是这样的，’你爷爷说，‘二点水、三点水、四点水的汉字，竟代表不同的温度。不信你们看，这二点水的，表示温度低一些。比如：寒、凝、冷、冻、冰，表示不怎么出汗。当然，也有一些是表示内心寒冷的，如：凋、凉、凄等。三点水的温度，就稍稍高一些，比如：沐浴、游泳、清洁、湿润、温、河、江、湖、海等，人接触起来，感到很舒服；身体呢，也稍微出那么一点汗。四点水，温度明显就上升了。比如：煎、蒸、烹、熬、热烈……它们都与火有关，基本上会让人汗如雨下。啧啧，你们看，远古时期，老祖宗的造字艺术，就已做到精细如微，并能把温度和水，人的情感和字形字面意思，如此完美、如此天衣无缝地结合在一起。老祖宗的智慧才干，不服不行哟！'"

"后来呢？"龙江问。

"后来，你爷爷就收下那个鄂伦春女孩，当自己的学生。"

"她也想念书吗？"

"当然。"

"她说的话，汉人能够听懂吗？"

"能听懂。"

"文字呢？"

"也一样。"

"那就好！"

"要知道，鄂伦春族这个民族，没有自己的文字，一般都通用汉语，也有一部分用蒙古文。"

"后来呢？"

"后来，她就成了你们的奶奶；再后来，她也成为我的启蒙老师。"

"我奶奶长得好看吗？"水灵的嘴里，又冒出一句。

"好看得很！"阿公苦苦地笑了笑，"可我还没成家，她就死在洲上。"

"怎么死的？"

"病死的。"

"得了什么病？"

"贝休也说不清，反正动不动就咳嗽。咳嗽的时候，还会咳出不少的血。有好心人说，她患有肺结核。"

阿公说到这儿，不禁抬起头，朝远处的江面望了望，然后缓缓地扳起罾来。他扳罾的动作，是那般娴熟，那般从容，那般自然，那般若无其事，就像他平时虽有点跛脚，却依然一本正经地挺胸走路一样。可当网纲快要露出的那一刻，他还是陡然使了点劲；之后，扳罾的动作又变得正常起来。

"网里有鱼吗？"

"你猜。"阿公这回故意将扳罾的动作停住，并盯着自己可爱的小女儿，那副黝黑的脸庞，充满着特有的和蔼与慈爱。

"说不定有条大鱼。"

"好嘞，托女儿口福！"他边说边将大罾完全扳离水面，只是网内，又是空无一物。

"唉——！"水灵不觉叹了口气。

像是为了呼应他的宝贝女儿，阿公也跟着叹了口气。叹过之后，他自言自语道："要是每网都这样唉声叹气，一天下来，我该叹多少回气哟！"

趁父女俩打趣的当儿，龙江左顾右盼地寻找。他在寻找什么呢？当然是阿公一天的收获。可搁在岸上的竹篓里，只有两匹不大起眼的江蟹。

见龙江的表情有点失落，阿公笑着，并朝另一处努努嘴，示意道："还有哩！"

龙江这才发现，原来还有个网兜藏在水里，上面的绳索，就拴在一棵歪脖子柳树上。

"喂，注意陡坡！"阿公冲着急想看个究竟的龙江招呼道。

龙江"哎"了一声，然后猫着腰，一颠一颠地走下陡坡。当网兜还没被拎出水面，里面的鱼儿便"哗啦哗啦"地闹腾开来，有点像分别多日的一群孩子，总算见面了，嘻嘻哈哈、你追我捧，相互取闹。

"嚯，不少哎！"龙江失落的脸庞，顿时堆满喜悦。

"嗯，应该有四五斤重。"阿公看上去也挺开心。

"没有网到大鱼？"

"能扳到巴掌大的，就算不错了。"

"昨天呢？"

"昨天不行，扳上来的，顶多只有今天的一半，只卖几个小钱。"

"让我瞧瞧！"水灵打断父子俩的对话，凑到龙江身边，仔细端详了一番。

"后来，我奶奶呢？"龙江言归正传地问。

"唉！"阿公叹了一口气，语气忧伤地说，"后来，你爷爷在洲西的一片乱坟堆里，总算找到一块芦席大的空地，将你奶奶给埋了。"

"那……我爷爷呢？"

"没想到，第二年夏天，你爷爷也病死了。记得那是晚清时期，长江正在爆发一场洪水：不是一般意义上的水灾，而是特大洪涝灾害——整个八卦洲，变得白浪滔滔，一片汪洋：一些大户人家的房顶，在江面上只能露出一个个尖角；房屋周围的所有大树，只能见到一丝丝树梢。灾民们一边呜呜地哭着，一边抹着泪水，划着小船，去江面打捞半死不活的牲畜以及家具，甚至一具具漂浮的棺木……没办法，我只好用那条小木船，拖着一口棺材，好不容易将你爷爷运到上江，然后在张老洼，找了块空地才埋掉。唉，一对亲人，一个葬在上江，一个埋在下江！每当想起，内心深处像是灌满了铅，沉重无比。"

阿公说到这儿，又补充道："自那时起，我就冲着老天爷发誓过，以后老老实实地待在上江，待在张老洼，娶妻生子，再也不去下江淘什么金、掘什么银了！"

西边的太阳，眼看就要悬浮在江面，可阿公似乎并不急于回去，而是一边悠悠地扳着大罾，一边杂乱无章地向两个孩子进行新一轮的普及。

"自清朝建立后，"他普及道，"就常年派重兵驻防南京，以八卦洲所产芦苇、鱼类等作为补给。乾隆年间，驻守江宁的清兵，曾出资购买该洲，领有执业部照。相沿一百多年，该洲几乎成为'八旗世产'，所盛产的芦苇，还部分供城内居民做燃料之用。对于这些，你们爷爷似乎不大感兴趣。感兴趣的，倒是一首与八卦洲息息相关的古诗，因为那是皇帝亲自创作的。于是，历史会记载这样一位皇帝：他谙熟治国安邦之道，和其祖父一样，深谋远虑，胸怀鸿鹄大志，并共同缔造出为后人所称道的'康乾盛世'。有趣的是，这位皇帝不仅治国安邦有道，而且风流倜傥、诗书满腹、极爱远游，并在历史上留下了'六下江南'的壮举。同时，历史也会记住这样的一个瞬间：这位皇帝，在'六下江南'的一次游历中，玉树临风般地伫立在下江的燕子矶头，时而仰观宇宙之浩瀚，时而俯察矶头之险峻，时而又平视不远处的江面。于是，他终于看到四周被江水所环抱的那片洲地，并按捺不住内心的激动，吟诵出一首新诗，其中，后两句就是：却喜涨沙成绿野，烟村耕凿久相安。"

"你们的爷爷，还不止一次地告诉我，"阿公接着说，"对于试图了解下江八卦洲的人来说，这是一首十分重要的古诗。为什么这么说？因为它向世人透露诸多有关八卦洲的宝贵信息：既告诉人们，下江的八卦洲，是由'涨沙'演变而成，又表明当时洲上，已绿树成荫、炊烟袅袅。试想：在那样一方堪与'世外桃源'相媲美的洲地上日出而作、日落而息，该是怎样一种生活场景？！乾隆爷的诗篇被传开后，犹如一声号令，使得大清王朝后来的皇帝们，闻声而动、积极响应。最先登临八卦洲围堰造田的当然是旗民，最多时有三千余人。于是，后人可能会发出这样的感叹：多难得哟！那些胸怀天下、一心为民的好皇帝，要么千年一遇，要么百年难逢。如果真的如此，那么，后人为何舍得一身剐，敢把皇帝拉下马？一些看不惯世风日下的贤者，又为何要谋划辛亥革命？呔！事实胜于雄辩。那些天王老子呀，其实假公济私、唯我独尊、杀人如麻、残暴无比。比如康熙，由他引发和策划的平三藩战争，使数以百万的平民，死于清军屠刀之下。还有，他颁发的所谓'海禁'政策，让临海三十到五十里不等的范围内，禁止百姓居住，使得沿海地区田园荒芜，百姓流离失所，死了不知有几十万人。这还不算，清朝的控制程度更是到了极点——决不允许说统治者的半句坏话——为了防止反抗，巩固统治地位，统治者还会从别人写的文章里，摘取字句，罗列罪名，构成冤狱，这就是害人不浅的'文字狱'。它是中国历史上绝无仅有的文字恐怖制度，只要有所涉及，就会被定性为'谋反罪'。如何处罚呢？——主犯和从犯得全部处死；家族中，满十六岁的男子死刑，妇女幼童发往边疆为奴；涉及的亲戚、朋友，也要'斩草除根'，　个都不留……我第一次听你们爷爷这么说，不禁不寒而栗、毛骨悚然。"

见水灵不声不响地又钻进小棚玩耍了，阿公坐在葫芦形树墩上，对身旁的龙江说："在这种统治下，有文化的人，彻底被打断了脊梁骨。不信的话，听你爷爷是怎么告诉我的。你爷爷说，野史上有这样的记载：一个被统治者御用的文人，有一回，遭到乾隆皇帝的当众辱骂。怎么骂的呢？皇帝说，我看你不过有点文才，赏你两口饭吃；倘若给脸不要脸，不识抬举，指手画脚，忘了自己的身份，你就是个和妓女一样的戏子！末了，皇帝还加了这么一句：国家大事，用得着你这种人来过问？你博闻强记的爷爷，说到这儿，停顿片刻，又举出另一个更令人瞠目结舌的事例：范仲淹算得上是个大文豪了吧！可他的后人范文程，投靠了清廷，成为文官之首，由他亲手创下的许多规章制度，深得满清喜欢，并被使用很久。可有一天，一个名叫多铎的王爷，大白天居然闯入私宅，公然抢走他的老婆，直到糟蹋够了，才放她回去。范文程知道后，连屁都不敢放一个。文官之首尚且如此，普通百姓就不用提了。要知道，皇帝是不会错过吃喝玩乐机会的，他们拥有无数女人，生活糜烂到了极点。民间有人搞过统计，得出这样的一个结论：康熙有五十多个子女，雍正有十多个子女，乾隆也有近三十个子女……一方面，皇家后代，人数众多；另一方面，清朝平民，剧减数千万，以至于书上有过这样的记载：一个县里没有一个完整的村庄；一个村庄没有一个完整的家庭……龙江哎，我跟你啰唆这些，你听听而已，没必要乱传，免得引火烧身。"

　　阿公顿了顿，改用带有几分神秘的口吻，接着说："你爷爷私下里曾向我透露过，说他见过一张曾国藩的真人照片，还读过一段专门描述那家伙的文字：'貌之过人者，眼作三角形，常如欲睡，而绝有光；身材仅中人，行动则极厚重，语迟步缓。'这段文字，其实是在提醒人们，不能忽略那家伙的长相。要知道，三角眼、法令纹深，是一个人坚韧和凶狠的象征。至于语迟步缓，也是富贵的代名词。有些人或许会产生这样的疑问：具备这些特点，为什么就能成为达官贵人？道理十分简单，相由心生；心理素质强，稳重，才能如闲庭散步，步缓而语迟。谁见过哪位一方大员毛毛躁躁的？是呀，是呀！若将天下所有的好话都放在那家伙身上，可能都不过分。事实果真如此吗？你爷爷那回还悄悄告诉我，曾国藩其实是个表里不一的大坏蛋！何以为见？因为那家伙喜欢写日记，日记里充塞的全是仁义道德，可做起事来，却心狠手辣，毫不留情。何以见得？你爷爷说，那家伙曾向咸丰帝求了几千张清朝最高学历'监生'的文凭，外加虚衔官职的空白任命状，然后明码标价，公然出售。靠这种出售功名、卖官鬻爵的办法，他居然组建了一支近两万人的湘军。镇压太平天国运动期间，他纵容士兵烧杀抢劫，酿成九江、安庆、天京共三次屠城，数十万无辜军民，死于湘军之手，孩童也未能幸免。你爷爷还说，这三次屠城记录，都出自清朝官员与其幕僚之手，野史上有这方面的明确记载。至于还有没有其他的屠城事件，我就不得而知了。但我知道，'曾剃头'这一外号，就是因为他在长沙开审案局，杀了太多所谓湖南'土匪'而得到的。杀错的人有没有呢？有！绝对有！当时，长沙有个知府，写了一份回忆录，里面就记载曾国藩的审案局，就因一个案子，错杀至少有四个无辜的人。哈哈哈哈！卖官鬻爵、屠城、冤假错案，这些无法无天、为非作歹的行径，哪一个能与圣人沾上边呢？他又有什么资格，被后人称为'圣人'呢？你爷爷气愤地对我说过这样的话——

要是让我来做评价，哼，那家伙，只能是历史上将自己洗得最白的人！每当说到这些，你爷爷总会喟然长叹。龙江啊，你年纪还小，进学堂的时间又不长，我就向你灌输这些陈谷子、烂芝麻的破事，有什么益处呢？对你进学堂念书又有多少好处呢？虽是这么想，可我仍要耐心地转告你，往后啊，对世上许多似是而非的东西，得有一个清醒的认识与理性的判断，不可道听途说、人云亦云。比如，有人说，好马不吃回头草，有人又说，浪子回头金不换；有人说，兔子不吃窝边草，有人又说，近水楼台先得月；有人说，宰相肚里能撑船，有人又说，有仇不报非君子；有人说，车到山前必有路，有人又说，不撞南墙不回头；有人说，人不犯我，我不犯人，有人又说，先下手为强，后下手遭殃；有人说，礼轻情意重，有人又说，礼多人不怪；有人说，一个好汉三个帮，有人又说，靠人不如靠己；有人说，人不可貌相，海水不可斗量，有人又说，人靠衣裳马靠鞍；有人说，苦海无边，回头是岸，有人又说，开弓没有回头箭；有人说，退一步，海阔天空，有人又说，狭路相逢，勇者胜；有人说，金钱不是万能的，有人又说，有钱能使鬼推磨；有人说，出淤泥而不染，有人又说，近朱者赤，近墨者黑；有人说，青出于蓝而胜于蓝，有人又说，姜还是老的辣；有人说，书到用时方恨少，有人又说，百无一用是书生哟……"

"阿爸，够啦！"龙江笑嘻嘻地打断了阿公的举例，并不解地问，"你怎么一下子能举出一大堆金句？"

"唉！多如牛毛，举不胜举。"

"这些例子，是谁让你转告的？"

"你猜。"

"当然是……我爷爷。"

"猜得不对。"

"那是谁？"

"继续猜。"

"我能猜出来！"躲在小棚里的水灵，探出小脑袋，冷不防地冒出一句，然后大声说道，"是我奶奶！"

"咦！这回居然被你猜中了！"阿公扭头瞅了一眼水灵，又冲着龙江说，"我像你这个年龄，你奶奶常会告诫我，不要把别人说的，甚至书上写的，全当金科玉律和金口玉言。一个人，要有自己的理解与判断，否则，否则……"

阿公"否则"不下去了，因为下江八卦洲出现的那桩"糗事"，在他脑海里不知不觉又浮现出来。如果一定要"否则"下去，那么，他只能掴自己一记响亮的耳光。一记不行，就来两记，两记还不解恨，就来三记……直到自己口服心服。

好在龙江没有去追究阿公的难处，而是将话题不知不觉转移到他早已过世的奶奶身上。

"奶奶！奶奶！"他将目光投向远处的江面，轻轻喊了两声，然后自言自语道，"你老人家所说的十二生肖的故事，我已经记住啦！"

"其实……还有哩！"

"什么？"

"当然是十二生肖的故事。"

"快说，快说！"

面对龙江的催促，阿公略思片刻，忽然反问道："我们每个人的属相命里，都缺少一种东西，你知道缺少什么吗？"

龙江摇了摇头。

阿公于是回答道："十二生肖啊，又叫'十二缺'，它不完美。因为这十二种动物，都各自缺少一样非常重要的东西。不信的话，你就接着往下听。第一，民间说，鼠无脑。老鼠没有脑子不是胡说，它们确实是只记吃不记打，没什么记性。很多人埋怨别人，都会说这样一句话：'你属耗子的呀！怎么撂爪子就忘呢？'——正是这个道理。第二，牛无牙。牛是没有上牙的，它们吃草嚼不烂，会一直在那里反复咀嚼，因为它是反刍动物，吃完了，它还可以慢慢地反刍倒嚼。第三，虎无颈。老虎是没有脖子的，既然这样，那它回头看人却咋看？原来是要转过身去看。它不能像人一样，可以回头去看。第四，兔无唇。兔子没有嘴唇，它们是三瓣嘴。为什么会这样？那是为了生存而演变成的一种结构功能，为了帮助它们能够更好地进食。第五，龙无耳。龙是传说中的神兽，古籍有不少关于它的记载，许多图画里也画过它，但人们不难发现，大部分龙是没有耳朵的。耳聋的'聋'字怎么写？是不是'龙'字下面加一个'耳'字？哈哈，我也会写。第六，蛇无足。蛇又被人们称为长虫，它们是没有脚的。古代有个画蛇的人，非要给它添个脚，结果就闹成了'画蛇添足'的大笑话。第七，马无趾。你看牛蹄、羊蹄、猪蹄，它们都是分两半的，但马蹄就一个，不分半，分两半就不是马蹄啦！第八，羊无神。羊的眼睛是没有神韵的，因为它的大脑里没有这种神经，所以眼珠子是不会动的。人们常常会说'死羊眼'这个词，为什么这么形容，就是这个道理。有时候，在一些特殊的环境里，看着那一动不动的死羊眼，就会让人产生一种莫名其妙的恐惧感。第九，猴无腮。无腮，说的是猴子没有两腮，脸上没肉，显得很瘦。人们通常形容一个很坏的瘦人，都会说'尖嘴猴腮'。第十，鸡无肾。鸡是没有肾的，它们不会撒尿。民间有一句老话叫：鸡儿不撒尿，自然有一便。什么意思？就是小鸡和其他动物不一样。比如，狗撒尿，尿就是尿，便就是便。可鸡的身体结构有些不同，它们是一根肠，每次排泄的时候，是尿中有便，便中有尿，两者是一起排出来的。第十一，狗无味。人们都知道，狗的嗅觉十分灵敏，可它们的味觉相对低下，只有甜、苦、咸，没有什么酸、辣、臭。因此，它们吃肉、吃骨头，其实和吃屎一样，都觉得很香。第十二，也就是最后一个，猪无寿。猪的寿命一般都不长，因为从古至今，人们养它的目的，就是为了贩卖，就是为了让有钱人家顿顿能够吃上肉。这样一来，猪顶多一两年就会被杀掉。所以，世间万物，果真印证了老子的那句老话：'大成若缺。'人生又何尝不是如此？"

龙江听得似懂非懂，而躲在小棚里玩耍的水灵，可能一句都没入耳。

"我们该回去了吧！"阿公轻轻嘟囔了一句。

听说要回去，水灵很快从小棚里蹦了出来。

不一会儿，三人踏着最后一片夕阳，走在回家的堤埂上。其中，阿公依旧拄着那根歪七扭八的拐杖；龙江则主动拎着鱼篓，和阿公一道并行；而两手空空的水灵，要么甘愿落在后面，要么蹦蹦跳跳地蹿到前面，她脸上的表情，总是那般无忧，又是那般开心。

江边那个捕鱼的男子，扯着沙哑的破嗓门，又拼命吼叫起来：

想当年那个想当年，

我祖父无奈出上江，

求生辗转去下江。

一担箩筐肩上挑，

路远人乏徒步行。

祖父无娘随父兄，

穷饿父死兄嫂亡……

阿公听着听着，嘴里不轻不重地冒出了这么一句："天上九头鸟，地下湖北佬。"

"什么意思？"龙江问。

"在江面上乱吼乱叫的那个人，我认识。"

"真的？"

"当然是真的。"

"他是谁呀？"

"他是'湖北佬'，名字叫崔伟。"

"湖北佬"崔伟

"阿爸，你真的认识那个人？"顺着堤埂走了一截路，龙江再次好奇地问。

"嗯，不光认识，还有交情。"

"什么样的交情？"

"那个小棚子，是他鼓动我搭的。"

"这就算交情啦？"

"搭棚的时候，他还特意赶来帮忙。"

"这也算不上什么交情。"

"那你认为，什么才能算得上交情？"

"起码……起码……"

"是不是双方有吃喝上的往来？"

"嗯。"

"那对方请我喝过酒哩。"

"哦，这还差不多！"

听龙江这么一说，阿公眼前，不觉浮现出另一番场景。

那是不久前的某个上午，一位陌生男子，犹犹豫豫地将一只小木船，缓缓划进古水镇湾口内。湾口内已停着不少船只，其中，有条运货的木船是袁大户家的，刚从下江的八卦洲运回一船粮食，一帮负责干活的男子，正从跳板上一趟接一趟地往下卸着。大概担心当地人会欺生，不肯轻易让外地人泊船，陌生男子便冲着一帮干活的男子说："我是'湖北佬'，在武汉目睹过一场空战。"见卸货的人爱理不理，他反而讲得更加带劲：

"那是今年四月的一天，武汉上空，有架中国飞机因击落一架日机，自身也受到严重损伤，可驾驶中国战机的那位年轻飞行员，没有选择跳伞，而是猛地撞向另一架敌机。几天后，一位身穿旗袍的美丽女孩，在江边哭奠他，而后纵身一跃，跳入滚滚长江中。当周围人觉得反常时，女孩已经杳无踪影。"

讲到这儿，陌生男子故意停了下来，想看看那帮卸货的人有什么反应。见对方没有让他"滚蛋"，他便接着往下说：

"女孩名叫王璐璐，家在浙江，父亲是个银行家。别看她长相甜美，出身豪门，却十分热爱体育运动，是浙江大学篮球队的啦啦队员。在上大学期间，正是因为篮球，她结识了一生的挚爱，一位名叫陈怀民的小伙子。"

"小伙子是哪儿人？"卸货的人中，有人开始搭腔了。

陌生男子顿时来了精神："小伙子是下江人，出生在江苏镇江，家境殷实，父母开明。九一八事变，国难当头，华夏同悲。热血男儿，岂能眼睁睁地看着骨肉同胞丧生于日寇的枪炮之下？正在读大学的陈怀民，毅然投笔从戎，进入杭州笕桥航空学校，立志从九天之上狠狠打击敌人！那一年，他不过十七岁，父亲支持他的决定，寄望他'精忠报国'。在航校门口，有这样一行十分醒目的标语：我们的身体、飞机和炸弹，当与敌人兵舰阵地同归于尽！激情澎湃的陈怀民，深受鼓舞，投入全部身心，苦学飞行技术和杀敌本领。学习之余，他也爱好打篮球，强身健体。不久，作为航校篮球队主力队员，他前往浙江大学打比赛。在球场休息期间，他一眼就喜欢上了青春美丽的王璐璐。幸运的是，女孩对英姿勃发的陈怀民也心生爱慕。于是，在毕业前夕，即将走上战场的陈怀民，精心给女孩挑选了一件印花旗袍，并对她说：'我不在你身边，你看到这件旗袍，就像看到我一样。'战争中的爱情啊，从一开始，就蕴含着一份奋不顾身的悲壮。但军人的天职是保家卫国，容不得儿女情长。小伙子刚告别女友，就驾机飞向了武汉。谁曾想到，这一别，竟成永诀！"

"你这家伙是在编故事，还是在讲真事？我感动得都快流泪啦！"一位卸货的男子，冲着"湖北佬"嚷了起来。

"兄弟，我说的是真人真事。""湖北佬"边说边将自己的小船，停靠在货船旁边，见没有一个人站出来轰他，便接着说，"那天是日本的'天长节'。为了向天皇祝寿效忠，日军竟一下子出动四十多架战斗机和攻击机，饿虎扑食般地向武汉猛扑而来。一直在机场待命的陈怀民，和战友一起，紧急驾驶战机升空作战。虽然我方的飞机少，学员训练时间短，可每位飞行员都是千里挑一的高素质人才。更重要的是，他们英勇无畏、视死如归，这是决胜的重要因素。陈怀民驾机升空后，避开日机的扫射弹幕，从下方斜斜地插入日机机群中央，并死死咬住一架敌机开火。刹那间，敌机中弹，旋转坠落。就这样，从入场到击落敌机一架，陈怀民用了不到五分钟！他的出色表现，自然也引起敌机的注意。于是，日军五架飞机突然间聚拢过来，将陈怀民团团围住，猛烈射击。陈怀民驾机躲闪，可惜寡不敌众，致使战机多处中弹，冒出滚滚浓烟。此时，我们的英雄陈怀民，若放弃战机跳伞，生存下来的希望很大，可他没有跳伞，而是紧握操纵杆，开足马力，倒翻一百八十度，朝最近的一架敌机飞速撞去。天空随之'轰'的一声，传来一阵巨响，两条长长的火龙，呜咽着，翻滚着，之后坠落而下。噩耗传来，陈怀民的父亲强忍着悲痛说：'怀民之死，颇得其所；惜其为国，尽力太少！'陈怀民母亲因承受不了爱子的打击，竟哭瞎了双眼。女友王璐璐在第二天的报纸上，也看到了陈怀民牺牲的消息。生前，陈怀民曾多次对她说过这样的话：'每次起飞，我都当最后的飞行。与日本人作战，我从来没想着回来！'没想到，一语成谶，那个承诺抗战胜利归来娶她为妻的小伙子，真的再也回不来了。王璐璐不知道陈怀民撞向敌机的那一刻，心里在想什么，是航校门前的醒目标语，是亿万军民的殷切期望，还是魂牵梦萦的远方爱人？这一切，都不重要了，重要的是，男友为国捐躯了，她必须前往为他送行。"

"女孩来了吗？"有几个男子将下了船的"湖北佬"围了起

来，并不约而同地问道。

"来啦，来啦！""湖北佬"说，"可她来到武汉，看着昔日爱人凝固在照片上的微笑，不觉心如刀割，眼泪顺着脸颊倾泻而下。她告诫自己：不能让自己深爱的人孤独而去。于是，她送完男友，默默来到武汉江边。甜蜜的回忆，如今已化为悲伤；失去爱人的现实，又让回忆成为唯一可以躲避的港湾。在巨大痛苦的撕裂下，女孩纵身一跳，扎进江水之中。长江呜咽，天地同悲，似乎在为这段乱世里的忠贞，悲伤着、祈祷着……"

"'湖北佬'，你的口才这么好，莫非是个说书人？"在江边扳大罾的阿公，不知何时抱着凑热闹的心态，跑了过来，并打趣道。

没想到，名叫崔伟的"湖北佬"，毫不谦虚地回应道："兄弟，你猜得大差不离。"

"真的吗？"碰巧的是，忙于卸货的兴义和兴仁，也出现在看热闹的人群中。其中，兴义朝前探了探脑袋，特意问了一句。

"难道会骗你？"崔伟一边说，一边解释起来。他说自己虽出生在渔民之家，可为了多一份谋生手段，家里人还学会了"唱门歌"与说故事。由于处在长江上游，水流很急，很难捕到更多的鱼，于是，十三岁那年，他就随父母、姐姐和两个妹妹一道，摇着渔船前往下江的许多地方。每到一处，一家人要么在江边下钩布网，要么去岸上人多或热闹的地方，来一段说唱——所以被人称作"唱门歌的"；或索性讲一段能吸引人的故事，以期换取一些食物，用来养家糊口。可结果，他的父母还是相继饿死了；一个姐姐和两个妹妹，在一次去夫子庙唱门歌的归途中，不知是被已占领南京城的日本鬼子明目张胆地屠杀了，还是在暗处被人拐走了，抑或是在逃难的人群中被挤散……总之，三人至今都下落不明。他知道，上江古水镇一带，自己还有个亲姑妈，当年是从水上嫁给无为县一个弄船的男子，后来听说为了能拥有几亩田地，便双双去下江的八卦洲忙于开垦，只是多年来，崔伟都没能寻找到。崔伟还知道，湖北的老家，应该还有爷爷、奶奶，和一个终生未娶的残废伯伯，可当划着小船好不容易赶到武汉，亲人是一个都没见到，迎接他的，却是中国飞机和日本飞机在空中激战的场面。那场空战的故事很快上了报纸，他特意从报童手上买了一份，然后顺流而下，返回下江，继续寻找自己的姑姑和一个姐姐、两个妹妹。可不久前，在下江八卦洲与龙潭之间的江面上，他遇到了一帮江匪。江匪的头目得知他能说会道，还会编故事，便哈哈一笑，拍拍脑门说："没想到，老子居然会在下江，撞见一个会编故事的'湖北佬'，真是活见鬼。编吧，你尽管去编！编个好玩的让爷们听听，若是能被打动，爷不仅放你走人，还会赏你一块大洋。"

"故事编出来了吗？"

"江匪放你走了吗？"

"头目赏你大洋了吗？"

"……"

那天，不少围观的人，七嘴八舌地议论开来；也有人显得不大耐烦，讥笑道：

"老崔老崔，真的会吹。"

"就叫他'吹大牛'！"

"哦，想不到，原来是跑江湖的！"

"难怪有'天上九头鸟，地下湖北佬'一说。"

"……"

"我不是骗子！"崔伟忽然跺了跺脚，又将脖子往右边一扭，顺手从口袋里，摸出一枚"袁大头"，朝围观的人晃了晃，大声嚷道："那个江匪头目，真的被我讲的故事给打动了。"

"然、后、呢？"这回，兴义从人群里钻了出来，一字一顿地盘问道。

"然、后？"崔伟模仿问话人的语气说，"人家不仅放我走人，还赏了我一块'袁大头'。"

"我是说，你被放走之后，去了哪儿？"

"下游的云隆洲。"

"云隆洲？"

"嗯，离八卦洲不过三十里的水路。再往下游，就是属于镇江的世业洲和广毓洲。"

"你……在八卦洲也待过？"

"不仅待过很长时间，而且熟得很哩！"

"我不信。"兴义越问越有兴趣，越问越感到眼前这个湖北佬有点不可思议。"要知道，下江的八卦洲上，绝大多数都是我们安徽无为人。"

"无为不成洲嘛！"崔伟不由得叹了口气，然后用悠悠的语气，十分老到地反问起来："那个洲，其实大得很，你知道有多大吗？"

面对"湖北佬"的诘问，兴义有点目瞪口呆。

"它和南京一样大。"崔伟一边说，一边伸出双臂，特意做了个合拢的姿势，然后接着说，"既然范围这么广大，洲上有些外省逃荒者，有什么值得大惊小怪呢？我就是其中的一个。"

"可我……还是不大相信。"

"怎样才能让你相信？"

"这样吧，"站在一旁的兴仁，冲着自称是"湖北佬"的崔伟嘻嘻哈哈地笑着说，"我们也不想让你为难，你就委屈一下，老老实实地当回小学生，回答一下我们提出的有关八卦洲的问题。如果答对了，我们就可以愉快地接纳你，让你在这一带下钩网鱼，让你的小木船自由自在地停靠在湾口内，还让你去古水镇人多的地方讲故事、说大书。那样的话，对你寻找自己的亲人，或许还有益处。"

"谢谢！你说吧。"

见崔伟一副胸有成竹的模样，并且答应得如此爽快，兴仁也当仁不让起来。他说："第一个问题，请听好：大约一百多年前，八卦洲离古城南京很近。那时，只有七里洲村落，还没有'八卦洲'这个称呼。而七里洲西坝头，距离南京下关东北江岸，只有几十米距离。两岸居民高声互喊，就能听见他们的声音。所以，洲民们不仅划小船可以过江，甚至划着仅两米长、一米宽、呈椭圆形、专做采摘菱角的一种盆，也可以自由往来。那么，问题来了，请听题。"

"兄弟，你的表述，有点啰唆哎！"崔伟不耐烦地催促道。

"那个盆，叫什么盆？"兴仁这才亮出了问题。

"腰子盆。"崔伟干净利索地做了回答。

兴仁"嗯"了一声，又问道："它还有什么叫法？"

"菱角盆。"

这家伙，两题居然都答对了！

兴仁显然不大服气，便借题发挥道：

"这种盆，除了供人过江，还有哪些用处？"

"杀猪的时候，可用作烫猪皮。"

围观的人，一边嗤嗤地傻笑着，一边点头称是。

"还有呢？"

"刮猪毛的时候，也能用得着。"

人们的哄笑声，一时变得更加带劲。

"且慢！"兴义见兄长兴仁有点招架不住，便将话题夺了过去，只听他说，"三十年河东，三十年河西哟！滔滔江水向东流，惊涛拍岸江堤险。"

这样的开头，兴义显然在内心深处，经过沉淀与酝酿，并拿出了看家的本领，充满诗意，富有激情，饱含着自身在下江"淘金"的经历与辛酸，所以，说出来有点声情并茂，神采飞扬。他接着说："由于七里洲西岸，长期受到江水冲刷，导致它逐年坍塌。久而久之，两岸间的距离也越变越宽，由几十米变为数百米，乃至一千多米宽。这样一来，七里洲西坝头就全部塌方了，只剩南坝头和东坝头的一部分。要知道，我们无为的先辈，和一批批父老乡亲，为了能够定居洲上，为了让后代能成为离国民首都南京最近的洲民，要么含辛茹苦地前来打工，要么披星戴月地埋头垦荒做埂，要么怀揣新的梦想，期盼能拥有属于自己的一方田地……可多少人的努力与梦想都付之东流！人呢，也都长眠不起，埋葬在南坝头。"

"诉苦吗？兄弟！要是比赛诉苦，我不一定输掉，你也不一定能赢我。"

"为什么这么说？"

"因为我的苦难，三天三夜都诉说不尽。"

"唔，那就算了。"兴义言归正传道，"请听题：那时还不叫八卦洲的七里洲上，两岸显得十分狭窄，划个腰子盆或菱角盆就能过江；假如一边有人在哇哇大叫，或嘻嘻哈哈，对岸的人就能听得一清二楚。问题来了，请问这是洲的什么地方？"

"草鞋峡。"崔伟像是早有准备，或根本没把这个提问放在心上。回答之后，他若有所思，内心似乎还有许多更加重要的话语要吐露：因为那儿死了成千上万的中国人，是被日军的机枪集中扫射亡命的，这是日军屠杀南京城所留下的罪证，更重要的是，他的姐姐和妹妹，那时在从夫子庙逃往江边的路上，不知道还活着吗？那一天，他的小船刚好经过那儿，只见江面上，漂浮着一具具尸体，让人见了，不寒而栗。此后，他的内心，不时会冒出这样的念头：我姑妈要是死了，尸体也会在江上漂浮吗？

"草鞋峡的对面，还有个地名，叫什么呢？"

"一篙撑。"崔伟短暂的思绪，显然被兴义的提问声所打断，便有点不开心地嚷道。

阿公听到这儿，不觉对"湖北佬"真的刮目相看了。为了凑个热闹，也为了进一步打探对方对八卦洲了解的深浅，他在围观的人群中，往前挪近几步，并想出了一个题目。于是，他叹了口气，不急不慌地说："八卦洲自有人群居住以来，在建制上，也一直是'颠沛流离'。起初，它属于江宁上元县管辖，这大约是在清朝乾隆年间。到了民国，它属于首府南京第十区。当时，在洲上的行政中心驼路街，也有民国政府设置的保甲制地方政权。要提的问题来啦！请问那儿有没有供人识字念书的地方？"

"有，当然有！"崔伟认真地望了对方一眼，不假思索地回道，"不仅有'蒙学班''识字班'，还有'农耕班'。要知道，'农耕班'是专门为大字不识的文盲开设的。"

没想到，这次又被对方给答中。

"你……真的在八卦洲上住过？"阿公问话的语气，仍是那般不可思议。

"嗯，你可能又要考我啦！——住的是什么样的房子？我索性告诉你：那是随手搭建、简单到不能再简单的芦柴棚，又矮又小又暗，呈'人'字状；大人要进去，需低头弯腰才行。假如遇到江风刮得猛一些，就会掀它个底朝天。"

阿公无话可说，只好点头称是。

这时，一辆运送木材的驴车来到了江边。

赶驴车的男子，看上去年龄要比崔伟小一些，大概三十出头，姓冯，腰身有点明显的弯曲，右边的肩膀上，还长个急鼓鼓的肉包，熟悉的人，一般都喊他冯包。趁木材从驴车运到船上的空闲时间，冯包凑近"湖北佬"，也乐呵呵地加入寻开心的行列。他龇牙咧嘴地说："家父曾带我去过下江的八卦洲，并在那个洲上四处找活干。早在民国初期，那个洲分地割据，一二百亩苇地就为一个村庄；以庄命名的地方，大小就有十多个。你能说出几个？"

"东庄、西庄、方庄、胡庄、陈庄、赵庄……""湖北佬"一口气报出了一小串。

冯包摆摆手，示意他暂停，接着又问："洲上还有以圩来命名的村庄，你说说看。"

"上新圩、下新圩、四新圩、兴民圩……"

"还有以滩来命名的。"

"嗯，比如新滩、老滩、大沙滩、小沙滩、上长滩、下长滩、十三股泥滩……"

"以形状来命名的呢？"

"嗯，比如青龙头、青龙尾、龙窝、上柳凤、下柳凤、锅盖子、弯刀把子……"

"以神话、传说、典故来命名的村庄呢？"

冯包本以为自己最后提出的问题，能将对方给难住，可"湖北佬"不屈不挠，气呼呼地回敬道："老官房、深塘口、外公记、前恶牛、后恶牛、上公尾、下公尾……"

"哎哟喂！想不到你这个'湖北佬'，真的比我们无为人还了解八卦洲！"冯包喷喷嘴，又抓了抓后脑勺，甘拜下风地转身离去。

兴义看在眼里，心里自然觉得有些窝囊，却不大服气，于是冲着"湖北佬"吵架般地嚷道："有谁能比我的上辈更了解下江八卦洲呢？民国初期，那儿只是一大片芦苇洲，人烟稀少。要知道，民国十年，也就是公元1921年前后，才逐步开发。所谓开发，就是地方政府将高于水面的土地，用土筑起小圩埂，划出一块一块，对外进行销售。先期开发的叫头步垦，之后又开发了二步垦、南三步垦、北三步垦……"

"听家父说，"兴仁顺便将话题给抢了过去，"一开始，来八卦洲买地时，买100亩会给108亩；之后，买100亩就给100亩；到最后，开发二步垦时，洲上的土地，变得越来越稀罕，买100亩，只能给92亩……"

"谁说不是呢？"兴义生怕被"湖北佬"瞧不起，这回，他将刚刚失去的话语权，从兴仁那儿又夺了回来，并及时感叹道，"多么好的机遇，多么划算的买卖哟！可一次次都没有被我们王氏家族好好把握。是愚蠢吗？哪里哟！我们的先人，比谁都聪明；是懒惰吗？哪里哟！我们的先人，比谁都勤快；是染上种种不良恶习吗？哪里哟！和没事总爱凑在一块喝酒、赌博的人相比，我们王氏家族的后代们，不知要高出多少倍！可为什么就没能再度富贵起来呢？咳，没办法，家底子太薄！你想想，再划算的买卖，没有本钱也是白搭，所以，只好眼睁睁地看着富人做买卖，赚大钱；而我们王氏家族的后代，只能一代又一代地替大户人家干活：要么当佣工，要么打短工，要么当佃农。我还记得很清楚，那时的八卦洲，已属于南京市第九区，划分十保一百多个甲，商家已有一百多户，繁华得很，交通也便利得很：每天上午七点和九点，由下关老江口开往小火轮各一艘，一小时就能登上该洲；中午十二点及下午一点，小火轮又会从洲上开返下关。水路是这样，陆路同样方便：乘公共汽车至燕子矶，渡江后步行十华里，照样也能前往驼路街。唉，要不是害怕一次次洪水泛滥和当地恶霸的欺负，说不定我早就定居在八卦洲上了……"

"后来呢？"听到这儿，龙江陡然问道。

"后来，我和崔伟有了交情。"

阿公一边说，一边朝四周瞅了瞅，这才发现，水灵将那只鱼篓，从龙江手上夺了过去，并且人已跑得老远——大概是想提前回去，给阿婆汇报一下阿公一天的扳罾收获。

"那个湖北人，就这样和你有了交情？"

"嗯，"阿公冲着龙江点点头，继续说道，"崔伟的小木船，得到在场人的默许后，总算安安稳稳地停靠在湾口内。那时已近中午，江边的人渐渐散去，我也要继续扳自己的大罾。可过了一会儿，崔伟手拎一个小竹篮，从湾口岸边一家卤菜店里，匆匆忙忙地钻出后，照直不打弯地往扳罾的地方跑来。'喂，老哥，我是来请你喝酒的。'他刚上堤埂，便喊了起来，像是遇到多年未见的熟人。'咦，无功不受禄，无德不受宠。你干吗要请我喝酒？'我也像对待熟人一般回敬道。'因为我觉得，你和刚才的有些人，不太一样。''有些人，指的是谁呀？'我有点明知故问地说。'就是那个……那个……''是不是总爱抢风头、不断抢着说话的家伙？''对对对！他有点……目中无人。''哦，他叫兴义，是我未来的亲家。''得罪，得罪！冒昧地问一下：未来的亲家是怎么回事？''简单得很，就是：我家闺女和对方儿子结了娃娃亲，两个孩子之间，还是表兄妹。见笑，见笑！''嗨，这种事多得很，还有指腹为婚的。''能说出这个成语的出处吗？''我……只知道它的……字面意思。''什么意思？不妨说出来听听。''就是子女双方或一方，还没来到人世，就有了婚约。''它涉及一个典故。''敬请讲解，本人洗耳恭听。'见一路跑过来的崔伟，放下手上的竹篮，显得有点气喘吁吁，我便从葫芦形树墩上主动站起身，让他坐下休息会儿，可对方没有去坐，而是低着头，弯着腰，不声不响地将竹篮里存放的一瓶烧酒、两盏小酒杯、三两卤花生、四只卤鸭头，外加五两卤鸭肠，一一取出，摆放在树墩上，权当喝酒时所用的桌面。那天，我一边悠悠地和对方咪着小酒，品尝着卤菜，一边缓缓讲起指腹为婚的典故：'那是很久以前，如果没记错的话，应该是东汉初年，一位名叫贾复的将军，跟随刘秀南征北战，奋勇杀敌。有一回，贾将军在战斗中，不幸负了重伤。皇上刘秀见了，心里十分难过，当得知贾复的妻子怀孕在身，便对她说，如果你生了女儿，我儿子就娶她；如果生的是儿子，我女儿就嫁给他。指腹为婚的典故就是这么来的。''唉，可惜，可惜，你不该待在这儿扳蹩。'崔伟听完典故后，居然为我感到惋惜。'为什么呀？'我朝对方呵呵一笑，笑他的命运不比我好，至今连个女人都没讨到。他听后，不仅并不介意，反而借着几分酒气，冲我格言阵阵、警句不断：'我不高攀有钱人，因为我花不到对方的钱；我也不小瞧天下的穷人，因为他们不靠我去生存；我更不奉承得意的小人，因为他们不入我的法眼。唉，我这大半生，归纳起来只相信三种人，一是跟我同甘共苦的人；二是在我跌倒的时候，能扶我一把的人；三是在我一无所有的时候，依然对我不离不弃的人。老哥，人生苦短，哪有时间去虚伪呢？''是啊，老弟，你说得太好啦！''人，可以不识字，但必须学会识人。'想不到，对方又轻轻松松地吐露出一句格言。我想，事已至此，自己不能再眼睁睁地看别人显摆了，更不可让自己一味地谦虚下去，那样的话，就有被对方瞧不起的可能。于是，我脑筋一转，跟随他的格言，不管三七二十一地说，'人在做事，天在看。积小善为大善，善莫大焉；积小恶为大恶，悔亦大矣。愿你广种善缘，广种善因，广结善果。'说到这儿，我似乎意犹未尽，又向对方没头没脑地讲述了这么一个故事：'下江的武进县府你知道吗？还挺有名的，你说不定也知道。那儿有一个名叫张玉奇的官员，曾被抓到阴间。阴间有个青面獠牙的人，把张玉奇的生平功过簿拿过来，放在一杆秤上称分量，凡是善事，都用红色标签，恶事则用黑色标签，分别放在秤的两端。最终结果显示，红签重不可量。于是，那个青面獠牙的人，开口表态道，'做了这么多善事，张玉奇不仅可以放回人间，至少还可以增寿十二年。''是啊，是啊！其实，不止阴间有一杆

210

秤，人间也有一杆秤哩；人的是非功过，都能在这杆秤上称出来。'说得好！'我主动向对方伸出了大拇指。'讲得妙！'对方如小鸡啄米般地冲我点点头，并且还加了一句，'凭你肚子里的学问，当个私塾先生绰绰有余！''唉，大凡有梦者，都是苦命人，干杯！''干杯！'两人围着葫芦型树墩，席地而坐，你敬一杯，我还一杯。几杯烧酒下肚，他信口开河，我也变得口无遮拦，以至那桩闷在心里、本不愿朝外张扬的糗事，此刻竟想通过自己的嘴巴，一五一十、和盘托出。龙江，你说奇怪不奇怪？"

八卦洲上遇"贵人"

"阿爸，你肚里藏着什么故事？"

"这回不是故事，而是一桩糗事！"

"什么叫糗事？"

"糗事，就是不大光彩的事，一旦说出来，自己都会觉得难为情。"

"到底是怎么回事？"龙江有点等不及了，迫不及待地问。

"哦，你至今还不知道？"

"糗事被你捂在肚里，外人怎么会知道呢？"

"你阿妈从来没向你和水灵提起过？"

"没有呀！"

"曾随我一道，去下江八卦洲打工的你两个哥哥，也没有说过此事？"

"嗯。"

"嗨，一旦说出来，定会让人笑掉大牙。"

"怎么会呢？"

"那我说啦！顺便替我揣摩揣摩那个放垦人够不够交情。"

"怎么又冒出个……放垦人？"

"事情是这样的——"阿公终于一吐为快了。他说，"你爷爷去世后，我虽发过'再也不去下江八卦洲淘什么金子、银子'之类的誓言，可后来出尔反尔，还是违背了当初的诺言。是呀，与民国首都一水之隔的八卦洲，地理位置是多么优越，又曾唤起过多少上江人对下江的思念与遐想！对我来说，像你爷爷那样，能在洲上晴耕雨读，会有个简单的私塾，招收几个喜欢识字念书的孩子，顺便圆一下当'先生'的梦想，此生还有什么值得遗憾呢？如果在洲上遇到放垦，不小心能够逮个机会——这个机会，要么是唾手可得的一片垦地；要么是令人眼馋的一笔转让费——那么，一个世代黎民的糟糠之家，不就有可能提升为梦寐以求的耕读之家啦？是的，一切皆有可能，凡事都要尝试。所以，在张老洼成家以后，我就开始将努力生存与谋求发展的目标，牢牢结合在一起，并将目光瞄准下江，瞄准心存担忧又令人无限神往的八卦洲。去那儿想干什么呢？有古水镇一带的熟人不止一次地这样问过我。我的回答是，首先为了苦钱，为了养家糊口。因为那个洲上，活儿多得很！只要一个人舍得出力气，雇工这个不怎么好听的角色，一年到头都在向上江人发出需求的召唤。就这样，一年过去了，又一年过去了，龙江啊，你最上面的两个哥哥，也渐渐长成大人了，能和我一道去八卦洲干活挣钱了。没想到，就在八卦洲新一轮放垦中，我们偶然碰到了一位特殊的老乡，并请他在小酒店喝了回酒。当问起他的尊姓大名，他一开始只是说：'鄙人姓余，余就是我。'见我们父子三个都是诚实人，又是无为来的，他才补充道：'就叫我余放垦吧！'我很快知道，余放垦不仅是这次放垦的负责人，也是垦地买卖的具体介绍人，可谓吃着碗里的，看着锅里的，是那种脚踏两条船的角色。当得知，我们来洲上只是替大户人家打工，不挑三拣四，什么活儿都愿干，什么苦都能吃，他便喷着酒气，竖起大拇指，一连好几个'妙！妙！妙！'同时还评价道：'这才是上江人的本色，这才是无为人的聪明。'吃苦耐劳的本色就不用啰唆了，那么，聪明又表现在何处？余放垦借着几分酒兴，瞅着我，肆无忌惮地说开了：'你老人家虽然相貌平平，可举止得体，气度不凡，且携带两个身大力不亏的公子来洲上找活干，没多大野心，只想赚取一些现金，比什么都好！要知道，这次领垦者，绝大多数是国家公务人员。他们领到地后，并非自种，而是雇人代耕，故美其名曰：宦亩。也有刚领到宦亩的公务人员，在我的穿针引线下，一眨眼就能将不费吹灰之力到手的垦地，再轻轻松松地转卖出去，以牟取暴利。真是上梁不正下梁歪；只许州官放火，不许普通人点灯呀！我可是从正规大学毕业，才跨进国民政府部门的，熬了一年又一年，乌黑的头发已长出一簇簇白发，盼星星呀盼月亮，却盼到放垦负责人这么个土里土气的职位，并且级别还在副科与正科之间摇摆不定。我图什么呢？又能得到什么呢？再这样混下去，到告老还乡的时候，又有什么颜面去面对江东父老呢？于是，茅塞顿开的我，不仅能按亩数，逍遥自在地索取一笔笔介绍费或好处费，而且还学会用化名的方式，来领取数百亩田地，然后再悄无声息地转卖出去。这一致富妙招，不觉让我想起一位外国诗人所写下的美句。老人家，还有身大力不亏却始终一声不吭的两位公子，泰戈尔这个名字，你们不曾听说过吧？既然如此，那我不妨借这次喝酒的机会，为你们免费普及一下，反正书到用时方恨少，事非经过不知难；反正技多不压身，艺高人胆大；反正黑发不知勤学早，白首方悔读书迟；反正少壮不努力，老大徒伤悲；更何况，还有三更灯火五更鸡，正是男儿读书时……总而言之，言而总之，或一言以蔽之，不管怎么讲，墨水这玩意儿，一旦进了肚里，便是学问，想撒尿也排不掉，想屙屎也拉不走，想被人抢去，更是痴心梦想。废话少说，言归普及：这位名叫泰戈尔的伟大诗人，于1861年出生在印度一个十分富有的贵族家庭。他出生那年，清代三十岁的咸丰帝，正好在承德避暑山庄一病呜呼了，皇位由他年仅六岁的儿子载淳继承。十三岁就能创作长诗和颂歌体诗集的泰戈尔，不仅去过英国留学，而且来过中国讲学，顺便会见一些朋友。于是，有人便说他是著名诗人，有人说他是文学家，有人说他是哲学家，有人说他是社会活动家，甚至还有人说他是印度民族主义者。可不管标新立异还是人云亦云，他如果没有凭诗集《吉檀迦利》有幸成为第一位获得诺贝尔文学奖的亚洲人，那么，有多少人能够知晓他的存在？又有多少人能够领略到他的格言、警句？比如：世界以痛吻我，要我报之以歌；我们把世界看错了，反说它欺骗了我们；生如夏花之绚烂，死如秋叶之静美……多么富有诗意的美句！多么充满哲理的诗行！多么扣人心弦的诉求！这不过是泰戈尔《飞鸟集》里的点点滴滴。有人在白天流涌着眼泪，有人则把眼泪藏在幽深的黑暗里……这显然是他《园丁集》中的。还有：我迷了路，我游荡着，我寻求那些得不到的东西；我得到了，我所没有寻求的东西……这应该也是《园丁集》中的。多着哩！还有诸如《流萤

214

集》《新月集》《园丁集》《沉船》《漂鸟集》《采果集》《飞鸟与鱼》……仅诗集的名称，我在读大学时，就能背出一大串。可今天，当你们父子三人的面，呱啦呱啦地普及一个毫不相关的外国诗人，主要还是因为本人的茅塞顿开，以及家业日渐衰败所采取的一种自救方法。是的，都是上江人，无须说酒话，更不用打诳语。我在很短时间内，居然学会了小鸟的本领。小鸟说：我从天空中飞过，但天空中没有留下我的痕迹。小鸟的话，其实就是泰戈尔的话，泰戈尔想要表达的是：天空中没有留下他的痕迹，但他已经飞过。或许是通感的作用，抑或是泰戈尔的诗句，深深影响了鄙人，鄙人不假思索也想普及他一下，宣传他一回。可人心毕竟是肉长的，你老人家对八卦洲的真实情况，可能还不大清楚，本人却了如指掌。不信的话，我就随便举些数字，让你开开眼界。'余放垦一边大大咧咧地又喝了一杯烧酒，一边如数家珍般地显摆起来。'据南京市社会局所搞的、并由本人一次又一次参与其中所得出的调查结果，1934年，全洲共有853户，4466人。其中，原籍为安徽无为县者，有709户之多，占总户数的89.7%，另外，安徽和县58户、含山10户、凤阳5户、庐江5户、桐城3户，江苏六合7户、宿迁6户、江浦4户、江宁4户、盐城3户……要知道，我每回要向上级汇报这项工作，能够记住这一串味同嚼蜡的数据，乃是最基本的要求，如果背得滚瓜烂熟，似乎就让明自己的业务能力堪称优秀。'说到这儿，余放垦不拘小节地又喝了一大口酒，继续往下显摆，'那么，外界是如何评价我们安徽无为人的呢？这桩与调查有关的差事，不请自来地又落到了我的头上。有这么一段经本人广泛调查、深入研究所整理出的文字，在得到周围人好评的同时，经社会局某领导的圈阅,更是引起上层人物的关注。文字是鄙人这样提炼出来的,张口就背,以博父子三人一笑:安徽无为农民,性情温和,吃苦耐劳。妇女多蓄发缠足,不问农事。每逢农闲或年节,辄喜赌博。其中,较富裕人家,除在洲上雇人种地外,在其安徽原籍亦耕地若干亩。如此一来,每遇农忙或年节时,家庭人口常返还不定。此现象,于家庭团圆和睦似乎不利。此乃美中不足,白璧微瑕,还望上司高屋建瓴,详察隐情,以观后效云云。'扯到这儿,余放垦朗朗上口地又列举出一串数字:'1934年前后,南京八卦洲的洲民中,职业基本构成是这样的:853家农户中,务农占有759户,开店38户,小摊贩5户,手工作坊2户,渔户6户,船户9户,无业14户,其他20户。'倒背如流到这儿,他顿了顿,倏然改用几分诘问又似乎带有几分同情的语气普及道,'严格说来,你们父子三人,在这个洲上,不能被称为洲民,只能被称作流氓。是的,你们别一惊一乍地盯着我瞧。流氓这个词,知道是什么意思吗?你们三个人中,肯定有人会说,那不是调戏妇女挨骂的话吗?其实,在古代,流氓代表的是出生的地位。因为古人把没房住的叫氓,没土地的叫流,无地无房的叫流氓,有房有田的叫庶民,拥有宫殿的叫陛下,住大平房和大独栋的叫殿下,有一两套房的叫阁下,四海为家、居无定所的叫足下,家里做大生意的叫富商,名门望族没落的叫寒门,偷东西的叫盗,抢东西的叫匪,危害国家的叫贼,谋权篡位的叫奸,外来侵略者叫寇,家里有公务人员的叫史家,家里有当兵的叫军户,租用地主土地的叫佃户,从事畜牧养殖业的叫牧户……唉,列举这么多,我只想告诉老乡,你们不是流氓,至少也是游民。因为你们上无片瓦,下无寸土。上无片瓦也就算了,用几捆芦柴随便搭一个棚子,就可以替代房屋，可下无寸土就有点说不过去了。我上面背出的那些数字，你们也不是没有听到，就连打鱼的、弄船的甚至没有职业的，好歹也算是洲上的一户。为什么这么说呢？因为他们多少都有一些田地，都要尽一分洲民所应尽的义务，这样才能名正言顺地待在洲上！老人家，我可没诓你们父子三人，也不能白白吃你们摆下的这顿酒菜。凡事都要讲个良心，我今天的良心，就是免费向你们普及有关八卦洲的过去、现在和未来等知识。过去的基本情况大概是这样的：早在1929年第一次放垦前夕，南京特别市政府就在《中央日报》上，正式通告了八卦洲的开垦事宜，并制定出《八卦洲计划开垦条例》《八卦洲开垦佃农报领地亩简章》《八卦洲佃户庄规》等一系列红头文件，上面明确规定：每户可领地五至一百亩，租期为二十年；各佃农需照章承佃，不准冒名领地。同时，佃户必须遵守庄规民约，对全洲的修圩、筑路、浚沟、御险等公益事业，应积极参加，不得以各种理由推诿。过了两年，八卦洲的管辖权，已由南京市政府下设的旗民生计处改归市财政局，下面设置八卦洲管理处。该处设主任一人，并配有测量、稽查、巡丁数名。管理处下设会计、文书、垦务三股，每股有办事员若干人。此外，首都警察厅下设的八卦洲巡逻队，也在协同管理洲上的社会治安，可见与民国首都捆绑在一起的八卦洲，上上下下对这片四面临江的风水宝地，还是蛮重视的。为了方便管理，该洲还分六千亩为一段，段以下每两千亩设圩长一人。庄首、圩长经佃农推选，由农民自己去担任，以协助管理处办理各段事务。庄首、圩长一经推举，不得推诿，违者则撤其佃租权。庄首、圩长如有玩忽职守，或行为不当者，出管理处查处。佃户如有欠租，庄首、圩长应负责催缴，屡催不缴者，即收回其租佃权，所欠租费，在储备金内扣除，无需保人偿还。

冬季不觉到了，这是农闲时节，也是修圩的好机会。夏日江水猛涨，昼夜巡圩已属恒常，因为堤圩关系到全洲人的生命财产安危，马虎不得。故而，佃户无论大事小事，均应听从庄首、圩长调配指挥，旨在同仇敌忾，众志成城，共同防洪抗灾。管理处鼓励佃农栽种树木，其苗种由管理处发给，佃农负责培护，不准私自砍伐。圩堤两旁，不准私自栽种植物，以保护圩堤。可四面环江的八卦洲，最大的天敌正是水灾。有史料记载，晚清那年的初夏，已成泽国的八卦洲，白浪滔滔，茫茫一片，天空似有乌龙在翻滚，长江两岸，似乎更有号啕声在赛哭；没想到50年后的1931年，这样的情形再度呈现。虽说人算不如天算，可洪水退却之后，含着眼泪、扶老携幼、逃离四方的灾民们，如同候鸟一般又回到洲上；南京城里的一些商人小贩，也照样过来领地开店经营，从而确保洲上人数的有增无减。如若不信，让我将烂熟于心的一串文字连同数字，再背给你们听听：1934年，南京市政府第33次会议决定，在洲上设置八卦乡，隶属燕子矶区。次年2月，八卦洲开始编组保甲，全乡有12保，109甲，1114户，6126人。又过了一年，洲上成立了筑埂委员会，以市财政局、管理处、巡逻队、乡公所、农民教育馆、农会主要负责人为委员，另推举5名佃户为代表……这些变化说明什么？当然说明该洲仍在险境中没有自暴自弃，也没有自欺欺人，更没有自吹自擂。得啦！这些就不用我啰唆了，来自无为的上江人，正是最好的明证！老人家，我想重申的是，该洲田地大都是由领户去招佃耕种，或由佃农雇人代耕。他们和你一样，是洲上的底层，也是贡献最大、获益最少的弱势群体。出于上江人的同情与下江人的怜悯，我得想办法帮帮他们才对。怎么个帮法呢？一般田地不是按30至40元的亩价来出卖吗？如果卖方是个小地主，买方是个揭不开锅的佃户，我自然会倾向于后者，并利用自己的双重身份与权力，尽量将亩价压到起步价30元。可我又不是二百五！相对于一般的贫瘠地，洲上还有大片大片肥沃的土地，亩价定为50至60元。我知道，这些宦亩已被一批公务人员所瓜分，在牵线搭桥过程中，我自然会站在他们一边，并让对方利益最大化。要知道，他们都是有头有脸的人物，事情办得令对方满意，说不定一句话就能让我步步高升、心想事成；反之，有可能会让我吃不了兜着走。唉，有什么法子呢？兴，百姓苦；亡，百姓苦。这话古人说过，我小时候进学堂就会背，如今领悟得愈加深刻。比如，半世纪一遇的灭顶水灾，致使八卦洲连续三年都长不出庄稼；期间又遭遇一场大旱，使好不容易开垦出的田地照常颗粒无收。所以，你们父子三人还算明智，没有轻易走租地或买地的套路，而是从一百公里外的上江，赶到下江的洲上，靠打工赚些现钱，辛苦归辛苦，赚到手的钱也不会令人眼馋，可没多大风险，算得上是明智之举。可后面的情形，恐怕就难以预测了，我不妨再啰唆一下，给你们提个醒：1931年大水，1933年干旱，迭遭灾害，洲上有不少领户，开始将田地收回自种，这就造成许多洲民无地可耕；到1936年，这类无地洲民已达700多户，3000多人。在许多洲民的强烈呼吁下，市政府决定，在八卦洲新埂内，芦地放垦7000亩，这就是第三次放垦。因为申请领地者众多，所需总计20万亩，地少人多的矛盾异常突出。没办法，能否将垦地领到手，只好由相对公平的抽签法来决定。于是有一天，在位于夫子庙贡院的市政府内，果然举行了有模有样的抽签仪式，结果是：7000亩垦地以

50亩一户，只有140户才能领到，绝大多数游民，依然大眼瞪小眼，一筹莫展……'"

"阿爸，你把余放垦那家伙抬出来，听凭他东一榔头西一棒地胡扯，有多大意思呢？"龙江这时率先走下堤埂，站在一块低洼的田头，并打断了阿公的唠叨。

"是不是你听得……不大耐烦？"

"嗯。关键是，你绕来绕去，始终没有进入主题。"

"快了，耐着性子往下再听一会儿。"阿公拄着拐杖，一瘸一跛地也下了堤埂，然后接着说，"'去年，也就是1937年1月，八卦洲第四次放垦又开始了。'余放垦仍在喝着烧酒，还不忘向我循循善诱地进行着普及，'这一回，南京市政府决定放垦6000亩，包括外沙包至下坝、下坝至天河口两部分，全部为埂外芦滩，且都处于洪水的标记下。这次放垦没有抽签，由120户无地难民承领，因为他们自行集资建筑埂堤，所以免收放垦金，并免租两年。这样一来，领到垦地的人，自然就成了洲民，而没有领到垦地的，又怎能善罢甘休呢？'余放垦兴致勃勃地说，'老人家，我记得很清楚，时间是1937年5月18日这一天，300多名上江无为农民，为了生计，为了糊口，为了能够成为洲民，忽然涌到八卦洲农事试验场，强行搭棚，占田耕种。管理处的主任列应佳，自恃是市长马超俊的侄女婿，带着几个警察，气势汹汹地赶到现场，要驱赶无为人，让他们滚蛋。见无为人不肯，姓列的那家伙，就指挥警察大打出手。我在一旁干着急，忽见一帮无为兄弟，像是商量好似的，奋不顾身地围拢上去，将姓列的狠狠地揍了一顿。因为此事，市政府将几名为首的无为人抓了起来，并贴出布告，限令他们两天之内离开农场，否则将予以严惩。对此，无为人不畏艰险，一气之下，竟把布告撕得粉碎。国民党南京市党部无奈，最后不得不派出一个调查团，出面调查此事。经多方协商，决定将这些强行占地的无为农民，移到大小黄洲的洲尾进行垦荒，这才没有发生更大的纠纷。'大概多喝了几杯烧酒，抑或是从头至尾的普及废话连篇，离题万里，脸颊显得红扑扑的余放垦扯到这儿，不禁打了个酒嗝，又旁若无人地放了个响屁，同时还不忘背了两句《增广贤文》中的格言：'路径窄处，留一步与人行；滋味浓时，减三分让人尝。'之后，他才缓缓起身，伸了个懒腰，冲我招呼道，'老人家，我该走啦！往后若想在洲上置几亩田地，可到驼路街找我，我在那儿还有一间放垦办公室。'说完，他便扬长而去。"

"那家伙究竟想干什么？"龙江耐着性子听到这儿，还是有点莫名其妙。

"唉，大凡有梦者，都是苦命人！那回在江边扳罾的地方，湖北人崔伟请我喝酒时，我也说过这样的话。"

"'湖北佬'是如何看待余放垦的？"

"听我将余放垦的情况做一番介绍后，崔伟一开始也认为，'那人好像不是个坏人，说不定还想替你弄一块垦地，以实现你在洲上晴耕雨读、当回先生的梦想！'龙江，你看呢？"

"嗯，那家伙似乎有这个能力，也有这方面手段。"

"我的判断和你差不多，一二十亩垦地办不成，起码能弄到五六亩。"

"所以，你很快就去找他啦？"

"嗯，我第二天赶到驼路街，发现余放垦在那儿果然有一间办公室。"

"然后呢？"

"他在办公室接待了我。"

"就你一人去的？"

"一个人去就行了，又不是上门吵嘴打架！再说，你上面的两个哥哥，正在洲上替人干活卖苦力，脱不开身。"

"然后呢？"

"我把自己赶过来的目的，简单地说了一番，他当即点头同意。"

"然后呢？"

"我就将身上仅有的一些小钱，全部交给了他。"

"那余放垦呢？"

"他没有推辞，也没有嫌弃。这说明，人家愿意替我运作。"

"运作？"

"嗯，他说此事需要一番运作，公事公办显然很难办成。"

"你信啦？"

"有什么不信呢？我交给他的那点小钱，不过杯水车薪。况且，他当场还要立个收据。我手一挥，没让他写。"

"然后呢？"

"然后，因为有了新的盼头，我们父子三人在洲上干活更加带劲，并且每当从雇主那儿领到一些现金，总会合拢到我手上，然后让我交给贵人。"

"什么，贵人？哪里又冒出一个贵人？"

"嗯，我已将余放垦当成贵人啦！"

"阿爸，什么意思？"

"你想想，一旦在八卦洲真的有了自己的田地，我们全家不就可以从鬼不生蛋的穷地方，迁移到洲上？不就成了人人仰慕的民国首都的居民？啧！啧！想都不敢轻易去想的机遇哟，却被我一下子撞上了，这不是贵人在暗中相助，又是什么？"

"可你怎么说自己办了一桩糗事？"龙江的提问，使阿公的双肩不自然地抖动了一下，仿佛受到彻骨寒冷的侵袭。

"唉，还是'湖北佬'崔伟说得好：人算不如天算！"

"究竟又发生了什么？"

"余放垦后来……忽然不见了！"

"阿爸，说得具体点。"

"一开始，每当父子三人在洲上挣了一些钱，我都会亲自送到余放垦手上。"

"他怎么说呢？"

"他总是说，少安毋躁，快了，快了。"

"你信啦？"

"嗯。"

"唉！"

"有一回，余放垦还指着附近的一大片芦苇滩，极其神秘又掩饰不住内心的喜悦，冲着我说：'老乡，我忘了告诉你，那片芦苇滩，已被本人的顶头上司给买下了，是送给他上司的、带有下江泥土气息的礼物，也是标标准准的宦宙。出于信任，顶头上司要我神不知鬼不觉地找个下家，又快又省事地将那片垦地转卖出去，至于宙价，由我本人说了算。这样一来，我的机会总算来了，你的机会也终于来了。日前，本人正马不停蹄地运作此事，让你也能尽快坐收渔翁之利：十亩八亩不敢保证，三到五亩挂你名下，应该不成问题。’”

“于是，你就信啦？”

“龙江啊，你这话问的，明显带有责备的语气，让我听了，心里有点难受。”

“阿爸，我没有责备你的意思；我只是在问：你又信啦？”

“能不信吗？那人每回收下我送去的运作费，无论多少，都要立个字据。我听了，手一挥，不让他写。”

“应该让他写个收据才对。”

“是啊，尽管数目不大，难成敬意，可毕竟是父子三人一段时间的雇工费、血汗钱！对方既然主动提出要立个字据，我不该阻拦。”

“下回，可要当心一点。”

“是啊！有一回，我又去了趟余放垦办公室。刚一见面，他就客客气气地对我说，‘老人家，你每次过来，我其实都有较为详细的记录。比如，某月某日；上午还是下午；一人还是两人；送来多少父子三人靠卖苦力所得的现金；来了之后，鄙人有没有用一大碗面条来招待老乡……不信的话，敬请过目一下。’他边说边从抽屉里，取出一个十分精致的笔记本，翻开其中的一页，指着上面一堆文字与数字让我去看。见我摇摇头，他接着说，‘老乡，下回再来时，鄙人会为你立个总收据，你不用阻挡，一定要带走，做个纪念，也好向家人有个交代。至于古人所说的亲兄弟明算账之类的废话或混账话，用在我俩身上，可能不起什么作用。垦地的契约，一旦落入你的手中，你恐怕开心得一蹦三尺高都来不及哩！至于说到答谢人情，鄙人可不需要，要谢就谢你自己好啦！’”

"阿爸，那家伙说的话，为什么总是阴阳怪气、古里古怪，不知葫芦里卖的是什么药？"

"嗯，我说到这儿时，'湖北佬'崔伟也是这样问过我。"

"你是怎么回答的？"

"我当然将余放垦接下来所说的话，原原本本地告诉了崔伟。"

"那么，余放垦又是怎么说的呢？"

"余放垦说，'老人家，就凭你能够口吐警句，本人就愿意无怨无悔地拉你一把。'"

"什么样的警句，打动了那个家伙？"

"龙江，你听我说，警句的内容是这样的——我还没来及向你普及哩——'囊有钱，仓有米，腹有诗书，便是山中宰相；身无病，心无忧，门无债主，可谓地上神仙。'余放垦一听，像是怀才不遇后的知己重逢，更像是天生我才必有用、千金散尽还复来的自信与豪迈终于被找回，欣喜若狂地嚷道，'你知道这警句最先是从谁的嘴里吐出来的？'我如实相告：'是我当过八年书童的父亲，有一回亲口告诉我的。''照你的意思，这警句就是你父亲的灵感所得？'面对余放垦的步步追问，我只得点头承认，对方则不急不恼地纠正道，'错啦，错啦！这闪光的警句，应该出自晚清名臣李鸿章之口。'说到这儿，余放垦显得意犹未尽，'既然它有上联和下联，那鄙人不怕在老乡面前献个丑，为它添个横批：好好活着。你觉得如何？'见我只有频频点头的份，他又来了这么一句，'一旦与我结缘，便是你终生福气！'"

说到这儿，阿公不觉叹了一口气。

"阿爸，没啦？"

"嗯。"

"你信啦？"

"嗯。"

"那家伙没留你吃一碗面条？"

"他说，'老乡今天来得不巧，因为鄙人有要事在身，马上赶回城里。'"

"你信啦？"

"嗯。"

"所以，分手时，你还特意给那家伙送了最后一笔所谓的运作费？"

"嗯。"

"后来呢？"

"两天后，我又来了一趟。"

"结果呢？"

"没见到人。"

"不在办公室吗？"

"办公室也没了。"

"为什么呀？"

"因为那儿，已改成了小卖部。"

"阿爸，这么说，你果真遇到个大骗子？！"

"龙江，我不知道哎！"

"都被'贵人'骗得团团转了，还不承认他是个大骗子！"

"关键是，父子三人两个月所挣的血汗钱，心甘情愿地交给了那家伙。"

"唉，阿爸！难怪一开始，你就说自己干了桩糗事。"

"有什么法子呢？哑巴吃黄连，有苦说不出。"

"我上面的两个哥哥知道你吃闷蛋亏后，怎能善罢甘休？"

"是呀，他俩摩拳擦掌，扬言要把余放垦逮住，千刀万剐！"

"能找到那个骗子吗？"

"我们父子三人，在洲上四处打听过，都没结果。"

"他会躲到哪儿呢？"

"我后来才知道，像被余放垦骗钱的这类情况，在洲上有好几起。"

"别人是怎么说的？"

"有人说，那家伙放垦有功，已随一帮政府官员坐着飞机，优哉游哉地离开了首都南京。"

"去哪儿？"

"当然去重庆。"

"去那儿干什么？"

"因为首都眼看保不住，国民政府只好将重庆作为战时的陪都。"

"噢，原来是这么回事。"

"也有人说，那家伙作孽太多，已在洲上被人悄悄宰了，扔进江里。"

"这倒有可能。"

"还有人说，那家伙其实没死，也没有去重庆，而是提前投靠日军，当上了汉奸翻译。"

阿公说到这儿，发现自己与龙江已站在石磨王与张老洼两村交界的石桥上。

那时，西边的太阳已经落山了，四周的光线在逐渐收敛，暮霭如一张摸不着的灰网，正从不远处悄然降临。好在越来越清晰的一轮明月，适时驱赶着周围的昏暗，进而使得模糊不清的远物近景，复又变得明朗起来。

"阿爸，该回来吃饭喽！"不远处，已提前跑回去的水灵，站在门外，高声呼唤起来。

阿公一边用沙哑的嗓门应答着，一边将原本捂在心里、不愿让别人知晓的另一桩事情，这回当着龙江的面也抖了出来。"那个名叫崔伟的'湖北佬'，"他说，"请我在江边喝酒的那天，得知我被余放垦骗得一塌糊涂，甚至连下一步你想进学堂念书的基本费用都难凑齐，于是，从口袋里摸出江匪头目赏给他的那块大洋，往我的掌心里塞去。见我死活不肯收下，对方忽然没头没脑地感叹道，'往后，要是我也想换种活法，去当土匪，你会瞧不起我吗？'我很快说，'你去当土匪，我不会指责，也不会瞧不起你。可千万要记住，即使入了那个行当，也要遵守八不抢的规矩。''八不抢有哪些具体内容？'见崔伟目不转睛地盯着我看，问得有些急切，又不失真诚，我便将你爷爷曾告诉我的有关知识，一五一十地讲给他听。他听后，一边点着头，一边将那块已被掌心焐得有些发热的大洋，再次塞到我的手掌里。"

"阿爸，照你这么说，那个湖北人不光与你有交情，还是我进学堂念书的又一位贵人？"

"嗯，多少有些关联。那第一位贵人，又是谁呢？"阿公故意问道。

"除了父母，当然是表舅张老师。"

"古书上不是说，滴水之恩，当以涌泉相报？你能这么看待问题，我很开心。"

说到这儿，阿公感到一阵轻松，就像心里突然放下一个沉重的包袱。他不再说话了，也无需往下说了，因为又低又矮的茅草屋，不知不觉已出现在眼前。

第十三章
阿婆当了回"先生"

　　"你这个丫头，疯疯癫癫的又想去哪儿？"正坐在门前一条小板凳上埋头整理野菜的阿婆，忽然冲着水灵大声嚷道。

　　"我要去……江边。"水灵回答。

　　"去那儿做什么？"

　　"找阿爸评评理！"

　　"嚯！有文化啦？翅膀变硬啦？！"阿婆不觉尖叫起来。

　　水灵愣在一旁，不知该做如何回答。

　　"去找你爸胡搅蛮缠吗？"阿婆继续责问道。

　　水灵这回摇了摇头。

　　"你爸没跟你讲过，不要去江边？"

　　"讲过。"

　　"可你最近，接二连三地跑到江边，还缠着龙江一道，究竟想干什么？"

　　"听阿爸讲故事。"

"什么？故事？"

"嗯，阿爸肚子里有许多故事。"

"这么说，你把你的父亲当成了先生？"

"嗯。"

"也就是说，你把你阿爸扳大罾的地方，当成了学堂？"

"差不多。"

"那好，你搬个小板凳，坐到我的对面。"

"干吗？"

"听、我、讲、故、事。"

"啊？"

"'啊'什么呀？我也会讲故事，也有资格当你的'先生'。"

水灵"扑哧"一声笑了起来。

一旁的龙江手捂嘴巴，也偷偷地笑了笑。

"你俩在笑什么？"

"阿妈，我没笑。"龙江试图矢口否认。

"别以为我耳朵不大灵光，可那丫头的嗤笑声，我能听得一清二楚。"

"阿妈，我没嗤笑你。"水灵同样不愿承认。

"你这丫头，明明笑了，还想抵赖。"

"阿妈，我是笑了，可那不叫嗤笑。"

"那叫什么？"

"叫……嬉笑。"

"两者都是笑，有什么区别吗？"

"当然有。"水灵伶牙俐齿地回她道，"嗤笑是讽刺、讥笑、嘲弄的意思，对天下所有的穷人，决不能嗤笑。"

"哎哟，一套一套的，谁教你的？"

"当然是……阿爸。"

"所以，你才缠着龙江，一次又一次跑到江边，拜你父亲为师？"

水灵点点头，随之嚷道："总之，你和阿爸不大一样。"

"他是男的，我是女的；他是一家之主，我是一家之妇；他主外，我主内……两人怎么会一样？"

"不是这个意思，我想说……阿爸不光会讲许多故事，还会口吐格言警句。"

"是啊，老祖宗留下来的老话，我有时越琢磨越有味，比夸夸其谈的那些格言警句都要管用。要是不信，你和龙江不妨都听听。"

阿婆思考片刻，果然说了起来："富贵门前有恶狗，久病床前无孝子。行行出状元，处处有能人。路是人开的，树是人栽的。问路不失礼，多走几十里。有钱难买少年时，失落光阴无处寻。衣不如新，人不如故。药，不治假病；酒，不解真愁。七寸的筷子能勾魂，酒盅不深淹死人。记得少年骑竹马，转身便是白头翁。"

"嗯，你所说的，应该也算是格言警句。"龙江评价道。

"别打岔，我肚子里还有哩！"阿婆接着说，"静坐常思己过，闲谈莫论人非。痒要自己抓，好要别人夸。只能救苦，不能救赌；只能救急，不能救穷。爹有娘有，不如自己有；儿有女有，不如不伸手。懒人嘴里明天多。骑马莫怕山，行船莫怕滩。莫作恶，多行善；人在做，天在看。口水淹人救不起，卑鄙缺德无药医。半夜不晒衣，三更不吹哨。远亲不如近邻，近邻不如对门。邻居好，赛金宝。两腮无肉，神仙难斗；脸上生横肉，凶狠心中藏。人没了，人群找；羊没了，羊群找。"

"阿妈，还有吗？"龙江又问道。

"有，多得很！"阿婆冲着兄妹俩普及道，"宁娶从良女，不娶过墙妻。娶妻不娶仰头女，嫁人不嫁低头汉。娶妻先看娘，嫁夫要看爹。嫁错汉，毁一生；娶错女，毁三代。人在人下没自尊，树在树下难扎根。马瘦毛长没人骑，人穷说话没人听。麦高于禾，风必吹之；人高于群，众必推之。抬手不打无娘子，开口不骂外乡人。童叟孤寡不能欺，身残之人不能戏。积德无人见，行善天自知。麻绳专挑细处断，小人专坑善良人。"

"阿妈，应该差不多啦！"水灵听得有些不耐烦了。

"小丫头，别打岔，还有哩！"阿婆冲着水灵挥了挥手，又补充道，"要是不想听，或是听不懂，你就乖乖地靠一边去，别干扰你小哥在听。"

这回，水灵没有回嘴，只好继续往下听。

"汤没盐，不如水；人没钱，不如鬼。雷公不打笑脸人。好狗不咬鸡，好汉不打妻。鸟怕暗箭，人怕甜言。坑人害人伤天理，积德行善补阴功。不怕虎生三只口，就怕人怀两样心。不求金玉重重贵，但愿儿孙个个贤。"

阿婆一口气普及到这儿，先是沾沾自喜地总结道："啧啧，你们看，这就是学问，我也会！"然后冲着水灵继续嚷道："我今天也想当一回你们的先生。"

见水灵用怪怪的眼神盯着她看，阿婆便下了这样的一则命令："搬一条小板凳过来，老老实实地坐在我对面，一边学着理菜，一边听我讲课。"

水灵"扑哧"一下，又笑了起来。

"还有你，龙江，和水灵一样，坐到我对面。"

兄妹俩听了，似乎为了满足他们母亲过一回"当先生"的瘾，总算一一照办了。

"上课啦！上课啰！今天可是第一节课。"阿婆坐在小板凳上，一边干活，一边果真当起"传道授业解惑"的角色。"下面，我开始点名，被叫的学生要说声'到'！站起来就不必了，可回答的声音不能过低。预——备——开始：龙江？"

"到！"龙江开心地笑了笑，应答的声音果然响亮。

"水灵？"

"到。"水灵的应答声不是很高，听上去有些不大情愿。

"龙江同学，请你回答下面这个问题。"

"什么问题？先生！"

"你家有……几口人？"

"六口。"龙江没想到阿婆会提问这个极其简单的问题。

"哪六口？"阿婆继续问道。

"阿爸、阿妈、大哥、二哥、我，还有妹妹。"

"除父母外，请你一一报出他们的名字。"

"大哥龙水，二哥龙和，妹妹水灵，还有我，名叫龙江。"

"嗯，回答的还算利索，可是……"

"什么？"

"不能得满分。"

"为什么呀？"龙江有点不解。

"因为在龙水上面，你原本还有三个哥哥和一个姐姐。三个哥哥的名字叫龙洋、龙海、龙贵，姐姐的名字叫水萍。"

"啊？"水灵的好奇心，一下被吊了起来，"那几位亲人呢？"

"唉，不提也罢，免得我伤心。"阿婆摇摇头，叹了一口气，现出一副不大情愿诉苦的模样，可结果，她还是冲着龙江情不自禁地唠叨起来："要知道，你老娘这一生呀，其实生过六个小子和两个丫头。在六个小子中，你的排行是在最末尾，所以应该喊你叫老六。不幸的是，你还没有出生，老大龙洋就翘辫子了，是上江发大水那年，死在逃难的路上。你刚满两岁，老二龙海也死了。怎么死的？是去一户有钱人家的田里，偷了一捆红花草，试图扛回家充饥，结果被发现，让一帮狗腿子捆绑在树上，活活给弄死；又过了不久，老五龙贵因得了瘟疫，也不声不响地离开了我们。"

诉苦到这儿，阿婆不觉将目光转向水灵。

"还有你，"她瞅着水灵说，"要知道，我头一胎生下的，正是大女儿水萍，也就是你唯一的姐姐。要是如今还活在世上，她不仅已出嫁，而且有了自己的孩子。那孩子呀，当然要叫我外婆……"

"那孩子应该叫我什么呢？"水灵有点迫不及待地问。

"这还用得着多问？当然要叫你姨妈。"

"姨妈？有人叫我姨妈？好玩，好玩！"

"你这丫头，别高兴得太早！要是你大姐还在，我和你爸很有可能不再生你。"

"为什么呀？"

"因为……一个丫头就够了。"

"那我大姐呢？"

"没有养大！"阿婆用手背擦擦眼角说，"可怜她在这个世上，只活了九个月，就被老天爷收走了。"

阿婆说到这儿，觉得自己的"先生"当得有些离谱，便接着说："你兄妹俩不是爱听故事吗？要知道，我也会讲故事！"

这回，她连头都没抬，并且不用打什么腹稿，就滔滔不绝地讲了起来。

"孟婆为什么要在奈何桥上熬汤？熬汤的孟婆究竟是谁？她熬的汤中，又有什么样的配方？"

接连抛出三个疑问后，见兄妹俩有点一问三不知，阿婆似乎找到了当一回"先生"的理由。于是，她接着说了起来：

孟婆不仅真的存在，而且在她身上，还有一个凄凉的故事。

她原名叫孟姜女，是秦朝的松江府人，长相好看，心地善良，后来嫁给了丈夫范喜良。没想到，结婚那天，两人却迎来一群凶神恶煞的官兵。官兵不由分说就强行把范喜良抓到北疆去修建长城。后来，孟姜女千里寻夫，来到长城脚下，却想不到自己的丈夫已被活活累死，尸体掩埋在长城之下。

孟姜女得知这一噩耗，如天崩地裂、昼夜痛哭。这一哭，居然感天动地，地动山摇，八百里长城瞬间倒塌——长城下面，一下子露出了范喜良的遗骸。伤心欲绝的孟姜女，怀抱丈夫遗骸，纵身跳入万丈深渊，来到了阴曹地府，这才知道自己的丈夫早已投胎转世了。于是，孟姜女恳求冥帝，让她守在奈何桥边，这样她才能和转世轮回的丈夫见上一面。冥帝虽然感念她的一往情深，但也不能随便坏了规矩。大概经不住孟姜女的苦苦哀求，冥帝最后只得说，"你想见你的夫君，也不是不可能，但必须答应两个条件：一是隐去真实的面目和真实的名字，化身一个老太婆，守在奈何桥边，永世不得轮回；二是为转世之人熬制忘情水，并且你见到夫君后，只许相见，不许交谈。你可愿意？"孟姜女毫不犹豫地答应了。随即一阵大风吹过，再看看可怜的孟姜女，已化身为白发苍苍的孟婆。历经千世轮回，每一次她夫君经过奈何桥边，孟婆只能在一旁默默地注视着，而对方却再也不知道这孟婆究竟是谁。

讲到这儿，阿婆停顿片刻，并叹了一口气，继续往下说：

这真是——
黄泉路上幽魂淡，
彼岸花开随风飘；
饮下一碗孟婆汤，
前程旧事一笔销。

那么，孟婆究竟熬的是什么汤，能够让人忘记人间的苦与愁、哀与乐？

据说呀，那里面有八味药引，分别是：一滴生泪，两钱老泪，三分苦泪，四杯悔泪，五寸相思泪，六盅病中泪，七尺离别泪，还有最后第八味，那便是孟婆的一滴伤心泪！

也有人说，孟婆汤是用凡间的食材熬制出来的，它似酒非酒，又夹杂着酸、甜、苦、辣、咸这五种味道。但不管是哪一种，都没人愿意去喝那碗孟婆汤噢！

阿婆还依稀记得，自己和龙江差不多大的时候，她的妈妈亲口向她讲过这样的故事。没想到，几十年过去了，她至今还能将故事的结尾，记得一清二楚：

都说五百次的回眸，换来今生的一次相遇；
都说前世五百次的擦肩而过，换来今生的一次相恋；
都说前世五百次的思念，换来今生永恒的眷恋。
今天之所以说这样的故事，目的只有一个，那便是——
祝福天下有情人，都能终成眷属。

"唔……唔……"阿婆说着说着，不觉泪流满面。
"阿妈，不要哭！"
"阿妈，不要哭！"
兄妹俩从小板凳上，一前一后地站了起来。
"你俩都给我坐好，这是在上课！"
见两人重新坐下，阿婆不觉止住刚才的哭声，又开始讲起另一个故事：

传说古时候，有个皇帝，因为耽误祭天的时辰，使得天上的玉帝十分生气，于是便给龙王下了这样一条死命令：三年之内，不得给人间降雨。从那以后，人间连续的干旱，使得田里的庄稼都快枯死了，河里的水也干涸得快要见底。

田里没有收成，村里闹起了饥荒，老百姓病的病，倒的倒，所有人显得束手无策。龙王的小儿子青龙看不下去了，有一天，他趁玉帝赴宴的机会，偷偷给人间降了一场大雨。

第二天，知道此事的玉帝，大发雷霆，当即下令，将青龙压在一座大山下，山下还立了一块石碑，上面写着：

青龙降雨犯天规，
当受人间千秋罪。
要想重登凌霄殿，
除非金豆开花时。

百姓们看了石碑，再看到青龙的受罚，心里虽然十分着急，可又想不出让金豆开花的方法。就这样，到了第二年农历二月初二这天，人们从家里，拿出许多黄豆和玉米种子进行翻晒。有个老人忽然发现，这些金灿灿的黄豆和玉米倒是挺像金豆的，便立即跑回家中，让他妻子到锅里去炒一炒，看看这些东西会有什么变化。炒了一会儿，黄豆和玉米里的水分差不多快被炒干的时候，一阵"噼噼啪啪"的响声从锅里传出。老人揭开锅盖一看，不禁"呀"的一声：原来金豆真的开花啦！

这消息，像是长了翅膀一般，很快在村里传开。老人趁机将这个方法，告诉了全村百姓。于是，一传十，十传百，大家纷纷支起锅灶，炒起了黄豆和玉米。炒好后，家家户户都在自家院子里，摆上桌子，并点上香炉，把炒熟的黄豆和玉米供奉起来。

龙王得知此事，把玉帝请到南天门观看。玉帝见人间家家户户院子里，果真都供着开花的"金豆"，只好下令赦免青龙，将他召回凌霄殿，并让他辅佐龙王给人间行云布雨。不一会儿，天空一声霹雳，把大山劈成两半，只听啪的一声巨响，青龙冲破山石，抬头长啸一声，腾空而起。

"然后呢？"水灵听得有些痴迷，嘴里不觉冒出了这么一句。

"然后，青龙冲上云霄，翻腾几下舒展的身子。"

"然后呢？"这是龙江的问话声。

"然后，天空乌云密布，雷声滚滚。青龙在百姓们的头顶盘旋了几圈，感谢人们的搭救之恩。百姓们抬头望着青龙，嘴角都露出了久违的微笑。又过了一会儿，豆大的雨点，'噼里啪啦'地从天空倾泻而下。百姓高兴得乐开了花，他们任凭雨点打在脸上，尽情享受雨水滋润人间的幸福。就这样，干涸的大地复苏起来，庄稼地又恢复到生机勃勃的模样。从此，'二月二，龙抬头'这一说法，就被百姓流传下来。每到这一天，大家都会炒黄豆、爆玉米花吃；同时，还留下了许多有关'龙抬头'的俗语。"

说到这儿，阿婆居然轻轻哼了起来：

一抬头，丰收在望好兆头；
二抬头，福禄寿喜全都有；
三抬头，烦恼霉运全溜走；
四抬头，成功事业攥你手；
五抬头，步步顺达争上游；
六抬头，幸福健康到永久。

哼完，她抬起脏不拉叽的右手，擦了擦两边的眼角，不禁又哭了起来。

"阿妈，不要哭！"

"阿妈，不要哭！"

兄妹俩再次从小板凳上一前一后地站了起来。

"嗯，我不哭，可你俩知道，你们父亲患的是什么病？"

见兄妹俩一时无语，阿婆提高嗓门嚷道："浮肿病！"

似乎担心孩子们没能完全听清或听懂，阿婆接着说："那是一种什么稀奇古怪的病噢！右边的小腿和脚后跟，肿得像个馒头，用手往下按一按，皮肤里的肉就会瘪下去，瘪成一个酒窝子，好一阵才能恢复到原样。唔，唔唔……"

兄妹俩这回走上前去，一左一右拉着她的手，眼泪汪汪地求情道："阿妈不哭！"

"好的，我不哭。"她收回双手，改用一只手臂擦了擦脸上的泪水，说话的语气变得缓和了许多，"你们的阿爸，走路总是一瘸一拐的，手上还爱拄一根拐杖，知道是怎么回事吗？"

咦，刚才阿婆不是说阿公患了浮肿病，为何还要明知故问？

见兄妹俩你望着我，我望着你，阿婆很快用沙哑的嗓音嚷道："那是因为，他在下江打工时，被八卦洲一户有钱人家的疯狗给咬的！咬过之后，大概还不解气，有个狗腿子，手持一根手腕粗的棍棒撵上后，又狠狠地补了一棍。结果，你们的父亲就被打成了瘸子。"

"这是为什么呀？"龙江歇斯底里般地吼了一声。

"不为什么，"阿婆说，"只因为在八卦洲给有钱人家当雇工，填不饱肚子，有一次，他顺手在别人家的田里，扒了个拳头大的山芋，想填填肚子，却不料被主人发现了……打那以后，他就从下江回来了，老老实实地待在江边扳起了大罾。"

阿婆说到这儿，显然又想哭，可还是忍住了。"哭有什么用呢？"她先是冲着龙江说，"哭是无能的表现。记住，往后不管遇到什么困难事，都不许装怂认孬，要撑下去，知道吗？"

"还有你，"阿婆不等龙江表态，又冲着水灵交代道，"你这个小丫头，刚才不是吵嚷着要去江边吗？我不再阻拦，让小哥陪你一道。"她顿了顿，又说，"见到你阿爸，不管他有没有扳到鱼，都要让他早点回来吃晚饭。"

"嗯，嗯，还有呢？"水灵问。

"还有啊，你上面的两个哥哥龙水、龙和，又随一帮上江人去下江八卦洲苦钱了，外面打仗飞来的枪林弹雨会不会伤到他们，谁能说得清楚呢？还是听天由命吧！"

阿婆停顿了一会儿，苦着脸，接着说："你阿爸虽然就在附近的江边扳大罾，可也很少与我们在一块吃顿团圆饭。今年大汛退得迟，也是扳罾的好机会。碰到好的日子，他总会披星戴月、不分昼夜地扳着大罾。实在困了，就躺在草地上睡会儿；醒来时，揉揉眼睛继续扳。不知有多少个夜晚，我为他送去开水，并带些山芋、胡萝卜之类的食物，让他垫垫肚子，他却像饿狼一般，大口大口地吞着。月光下，我能清楚地看到，他的双眼被噎得一翻一翻，喉咙口被食物塞得喘不过气来……"

阿婆讲不下去了，或不情愿往下诉苦了。她担心自己一味地诉苦，不仅会让不太懂事的水灵收回"去学堂试听"这一请求，而且有可能还会让越来越懂事的龙江，主动离开学堂，回家替大人干活。那样的一幕，倘若真的发生，又是阿婆不情愿面对的。

好在西边的太阳还未落山，兄妹俩总算踏上前往江边的那条田埂。

第十四章
最后一个故事

　　出了家门，顺着窄窄的田埂往前走，便是二道埂；二道埂向南，约一箭之远处，是头道埂。由于头道埂又矮又窄，时常会出现破圩，因而两道堤埂之间，已形成歪七扭八的一片洼地。这片洼地，大户人家是不会关注的；缺少田地的穷苦人家，才会东一榔头、西一棒地在上面开起荒来。他们对这片洼地的占有欲少得可怜，有的仅有两三张芦席那么小，有的不过像几张盛开的旋网或大罾那么大。在开垦出来的荒地上种些什么呢？随便吧！从辣椒、黄瓜、蚕豆、香菜、菠菜，到山芋、胡萝卜、土豆、玉米……几乎样样都行。一旦这块洼地被江水淹没，或逢干旱，白忙一场也没什么可惜——人们不过望天收罢了。对于这一点，水灵从大人们平时的闲谈中，多少也能够知道一些。可今天，确切地说，是从学堂跑回家中，与阿婆的一番僵持后，她找阿公评评理的念头不觉产生一丝动摇。于是，她欲言又止地叫了声"小哥"，并问道："我……是不是……很不懂事？"

"我可没这么讲。"龙江白了对方一眼。

"可阿妈……确实是这么说的。"

"她这么说，自有她的道理。"

"可金子那边，又是怎么一回事？"水灵将话题又岔开了。

"什么意思啊？"

"你想想，守金在家是长子，进学堂怎么会轮到守坤？"

"噫？想不到，你还在胡乱地琢磨这件事？"

"嗯。"

龙江也"嗯"了一声，并做短暂思考的模样，然后说："守金的父母这么安排，自有他们的道理。"

"什么道理？我想来想去，都想不出来。"

"既然这样，你下次遇到守金，不妨问问他本人。"

……

两人一边说着话，一边爬上堤埂，并很快看到了阿公。

那时的阿公，如同一尊菩萨，端坐在一小截葫芦形树墩上。夕阳的余晖，将他团团围住，像是为他披上一件金碧辉煌的外衣，亮眼夺目，光彩照人。

"阿爸，我们又来啦！"水灵愉悦的呼喊声，很快在堤埂上响起。

"嘘——声音小点！"阿公朝率先跑过来的水灵做了个手势，然后尽量压低嗓门，冲她说道，"丫头，不用跑，我晓得你为什么急匆匆地赶来。"

"为什么呀？"水灵压低嗓音问。

"有要紧的事要告诉我呗！"

见水灵一脸惊讶，阿公便告诉她，在她前面，学堂的识字先

244

生已经先来一步，并将她想进学堂试读的事，提前告诉了他。

"噢，原来是这样！"

"你阿妈……同意吗？"

水灵摇摇头，又点了点头。

"究竟是同意，还是不同意？"这话是冲着龙江问的，因为他也来到了阿公身边。

于是，龙江便将阿婆模棱两可的态度，一五一十地交代了一通。

"照你这么一说，那水灵是跑来请我评理的？"

"阿爸，你就表个态。"龙江说。

"我的意思是，"阿公听龙江这么一问，果然表态道，"水灵想进学堂试读，我没什么意见，但最好不要超过三天。"

"为什么呀？"水灵不解地问。

"因为上回，有一户人家的孩子，也进学堂试读过，可只用了两天时间。"

"那老师为什么允许让我试读一个礼拜？"

"因为他是你亲戚，说的是客气话，不能把客气当作福气哟！要知道，凡事得有规矩才行。"说到这儿，阿公补充道，"丫头，你年龄还小，往后想学东西，可让龙江教你。我呢，当然也可以充当你的业余先生，比如，讲些有意义的故事，让你能够早日明白一点事理。"

"那现在就讲！"水灵见阿公仍端坐在那截葫芦形树墩上，便趁机依偎在他的怀抱里。

接下来，阿公果然一边扳着大拇，一边讲了起来——这是有关善良的故事，也是有关规矩的故事……更是为子女留下的最后一个故事。

　　从前啊，有一对兄弟，哥哥叫万金油，虽富得冒油，却是一个不孝之人。

　　弟弟万虎和母亲相依为命，虽然人很善良，却是穷小子一个。

　　有一年，因为灾荒，庄稼颗粒无收，母亲只好对万虎说："虎子呀，你就去找一下你哥万金油吧，希望他能看我的面子，借点粮食。"

　　万虎听从了母亲的吩咐，找哥哥万金油借粮，谁知黑心的万金油一口拒绝道："你和那老东西还没死啊！借粮？哼，想都别想！"

　　万虎知道哥哥心狠，就算说破嘴皮子，对方也不会借粮，因为像他这种不孝的人，根本不会有一丝一毫的怜悯之情，更别提对老母亲孝顺了。好在回家的路上，万虎看到一只狼正在吃羊。他赶了过去。待狼逃走时，他看到地上居然还有一只肥大的羊腿，不禁喜出望外，心道：这下母亲终于能吃一顿饱食了。

　　可他抱着羊腿没走多久，半道上又遇到了一位老婆婆。老婆婆有气无力地对他说道："孩子啊，我快要饿死啦！行行好，能不能把羊腿让给我吃？"

　　万虎看着怀中的羊腿，犹豫再三，还是把羊腿让给了老婆婆，并且一直将她送到家中。这时，他发现老婆婆家里有不少奇珍异草和古怪的玩意，同时，桌上还放着一个小小的磨盘，磨盘上，还有一头驴子。更让人惊奇的是，驴子正在拉着石磨，不停地转啊转，好像没有停歇的时候。

于是，老婆婆说："孩子啊，这驴子和石磨，我就送给你了；你想要什么，就会有什么。不要的时候，只需念动咒语，说声'停'！驴子就会停下。"老婆婆一边说，一边将咒语告诉了万虎。万虎拿着宝贝，开开心心地走了。

回家后，万虎将事情的经过，一五一十地告诉了母亲，并拿出宝贝，让驴子跑动起来，嘴里还念道："我要白米！"话音刚落，白花花的大米，果然从石磨里滚动出来。万虎和母亲接了好几麻袋大米，然后才念动咒语，说声"停"！驴子当即停下，石磨也停了下来。这可把万虎高兴坏啦！看来啊，之前遇到的老婆婆是个神仙，所送的东西，也是一件真正的宝贝！从今以后，他和母亲再也不会为饿肚子而发愁了。

万虎除了要大米，还要了一些生活必需品，因为这件宝贝，对他来说，简直是有求必应。

有了宝贝，他没有忘记乡亲。他会把大米和一些生活必需品，分给村里人，以帮助大家度过艰难的灾荒。

这事很快传到万金油的耳朵里：他多么希望能够得到那件宝贝噢！于是，有一天，趁万虎出门干活的时候，他便鬼头鬼脑地摸到万虎家里，对老母亲好话说尽，目的只有一个：想把宝贝占为己有。老母亲以为万金油变好了，心一软，便把宝贝的使用方法和咒语一一说了出来。谁知目的一旦达到，他就一把推倒自己的母亲，抢走了宝贝。

到了家，万金油将弄到手的宝贝，一一说给自己的老婆听，还说这个宝贝啊，想要什么，就会得到什么。万金油边说边念动着咒语，驴子果然拉着石磨，转动起来。

"我要稻子！"万金油说。

"傻瓜，要白米，白米！"万金油的老婆抢着说。

两人不同的声音交杂在一起。谁知石磨将"白米"听成了"白蚁"——许多白蚁从石磨里钻出，密密麻麻，满屋皆是，还把夫妻俩咬得满头是包。慌乱中，万金油喊了声"停"，石磨才停下。

然而，贪心的万金油，怎么会善罢甘休呢？接下来，他说"要珍珠！"石磨听错了，以为是"蜘蛛"：只见成千上万的蜘蛛，从石磨里爬出。他吓得大喊"停"！石磨才停下。

接连吃了两次亏，可把万金油折腾得够呛，他只得将石磨闲搁在一边。

不久，有个倭寇头目得知此事，特意率领一支散乱的部队，闯到万金油的家里。万金油害怕地交出了宝贝，还主动交代宝贝的使用方法以及咒语。他乖乖地这么做，是为了能够留住性命。可倭寇头目还是让手下把夫妻俩捆绑起来，砍首示众；抢走了万金油的所有财宝；还把他们的房子，一把火烧个精光。

发生这样的事，有人说，是万金油贪心所致；有人说，是日本人太没人性，抢了宝贝还胡乱杀人；有人说，万金油虽然为富不仁，也罪不至死；还有人说，那个倭寇头目其实比强盗还凶残……唉，谁能说得清呢？反正倭寇头目率领一支散兵，上了一条大船。

在船上，倭寇头目急不可待地想试试到手的宝贝到底灵不灵，于是，说了咒语后，驴子拉着石磨，果然飞快地转动起来。头目大喜，喊道："要盐！"白花花的盐便从石磨里钻了出来。有人可能会问：倭寇是不是疯啦？他们大肆掠夺中国财富，从矿藏到古玩，从白银到木材，凡值钱的，他们都想方设法弄到日本。可他们那儿，到处都是海水，难道自己不能制作食盐吗？难道连食盐也要占为己有吗？！这不是疯子又是什么呢？！呵呵，日本人当然不是一般意义上的疯子。按理说，只要有海的国家，食盐一般是不会匮乏的，可日本是个例外：它虽是一个岛国，却属于温带湿润气候，这种气候，对于制作食盐十分不利，所以日本从古到今都是缺盐的国家。在明清时期，食盐是中国对日本出口最多的产品之一。要知道，以前的日本，是万万不敢轻易和中国相抗衡的，大概正是冲着这一点，很快就有中国人铤而走险，做起了倒卖私盐的勾当。到了近代，日本开始崛起，就将中国的食盐作为重要的战略物资。在日本和俄国进行的战争中，日本还念念不忘在东北巧取豪夺中国食盐。虽然名义上是收购，价格却低得惊人。后来，日本鬼子通过侵略，占领中国东北三省，并成立了很多家盐业公司，从老百姓手中低价收购食盐，然后转运到日本。再后来，日本鬼子占领了华北地区，对中国盐业侵略的范围也进一步扩大。直到当前，日军已占领大半个中国，仍然实行盐业管制，不仅低价购盐，还高价卖给中国百姓。比如，他们会以每吨24元从盐户手中收来原盐，经过一番简单的加工，以每吨9000元卖出。最高时，一下子竟然能够卖出3万吨！

咦？故事怎么从倭寇说到了日本鬼子？甚至将他本人在下江八卦洲替人打工所听到的点点滴滴，也不知不觉揉入故事之中？未免有些跑题了吧。好在龙江毫无察觉，水灵更是默默地听着。于是，趁扳起大罾的那一刻，他将水灵轻轻抱到一旁，自己站起身来。见拉起的大罾空空如也，他只好将它重新放入水中，并将未完的故事，继续往下叙说：

……见白花花的盐从石磨里纷纷钻出，倭寇头目别提有多高兴啦！甚至高兴得连咒语都忘得一干二净。于是，石磨仍旧不停地转动着，整个船上，到处都是白花花的盐。这样一来，盐把整个船装满了。由于盐越积越多，船很快出现倾斜。船上的海盗急得哇哇大叫。

最后，船沉了，倭寇头目连同那帮海盗也都淹死了，而驴子和石磨也一并沉入大海。

直到现在，石磨仍在大海底下不停地转啊转，转出许许多多的盐。

所以，海水就逐渐变成了，变得越来越咸……

第十五章
结伴去学堂

第二天一大早，龙江和水灵终于能结伴前往学堂了。

学堂里，包括水灵在内，正好二十二人，当然以男孩居多。

晨读时分，先生张镜汝手持戒尺，一脸严肃地站在讲台前，指着黑板上刚刚写下的一行文字，字正腔圆地领着学生们朗读起来：

各处学堂，皆供孔子；我上学堂，我拜孔子。

先生在台上念一句，学生在下面跟着念一句；先生一次念两句，学生也跟在后面念两句。童音阵阵，书声琅琅；语调整齐，格外好听。他们在念什么呢？新书上的内容可没有呀！张镜汝似乎看出孩子们脸上的疑问，一时摆摆手，让他们稍停一下，并顺手从桌上，拿出另一本薄薄的、黄不拉叽的旧书，朝前摇了摇，这才解释道："这是晚清时期用过的教材，上辈没舍得扔掉，成了我的宝贝。"说到这儿，他独自笑了笑，接着说，"别以为这本破书早就过时了，我可不这么认为。"

"老师，您不是在复古吗？"突然插嘴的胖男孩，其实有个简单而又好记的名字，叫袁来。他随随便便插话，已不是一次，只不过，今天的学堂里，来了一位特殊的女生，他要好好表现一下。那位女孩是谁？当然是我阿妈水灵。

先生手执戒尺，朝袁来瞪了一眼，及时提醒道："看你的记性，怎么又忘啦？"

"呃，我忘了什么？"袁来显得明知故问。

"好好想想。"

先生话音未落，袁来便脱口叫道："我插嘴啦！"

"下回再犯怎么办？说给在座的听听。"

"好嘞！"袁来一本正经地举起右手，然后像小和尚诵经一般，念念有词道，"要发言，先举手，得到准许才开口。"

"开口未免太快了吧！"

"呃？还有什么？"

"少了个环节。"先生提示道。

"噢，我想起来了，人要先起身，然后再说话。"

听袁来这么一绕，先生被弄得有点稀里糊涂。于是，他不禁正色道："不是先起身，而是先举手。"

"好的，先举手，得到准许才说话。"

"是坐着说话吗？"张先生有点来气了，说话的语调，不觉提高了许多。

"不是，要站着说话。"

"可你现在，是怎么说话的？！"听先生这么一呵斥，袁来这才慢腾腾地从座位上站起。

"把你刚才说的内容，再复述一遍。"

这回，袁来老老实实地复述道："课堂说话先举手，得到准许才起身，回答完毕方坐下。"说完，未经同意，他又坐了下来。

"最后一条，回答得不够全面。"

"老师，还缺什么？"

"回答完毕就能坐下吗？"

"哦，我想起来了，"袁来朝前欠了欠身体，十分潦草地站了站，又重新坐下，并补充道，"得到老师准许，学生才能坐下。"

"我准许了吗？"

袁来摇摇头，一时没有吱声。

接下来，两人又有了以下一番对话：

"袁来！"

"到！"

"站起来！"

"是！"

"立正！"

"稍息。"

学堂里，又是一阵哄笑声。伴随笑声的，是戒尺落在袁来后背上的声音。

"疼不疼？"

"有点疼。"

"长记性了吗？"

"长了一点。"

"立正后面是什么？"

"不是稍息是什么？"

"除了稍息就没啦？"

"我只知道……是稍息。"

先生有点无奈地晃了晃脑袋，然后冲着调皮蛋袁来嚷道："叫你立正，你只管站好，目光平视，朝前方看。"

"这样行吗？"袁来有模有样地演示了一番。

"嗯，这还差不多。"先生总算点了点头。

"你刚才说什么，复古？"张先生似乎不计前嫌地冲着袁来笑了笑，然后指着黑板上的那行文字，言归正传道，"不能说它是复古，更不能说是倒退。为什么？因为每个人都有每个人的根系，无论他的祖辈父辈生在上江，还是去下江谋求生存，或升官发财，都知道自己的根系植在哪儿。顺着根系，人们才能找到各自的祖宗。"

说到这儿，张镜汝顿了顿，又接着说："各处学堂，为什么要供孔子像？进学堂的孩子，又为什么要拜孔子为师？因为他是我们的祖宗，一位了不起的文化祖宗。他虽然早就死了，可留下的许多名言警句，值得后人去好好领悟。"

"嗯，老师，我知道。"正侃侃而谈的张先生，讲课声又被打断了。

这回，打断先生说话的叫侯季良，就是整天戴着银项圈的男孩。

"你……知道什么？"先生冲着正在举手的侯季良问。

"我会背孔子语录。"

"是吗？你站起来，背给大家听听。"

侯季良照办了：从"三人行，必有我师焉"，到"有朋自远方来，不亦说乎"；从"温故而知新，可以为师矣"，到"学而不思则罔，思而不学则殆"……他居然背得头头是道，一气呵成。

"好的，好的！"张先生一边惊喜地叫嚷着，一边将侯季良背出的每句话，一字不苟地书写在黑板上。他知道，这个戴银项圈的小家伙，不到四岁的时候，就被大人送进私塾待过。由于贪玩，屁股总是坐不住，他在私塾学了三个月就不干了。没想到，那段时光，他没白学。

接下来，张镜汝没有像以往那样，照着民国时期的课本进行授课，而是我行我素地讲起了刚才侯季良脱口而出的几句话。每讲一句，他就指着黑板，领学生朗读三遍，恨不得让学堂里的每个孩子，一下子都能够牢牢记住。

晨读时分，就这么过去了。

先生宣布下课后，孩子们在教室门口进进出出，有说有笑，好不热闹！水灵和龙江没有离开座位，而是仍在消化黑板上的内容。经过一番默记，水灵发现自己会背了，不禁有点沾沾自喜。

"你会背吗？"她用胳膊肘轻轻碰了一下身边的龙江。

龙江点点头，"嗯"了一声。

"我也会。"

"真的？"

"难道会骗你？"

"那背给我听听。"

"你先背。"

"你先背。"

兄妹俩嘀嘀咕咕的模样，正好被不远处的张先生看到。他抿着嘴笑了笑，缓缓地踱过去，问明情况后，索性让两人按年龄的顺序，一一背给他听。于是，龙江这才率先背了起来，背得滚瓜烂熟；轮到水灵时，她居然也背得顺顺当当。先生听了，不觉"嘀嘀"地笑出声来；那爽朗的笑声，很快引来一帮孩子的围观。

"来，我给你们介绍一下，她叫水灵，是龙江的亲妹妹。"先生朝围观的孩子看了看，接着说，"她有过两次趴在外面窗台上偷听你们念书的经历。若不是这样，我也不会主动让她进学堂来试听。"

水灵的脸，一时变得羞红。

"我再给你介绍一下，"先生指着身边一个小女孩说，"她叫顾盼春。"

水灵朝她点了点头。

"她叫林芝芳。"

对方率先朝水灵点了点头。

"她叫……"

这回，张先生话未说完，在外面玩得满头是汗的袁来，风风火火地闯了进来，冲着他脱口嚷道："先生偏心！"

"你说什么？"张先生不觉微微一怔。

"我是说……老师偏心！"

"为什么要这样说？"

"因为你在……开'小灶'。"

先生听了，哈哈一笑，并回敬道："我再给你也开回'小灶'，你愿意吗？"

"愿意！"

"那好，你将黑板上的内容，也背一遍让我听听。"

袁来虽然照办了，可很快洋相百出：他居然将"我拜孔子"，背成"孔子拜我"；将"三人行，必有我师"，说成"三人玩，必有我伴"；将"有朋自远方来，不亦说乎"，说成"有朋自地下来，不亦哭乎"……先生一听，肺都快气炸了。而袁来摇头晃脑地瞎背一通后，还不忘朝水灵这边瞥了一眼，以显示自己的特别。倘若在课堂上，袁来一定会没什么好果子吃的。为什么这么说？因为先生会以"扰乱课堂"为由，责令他伸出左手，掌心朝上，让他尝尝戒尺的滋味。先生曾向这个调皮蛋发过这样的警告："往后啊，若再胡言乱语，当心戒尺会落在你的屁股上。不信的话，就试试吧！"

第十六章
又上了一堂课

又一节课开始了。

张镜汝不觉将授课的内容，转移到了课本：

壁上挂时辰钟，每一小时，即自鸣一次。一日二十四小时，共鸣二十四次。

先生一边念念有词，一边将晨读时所讲过的内容给擦掉，并在黑板的正中央，画了个大圆圈，以代表时钟的存在。画好之后，他又在圆圈内，做了一个个标记，以代表时间，然后画上时针与分针，再逐一讲解（其实，书上已经印了个时钟。先生之所以在黑板上画只更大的，意在不仅让学生知其然，更要让他们知其所以然）。显然，这是个需要互动的环节，如果让孩子们参与其中，效果一定更好。这么一想，他便在讲台前，先做了一番演示，然后让孩子们积极参与。学堂一下子变得热闹起来：

有积极举手的，有争着站起来，指认黑板上画的时针与分针位置的……先生见状，显然想让踊跃举手的孩子都能有发言的机会，袁来也不例外（先生为此还专门表扬过他一回哩）。可好动的小家伙毕竟沉不住气，当轮到要求学生齐声朗读黑板上内容，袁来的"人来疯"又开始犯了：明明"一日二十四小时"，他却读成"四十二小时"；明明"共鸣二十四次"，他偏念成"四十二次"，声音叫喊得格外响亮，带有余音缭绕的意味。这回，气得直摇头的张先生，决定用戒尺来好好惩罚他一下。惩罚什么地方呢？当然不是掌心，也不是后背，而是屁股，让上回发出的警告能够兑现。袁来一听，似乎并没有多少害怕，反而冲着先生，乐滋滋地反问道："打多少下呀？"

"你说呢？"

"二十下，行不行？"

"听你的。"

"不过……"

"什么？"

"左右开弓，屁股两边各打十下，总共二十下。"

"哟，想不到，你的算术还不错！"

"不瞒老师，我能一口气背到二百五。"

"该不会将二十五念成二百五吧！"

听先生这么一说，孩子们又开心地笑了起来。

接下来，先生果然让袁来老老实实地趴在课桌上。桌子的高度，正好让他能够翘起肥胖的小屁股。

"袁来，快点脱裤了呀！"戴项圈的侯季良，似乎等不及了，带头喊了起来。

"嗯，快点脱！"几个男孩也跟着嚷道。

袁来瞅了瞅先生，又特意瞄了坐在前面的水灵一眼，这才慢腾腾地将外面的长裤朝下撸了撸，并歪着脑袋问："这样行吗？"

"你是不是想要蒙混过关？"

见先生这么一说，他只好又脱了起来。

"这下……可以了吧？"他翘着只留下一条裤衩的小肥屁股问道。话音刚落，两声"啪啪"的惩罚声，已不折不扣地落在袁来的屁股上。

学堂里的男孩们，不约而同地抻着脖子观看起来，其兴奋的程度，不亚于好不容易盼到的新年；而害羞的女孩子们，要么将脑袋低垂下去，要么将目光转向外面，要么用双手紧紧捂住眼睛。阿妈显然属于后面那种。可不巧，这一幕正好被袁来捕捉到，于是，这个正在接受惩罚的调皮蛋，壮着胆子又问了一句："她是新娘子，还能到学堂念书？"

"啪！啪！"又是两声打屁股的声响，随即是带有严厉的责问："谁说人家是新娘子？"

"许多人都这么称呼她。"

"她有自己的名字，叫水灵。你得这样称呼才对。"

"我才不干！"

"不干？那就继续惩罚。"又是两声清脆的声响。

"老师，你明明偏心！"

"嘴还挺硬！"又是两声戒尺打屁股的声响。

这回，伏在桌上的袁来，禁不住"哎哟"一声，叫出声来。

"知道疼了吗？"

胖男孩点点头，又摇摇头，竭力装出一副十分勇敢的模样。

"不错，这个学堂，原来是间破旧的无人寺庙，是你祖父积善成德，捐了一些款项，对它进行修葺与粉刷，还添置黑板、课桌、粉笔之类的用具，才有了今天这番样子。"先生将戒尺举过头顶，一时没有落下，而是冲着袁来喋喋不休起来。"可你的祖父丢话给过我，说附近的孩子想进学堂，尽管接收；收钱收物，收多收少，全由我本人来做主。你想想，我身边只有老母亲一个，在这年头，想靠教书发财吗？怎么可能！都是乡里乡亲的，抬头不见低头见。谁家父母不指望自家孩子能识一些字，会写一家人的名字？什么'万般皆下品，唯有读书高'，什么'学而优则仕'……这些高谈阔论的废话，我们用不着去向往，更用不着去攀比。如今是什么年代呀？连地处下江的首都南京，都被日本鬼子抢占了；一江之隔的上江芜湖城，也沦陷了。说不定那帮强盗，随时也会蹿到我们古水镇一带进行扫荡。眼下，我只想抓紧时间，教孩子们一些知识，能教一天算一天，至少能让孩子们懂得，什么叫知书达理，什么叫互助友爱，什么又叫同胞兄弟姐妹。至于你这个调皮蛋，生性好动，总是闲不住，你爷爷一心想把你培养成一个上知天文、下通历史地理的旅行家，那就另当别论了。旅行家知道吗？我不止一次地上门为你当过私塾先生，并就这方面知识，面对面地向你传道授业过，可你除了对'为什么旅行家许多都是和尚出身''通房丫头和小妾有什么区别'之类无聊的话题很感兴趣外，对真正有用的东西究竟吸收了多少，又消化了多少？现在，我索性开一回'大灶'，为学堂的每个学生，普及一下有关旅行家方面的知识：生于明朝万历年间的徐霞客，就是其中的一位：他是江苏江阴人，一生游遍华夏的秀美山川，极富传奇色彩，被后人称为'游圣''霞仙'；还有玄奘，遍访佛教名师，因感各派学说有分歧，难得定论，便决心到天竺学习佛教。唐太宗贞观三年，他从凉州出玉门关西行，历经艰难险阻，抵达天竺，先是在那烂陀寺从戒贤受学，后又游学天竺各地，并与当地学者论辩，名震五竺；还有汉族人张骞，中国汉代卓越的探险家、旅行家与外交家，对丝绸之路的开拓有重大贡献；还有航海家郑和，他的航行之旅，比哥伦布发现美洲大陆早87年，比达·伽马经过好望角早92年，比麦哲伦环球航行早114年；还有十四岁就当了小和尚的鉴真，先是追随高僧智满禅师学佛，后又赴长安从弘景法师受具足戒，先后达三年时间，才返回下江的扬州，学识渊博得很……够啦，够啦，我不想多举例子了。在这里，我只想透露一下，袁来的祖父，为了让他这个宝贝孙子，将来能成为旅行家，昨天诚邀我上门给袁来开过'小灶'，并且还送我一本有关民国首都南京的小册子。我如获至宝。现在不妨也普及一下。"

说到这儿，先生将举过头顶的戒尺缓缓放下，然后，头头是道地说开来——

"若说地处下江的首都南京，那真是一座有趣的城市。以前的南京，并不叫南京。东汉的南京，是今天的'南阳'；唐代的南京，是现在的成都；宋朝的南京，是现在的河南商丘；辽代的南京，是后来的北京；明代以后的南京，才是江苏的南京。在历朝历代，南京都有不同的名字，先秦的时候，南京叫'越城'；秦汉的时候，南京叫'秣陵'；东汉的时候，南京叫'丹阳'；西晋的时候，南京叫'建邺'；东晋南朝的时候，南京叫'建康'；隋朝的时候，南京叫'蒋州'；唐朝的时候，南京除了叫

'白下'，还叫过'上元'；像南朝、北宋、清朝的时候，南京又叫'江宁'；宋朝时，南京又叫过'昇州'；元代时，南京叫'集庆'；明朝时，南京还叫'应天'……可以说，全国恐怕再也找不出第二个像有这么多别称的城市。还有，南京的地名也十分有趣。比如，有一串数字，从一到一万的：半山园、头条巷、二条巷、三条巷、四条巷、五福街、六条井、百家湖、千张巷、万寿村。南京的地名还是五颜六色的。如：黑廊巷、白下路、小粉桥、红花地、蓝旗街、赤壁路、青龙山、紫竹林、金沙井、彩霞街。至于南京地名的寓意，也非常好，都是朗朗上口。比如：能仁里、仁孝里、文成路、成贤街、瑞金路、福园路、建康路、来凤街、长乐路。南京的地名，无论东南西北，都是井然有序。如：东箭道、西流湾、南台巷、北门桥、中和桥。当然，南京的城门，更是非常之多。如清凉门、和平门、玄武门、太平门、中山门、光华门、武定门、汉中门、定淮门、挹江门、仪凤门等。南京的地名中，还与飞禽走兽联在一块，特别好玩。如神马巷、仙鹤街、丹凤街、鸽子桥、狗耳巷、羊皮巷、白鹭洲、燕子矶、龙蟠里、麒麟门、石象路、狮子桥、虎踞关、鱼市街、钓鱼台等。还有的地名，表示家长里短的。如：钞库街、金银巷、剪子巷、木屐巷、针巷、颜料坊、网巾市、棉鞋营、洋珠巷、抄纸巷，甚至连老百姓家里的用具，在地名里也能得到充分的体现。如：扫帚巷、箍桶巷……"

水灵听到这儿，忍不住朝伏在桌上仍接受惩罚的调皮蛋好奇地瞄了一眼。谁知这一瞄，不巧又被袁来察觉到。于是，他当即嚷道："不许新娘子偷看！"

话音刚落，先生手持的戒尺，很快又举过头顶，然后落到袁来的屁股上。

"她有自己的名字，叫水灵。你得这样称呼人家才对。"先生冲着对方嚷道。

"我才不干哩！"

"不干？那就得继续接受惩罚。"

"为什么呀？"

"因为你祖父曾向我交代过，孩子在学堂不听话，就用戒尺去惩罚，家长决不会去护短。要知道，这个戒尺，还是你祖父亲自交给我的。'棍棒底下出孝子，戒尺之下出人才！'这是他老人家挂在嘴边常说的话，难道你就听不进去？要知道，你祖父在你身上所寄予的厚望，一旦说出来，可能会让人吓得一跳：他老人家不光想培养你去当一位旅行家，还指望你有朝一日，能像我们安徽合肥人李鸿章那样，走出国门，去见识见识太平洋彼岸美国的先进。"

先生扯到这儿，又是"啪啪"两下，并将普及的内容，来了个一百八十度的大转弯："四十二年前，确切地说，是公元1896年，李鸿章第一次踏上了访问美国纽约的旅程。令人费解的是，回国后，他却变得沉默寡言；五年后，更是忧郁而死。"

此刻，先生将预备"小灶"的内容，再次变成了"大灶"。其目的，当然是让在座的每个孩子，都能增长知识，放眼全球。

"那么，李鸿章到达美国后，究竟看到了什么？"先生自问自答道，"据说那年，七十四岁的李鸿章，抵达美国后，不仅引来美国人民的围观，而且是由美国总统和纽约市长亲自前来迎接的。美国的报纸上，都在登报迎接他的热烈场面。怀着高昂的心情，李鸿章走在了美利坚的道路上。就在这时，他初次看到街道两旁耸立的高楼大厦，以及已运行了几十年的汽车和有轨电车的来来往往。当真正感受到先进科技的震撼后，他终于发现，自己所倚仗的东西，在人家面前连个屁都不算。几乎在同一时刻，李鸿章看到街上美国人的穿着与表现后，他又一次被震惊了：只见男人们穿着西装，女人们穿的衣服五花八门，有的酥肩半露，丝毫不在意别人的目光；有的穿着显得十分高冷。于是，他不解地问道：'你们国家的人民，见到他们的国王，为何不行礼呀？'美国人笑了笑，解释道，'我国推崇自由，没有那个规矩。'李鸿章这才意识到，当时的朝廷与美国之间的差距，已不仅仅是一座高楼大厦，也不仅仅是武器装备，而是全民思想上的解放，这让他再次见识到这些洋人的强大。其实，在此之前，大清发生两次鸦片战争后，他就开始认为，只要研制大炮和生产战船，就会拥有一套合格的海防体系，才有足够的底气和西方列强相匹敌。然而，正是这次访美，使他彻底改变了原先的想法，并不得不承认：自己的大清国，已落后了许多年！他仿佛一下子跌入到人生的谷底。美国总统看到这一幕，以为李鸿章的身体有什么不舒服，便立刻叫来一辆汽车。当汽车朝着李鸿章的方向驶来，他不解地问道，'为何没有马，而只靠四个轮子的铁疙瘩，也能跑得这么快？'美国总统笑着解释道，'这是汽车，已经在美国行驶了几十年，现在，基本每家每户都会有一辆。'对李鸿章而言，出门坐马车，有人抬轿子，已是人生的顶峰；可听了美国总统的一番解释，他的心情变得更加复杂。回国后，他绝望地对慈禧说了一句话，令无数国人心酸至极。那么，他究竟又看到了什么？就在他返回到美国总统给他安排的住所时，目睹眼前的高楼大厦，李大人不禁想起自己的国人住的还是青砖岩瓦的传统房子，心里不免又是一阵心酸。但最让他惊讶的是，一个像厕所一般大小的房子，竟然可以在十几秒的时间内，爬上七八层的高楼。为此，李大人还闹了个笑话。当美国人将他领进去后，他表示，这么小的房子，连个桌子都难以摆下，怎么吃饭和生活呢？一旁的美国人听到此话，忍住笑意，又进行了一番解释。李大人这才知道，这间'房子'的名字，原来叫电梯。李大人一边认真地听着，一边连连赞叹电梯的神奇之处。在访问过程中，有记者问到中国的教育问题：'普通的中国老百姓，是否都接受教育理念？'李鸿章听后，老老实实地回道：'我们大清国，只有男孩才可以接受教育。我们也建有很多学府，也有很多教书的先生，而且只有达官贵族的男孩子们才能入学；穷人家的孩子，只能在家种地，没有机会学习。'然而，当李大人反问美国教育理念时，美国人的回答，再一次令他震惊不已：'在美国，不管是男孩还是女孩，都有机会接受教育。'李鸿章于是感慨万端：从经济、科技再到教育，大清国都已被美国远远甩在了身后。这些差距，究竟是从什么时候开始的？有人说，是咸丰皇帝的不作为；也有人说，是乾隆皇帝'闭关锁国'的命令。但归根结底，还是清政府对底层百姓的压榨和权力的滥用所导致，而这就是常年积累所形成的差距。"

普及到这儿，先生长长地叹了一口气，又说道："虽然在这次访问美国期间，李大人能够受到美国极好的待遇，但他打心底里却充满了悲凉。他似乎明白了，北洋水师为何会在甲午海战中失败，世界列强又为何总喜欢跟中国过不去。虽然到访那天，港口欢迎他的人如山似海，几十艘军舰为他开道，他的神情看起来十分从容，举止言谈之间皆是贵族气息，雍容华贵，甚是夺目。直至闭上眼睛的那一刻，他也不知道中国何时才能建立起那些高楼大厦。最高统治者们总是认为，自己是最优秀的，包括李大人也是一样的想法。在他看来，天朝上国，远不是那些西方蛮夷小国可比的。可安于现状，乐于安逸的想法，到最后，在西方先进制度与文化面前，不堪一击。于是，回国之后，李大人变得沉默寡言了，五年后，更是忧郁而死。有人因此会说：'还是生活在美国好啊！'可美国怎么会真的瞧得起中国人呢？比如，华人给他们修完铁路，建了大学，造了房子，美国觉得再来养这些人就是累赘，便一脚将他们踢开，让他们滚回国内已属万幸。这样的排华，连清政府都看不下去，发起了全国抗议。可抗议又有多大用处？在1900—1905年间，美国的经济危机让人觉得不可思议，那就是生产过剩、资本过剩。总而言之，物品丰富，金钱丰富，可老百姓却没吃没穿没工作，许多工商业倒闭，工人失业。于是，美国工人就开始闹事。美国财阀们是如何应付的呢？他们会这样说：'是华人抢了你们的工作！'其目的，是煽动群众抢走华人的金钱，烧毁华工的房屋，屠杀华工。有报纸上说，凡是去过美国的中国人，都要受到虐待。中国人若想抵抗，美国的海关就会以'检疫'为名，把他们关在木笼子里，加以侮辱。对待普通的中国人是这样，清政府外交官来到美国，他们也不会轻易放过。就在李鸿章郁郁寡欢死去的第二年，也就是1903年，清政府一位名叫谭锦镛的外交官来美国时，却在旧金山遭到美国警察的一阵殴打。被殴打之后，他的辫子像牵狗绳一样，被拴在栏杆上，幸好当地一位华裔出了重金，才将他赎了出来。古人不是早就说过：'两国相争，不斩使者？'代表清政府的外交官，当然是个使者；可在美国警察看来，我不杀你，污辱一下总可以吧！

可古人又说过："士可杀不可辱！"后来，那位名叫谭锦镛的中国外交官，在美国旧金山的大桥下，跳水自尽啦！"

扯到这儿，又是"啪啪"两下清脆的响声。这两下，是针对有一回袁来的父亲难得给他这么个宝贝儿子上过一回"小灶"后，特意让张先生来检查一下小公子对"人生四大喜"的认知。小小年纪就不学好的袁来，先是回答"吃喝玩乐"；随后回答"吃喝嫖赌"。当好不容易总算答出"久旱逢甘霖，他乡遇故知；金榜题名时，洞房花烛夜"这一正确答案时，他又反过来逐句逐句地责问起张镜汝："先生，久旱逢甘霖，万一只下了一滴呢？他乡遇故知，万一是要债的呢？金榜题名时，万一是同名的其他人呢？洞房花烛夜，万一新娘是个丑八怪呢？"张镜汝听了，气得眼冒金花，可又不好轻易去惩罚他，因为他的父亲在一旁引以为豪，并哈哈大笑。

袁来的父亲又是个什么样的角色呢？胸无点墨，上蹿下跳，左右逢源，而又假扮斯文……有一回，他在张镜汝面前炫耀道："我们前面看人，不要以面貌好取人；后面看人，不要捕风捉影；远处看人，不要道听途说；近处看人，不要一叶障目；高处看人，不可目中无人；低处看人，不可虚张声势。看人不能只用眼睛，更不要只用耳朵，要用时间用心去感受。正所谓岁月识人品，日久见人心。"这番话是从哪儿学来的？原来是从下江的八卦洲上学来的。他去那儿干什么？当然是为了一批田地的买卖。结果，他赚了一大笔钱，并且在八卦洲上，还受到了人见人躲的萧大户的礼遇。回到上江后，大概出于有感而发，他便在张镜汝先生面前，特意炫耀了一段美文加警句，以显示自己的"才华"与"能力"。

这样的父亲，又怎么能培养出有出息的公子呢？张镜汝记得，自己被袁来祖父请进家门当私塾先生的时候，有一回给袁来讲解"反穿衣服倒穿鞋"的意思。这其实是一句谚语，说的是一个"孝"字，并且还涉及一个民间故事。故事的内容是这样的：很久以前，有个屠夫，性格十分暴躁，家中有一位老母亲，因为家里贫穷，他就嫌弃母亲年迈无用，稍不顺心就对母亲横竖挑剔，嫌弃家穷母丑。而作为母亲，依旧对他百般疼爱。虽然如此，但这个屠夫，平日里却喜欢烧香拜佛，尤其对菩萨非常恭敬。有一天，屠夫听说菩萨经常现身于普陀山，却决定去看菩萨一眼。屠夫日夜兼程、披星戴月地赶到普陀山。在山上住了几天后，听很多人都说看到了菩萨，唯独他自己没能看到。屠夫非常失望，气急败坏地问庙里的和尚："为什么别人都能看到菩萨，而我看不到呢？"于是，老和尚就点化他，慈悲地笑了笑说："你知道吗？菩萨刚才来了，很想跟你说说话，可周围的人太多。菩萨于是让我告诉你，她特意去你家了，并在那儿等着你哩！你现在赶紧回去，就能见到菩萨了。"屠夫听后，转怒为喜，连忙又问："那菩萨长什么样？"师傅语重心长地回答："菩萨长什么样，我不会形容。我只能告诉你，她的穿着和打扮，当你回家的时候，看见反穿衣服倒穿鞋的人，那就是菩萨。"

屠夫听后，连夜朝家赶去；回到家时，已经是半夜三更。他"咚咚咚"地用脚踹门，想马上见到菩萨。有句话叫"苦乐冷暖须自料，儿行千里母担忧"。这是一句流传千古、永恒不变的真理。屠夫的母亲正为儿子出远门彻夜难眠，忽然听到紧张的敲门声，以为儿子出了什么事，慌乱之中，不小心把"衣服都穿反了"，"鞋子也穿倒了"，踉踉跄跄地跑到门前。当门被打开的瞬间，屠夫看到"反穿衣服倒穿鞋"的老母亲，一下子就惊呆了，并恍然大悟：原来，菩萨一直都在家里！他当即跪地不起，声泪俱下。从此，屠夫不再去求仙问道，而是把自己的母亲当作菩萨善待，奉养天年。这就是"反穿衣服倒穿鞋"的由来！这就是"百善孝为先"的意义！羊有跪乳之恩，鸦有反哺之义。父母在，人生尚有来处；父母去，人生只剩归途……啰啰唆唆地讲完一则民间故事后，私塾先生张镜汝又苦口婆心地冲着小公子说："袁来啊，你可一定要记住！明白了吗？"话音刚落，得到的回应，不是"嗯嗯嗯嗯"，也不是"噢噢噢噢"，更不是"对对对对"……而是一连串响亮的连环屁。先生拿起袁来祖父交给他的戒尺，举了起来，正欲朝他的手心上打去，一个嘻嘻哈哈的声音忽然传了过来："唉，他今天嘴馋，上午偷吃了许多蚕豆，中午又吃了不少萝卜，好在响屁不是很臭。"先生扭头一看，发现袁来的父亲已出现在背后，便只好打消了惩罚的念头。

好在这回，袁来不愿单独上什么私塾，而是嚷着要和古水镇附近的孩子混杂在一起念书，先生只能偶尔为他开开"小灶"……张镜汝总算逮到了机会。"啪啪"两下清脆的响声后，先生见袁来还没有认错的意思，便将对方家底，以及他本人肚子里的学问，一股脑儿地兜了出来。只听他滔滔不绝地表述道："你祖父生于清朝光绪年间。据他本人讲，你们家族，往上好几代，都是参加过考试的知识分子。高祖是清朝的高才生，晚年担任过儒学训导。曾祖在道光年间，考取乡试举人，次年入京会试，不幸试后抱病，于回程途中身亡。随后，你曾祖的弟弟前仆后继，也要去考举人，却不料在上江考棚的一间小屋里，一命呜呼，永未醒来，也不知患了什么样的怪病。到了你祖父这一辈，已是晚清时代。统治者们为了巩固自己的江山，培养下一代，对尊师重教十分重视，对知识分子，似乎也格外优待。怎么个优待法呢？"

先生又"啪啪"地打了两下袁来的屁股，一左一右，只不过下手不是很重。他倒背如流般地说："凡秀才，每年都有一份可观的灯火费，以资助他们的学费。说到好处，当然还不止这些。比如，每届童生参加秀才考试，县令都会带领各界人士，前往县城河边的廊桥为考生送行，以资鼓励。放榜之后，县令又会带领一些乡绅大户，到廊桥上迎接考中的秀才，一路敲锣打鼓，迎进县城，多么热闹啊！并且还会设置宴会，以示庆贺。这个时候，县令往往会带头送上一份贺礼，各路商家及大户人家纷纷效仿。如此一来，秀才便有了一份可观的进项，用来购置几亩田地，根本不成问题。所以，外面传说的穷秀才，并非一概而论，起码在我们上江一带，倘若一经考上，便是地方名流；即便不是豪绅大户，也绝不会是穷酸之家。可好处到手了，也不能白得，秀才们必须定期接受有关部门的考试。如果第一次考不及格，会被警告；第二次还不及格，就被取消秀才的功名，可见压力还是蛮大的。可压力归压力，有谁能够抵挡一个接一个的诱惑？按清政府规矩，秀才还可以被人称作老爷哩！见了县令，可以不用下跪，拱个手作个揖也就行了。假如一不小心犯了罪，还有更好的优惠在等着——这就是，必须先革了秀才的功名，才能进行处罚；没有犯过罪的秀才，即使未考中举人，年满70岁后，还能被安排到县里，担任一届文教部门的头头，之后，才可以告老还乡，颐养天年。"

先生顿了顿，接着说："袁来啊，你要知道，你祖父就是这样的秀才。如果他运气好，在南京的上江考棚，一不小心中了举人，下一步就会忙着赴京赶考。那场面，真是呼风唤雨、威风八面噢！怎么个威风法？你祖父难道没向你描述过？——在欢送队伍的前面，会竖一面大旗，上面写有'奉旨进京赶考'的字样。沿途官府见了，都有接待和提供食宿交通的义务；土匪见了，也不敢轻易去打劫。为什么呢？因为人们都知道，抢劫了赶考的举子，便是与朝廷为敌，注定要被剿灭。"

　　大概扯得有点遥远，先生不觉将话题收回，并重重地叹了一口气，这才说："可惜，实在可惜哟！袁来，你爷爷这一生，真的与举人无缘。要知道，那时的乡试，每三年才有一次，每次都会在阴历八月的江南贡院举行，又称'秋闱'；而预试的考场，正是在当年二月的考棚进行。你爷爷曾不止一次眉飞色舞地向我做过这样的描述：重新扩建后的贡院，范围变得更大，规模也更壮观，居全国各省之首。别的不说，单里面供考试用的'号舍'，也就是人们习惯称的'考棚'就有两万多间；也就是说，可同时容纳两万多名考生。那些令无数学子心驰神往又心惊胆战的考棚，一间接着一间，如同蜂巢一般排列，排得十分有序。考棚上方是屋顶，屋顶之上，整齐地覆盖着一溜儿瓦片，远观近看，都很漂亮。每间考棚与考棚间，还隔有一道砖墙，没有设门，只一律南向排列。再看考棚里面，砖墙两壁离地面一二尺间，砌有上下两道砖缝，专门存放上下两层可以抽动的木板。这样一来，白天考试时，上层木板就可以当作桌几，供考生在上面伏案写作；下层木板就当坐凳来使用。到了晚上，该休息的时候，每位考生只需将两层木板轻巧地合并在一块，便可当作床位来睡觉。有时，还会碰到另一种情况：考棚不够使用。遇到这种情况该怎么办呢？别急，有的是办法：临时用来搭盖芦席棚。这样的棚子，被人称作'棚号'。考试的时候，考生会按号入座，并自备油布充当门帘，以防风雨的侵袭。"

龙江和水灵瞪大眼睛，听得津津有味，又有点云里雾里，因为先生所讲的，尤其是考棚的摆设，和阿公所描述过的不完全相同。是先生弄错了，还是阿公从他父亲那儿记错了？兄妹俩不好去问，也不敢去问，只得继续往下听。

"注意，注意啦！"先生干咳一声，不觉将嗓门提高了许多。仿佛一眨眼的工夫，他变成一位身负重任的考官，在提醒考棚里的秀才："考试期间，每位考生都要伙食自理。俗话说得好，人是铁，饭是钢，一顿不吃饿得慌。更何况，接下来，你们将面临连考三场、每一场都要待上三天两晚的严酷现实，并从吃饭、睡觉到做文章，都得在鸽笼一般大的考棚里进行，其艰辛的程度不言而喻。在此，我想提醒各位，考试过程中，如实在饿了，就吃点干粮，填填肚皮，不要往肚子里填进过多的食物。要知道，你们都不分昼夜、起早贪黑用功过，勤奋过，大都长得清清瘦瘦，根本没有脑满肥肠、不学无术的模样。这一点，我就不用啰唆，啰唆多了，会口干舌燥的。哦，对了，你们还要记住，口干舌燥的时候，不要'咕噜咕噜'地猛喝许多开水，只图一时痛快，虽然号板底下放有恭桶，能解决小便问题；生水更不要轻易去喝，免得会闹肚子，免得大便不合时宜地上门找你，让你一趟接一趟地往茅坑方向跑动。那样的话，显得多么狼狈，多不雅观，也多么麻烦考棚里的考官。要知道，考生每回去茅坑，专门会有人跟在后面，充当监督，像个犯人似的被押着。这还不算什么，关键是，一旦去了茅坑，监考官就会在考生试卷上，盖一个黑印，俗称'屎戳子'。考官阅卷的时候，往往会以涉嫌作弊为由，看都不会看一眼。那么，对考生来说，前程就被一次大便给毁啦！所以，一些考生宁可在号舍内解决，或憋着，也不敢轻易去上茅坑。除此以外，为了防止考场内外串联作弊，贡院事先已建成两道高高的围墙。围墙之间，留有一丈多宽的间距，形成一圈环绕贡院的通道。围墙之外，还留有一圈空地，以禁止百姓靠近，更禁止有钱人家随意搭建各种房屋。"

讲到这儿，先生发现袁来仍一动不动地趴在课桌上，如同睡着一般，便直奔主题了。他说："为了能够考中举人，你祖父在乡试的前一年，就急不可待地带着书童，前往南京。当时，有许多富裕人家为了科考，已在上江考棚和下江考棚一带筑巢而居，你袁氏大户也不例外。由于乡试和预试都在省城举行，上江考棚和下江考棚附近，熙熙攘攘，文人如云；贡院所在的秦淮河、夫子庙一带，更是热闹非凡。你祖父带着书童过来后，一边忙于复习，一边还参加各种相关的娱乐活动。真是光阴似箭，日月如梭。一年的光景，就这样不知不觉过去了。二月预试时，你祖父虽然顺利通过，可到阴历八月的乡试，却未能如愿。一次不行，再来一次！这一回，你祖父由书童陪着，索性在省城住了下来，可三年一次的比拼，还是没能考中举人。两回都不行，那就第三回！你祖父垂头丧气一番后，不禁摩拳擦掌，意欲再战一回，可已没有那样的机会。因为有一天，清政府突然发布一条'上谕'，宣布所有乡试、会试一律停止，各省岁科考试也相应废除。就这样，在中国历史上，已延续一千多年的科举考试，终于画上了句号！"

"老师，你是不是有点幸灾乐祸？"

问这话的不是别人，而是仍趴在桌上、屁股朝上翘着的袁来。

先生啧了啧嘴巴，似笑非笑地回答道："接连两次，都未考中举人，我确实为你祖父大人感到有点惋惜。他在续写家谱时，还专门撰写过一篇文章，题目叫《我的家世与幼年》。承蒙瞧得起，他老人家给我看了，并让我提些意见。拜读他的大作后，我如实评价道：'尊作对家族脉络的记录十分详细！言语间，既充满引以为荣的骄傲，又流露出一代不如一代的遗憾。不知我说的对，还是不对？'他听后，一边不住地点着头，一边竖起大拇指，予以赞赏。大概正是冲着这一点，他后来征求我的意见，主动出资，将这个无人问津的破庙改成学堂，让他的宝贝孙子袁来，能有个边玩边学的地方；让肚子里有些墨水的我，能有个施展才华的舞台；也让古水镇附近的一些孩子，能进学堂念书识字。何乐而不为？"

先生说到这儿，像是变了个人似的，亲手将袁来撸下的裤子提了上去，又将他从趴伏的课桌上轻轻扶起，然后安顿在座位上。

"可是，"先生语速飞快地又说了起来，"作为富家子弟，你不能因为龙江和水灵的爷爷替你爷爷当过八年的书童就瞧不起人家；也不能因为他们的父亲给你父亲当过佣工就鄙视人家；更不能因为你家拥有几百亩田地——上江有，下江的八卦洲也有——能养活一批佃农，就目中无人，高高在上。要知道，你祖父可不是那种人；你父亲呢，应该也不是；你小小年纪，应该更不是才对！"

袁来似乎被先生所说的最后一句话所击中，他像只泄了气的皮球，垂头无语。

先生见状，不禁伸手摸了摸他的后脑勺，轻声问道："知道错了吗？"

"嗯。"袁来微微点了点头。

"错在哪儿？"

"没有知书达理。"

"说得具体点。"

"没有互助互爱。"

"还有呢？"

"不懂得什么叫同胞兄弟姐妹。"

"嗯，我前面交代的话，你好歹记住了，可还没能说到点子上。"

"不该喊人家……新娘子。"

"嗯，这就对啦！"先生表扬道，又接着说，"那就规规矩矩地喊人家一声。"

袁来虽有点犹豫，可还是吞吞吐吐地说了声："水灵。"

"不行！声音低得像蚊子在哼。"

袁来看了看先生一眼。

"声音高点，再喊一次。"先生在一旁鼓励道。

"水灵！"这回，袁来的喊声十分响亮，响亮得连在座的每个孩子都能听得一清二楚。

……

水灵进学堂的第一天，就这样过去了。

第十七章
阿公驾鹤西去

那晚的月光啊，真的如同白昼一般，特别明亮，亮得有点离奇，亮得置身在江边的阿公恍若梦中，甚至有点心惊胆战。好在附近的江面上，仍有人在撒网，有人在收网，有人在下滚钩……其中，又有一个扯着破嗓门吼叫的声音，断断续续地响了起来。

阿公听到以后，怎么也开心不起来。朗朗月光下，他只好一下接一下地扳着大罾。扳着扳着，他实在有些困了，便在水灵最爱玩耍的那个小棚里，两腿蜷曲地睡了下来。后来，当阿婆带些杂粮前来探望，他还没有醒来。阿婆见状，一时不忍心将他叫醒，便默默守候在小棚旁，希望他能多睡会儿。可一刻钟过去了，半个时辰过去了，一个钟头过去了，他仍然一动不动，如入梦中。阿婆有点不放心了，便蹲下身来，轻轻推了推阿公。见对方毫无反应，她就一边推搡着，一边提高嗓门嚷道："老头子，起来呀！实在困了，就回去睡吧！"嚷完，她不禁伸出两个指头，朝阿公平时熟睡时会发出如雷鼾声的鼻孔处碰了碰，居然感觉不到一丝一毫的气息；再细细一摸，发现对方身体僵直，一片冰凉。阿婆不觉"啊呀"一声，失声痛哭起来……

阿公怎么会突然离去呢？对于这个问题，学堂的张镜汝先生，自有一番见解。他像背书一般说了起来："人和人相遇，是上天的安排；人和人相识，是命中的缘分。擦肩而过也好，陪同一段也罢，都是冥冥之中注定好的。我们没有未卜先知的能力，算不出最好的相遇应该是在什么时候？最痛的离别又应该会在哪一天发生？总之，不管怎么说，无论是陌路还是并肩，遇见了就是缘，相处过就是分，都值得我们去珍惜。要相信，一切都是最好的安排！"

听了张先生一大早带着自己老母亲赶到江边所做的一番解释，阿婆不哭了，龙江不哭了，水灵也不哭了——她的年龄可能太小，一时还无法领会到哭与亲人逝世之间，到底有着什么样的关系。她之所以时断时续'唔唔'地哭着，不过是受到阿婆与龙江的影响罢了，并且认为，对方不停地抹着眼泪在哭，自己也应该那样做才对！没有泪水怎么办呢？水灵自有办法：她会不时将唾液悄悄吐在掌心上，然后趁人不备地涂抹在眼眶四周，甚至脸颊两边，从而达到意想不到的"哭鼻子"效果。

"龙江，你今天就不用念书了；水灵呢，也不用去学堂试读。"张先生后来突然吩咐道。

龙江听了，有点不放心地望了先生一眼，似乎在问："那落下的课程呢？"

"落下的课程，我会替你补上。"张镜汝像是猜出了龙江的心思，接着说。

而那时的阿婆，正一言不发地蹲在江边的小棚外，开始为逝者燃烧纸钱。要知道，她在这个无人问津的小棚里，守护阿公已有大半夜了，直到月亮沉沉西斜，黎明还未到来时分，她才抽身回去，叫醒了龙江和水灵；又跑到张老洼的村西头，将生者突然去世的消息，率先告诉了张镜汝和他的母亲；接着又赶往隔壁的石磨王，急如星火地进行了一番报丧……做完这些，阿婆去附近一家小店，买了一大沓黄草纸，默默地赶往江边，赶往阿公平时扳大罾的地方，一儿一女自然紧随其后。一路上，水灵不仅用一只小手，不停地揉着惺忪的眼睛，一边还不懂事地发出这样的傻问："阿妈，你买这么多草纸做什么用呀？"

"丫头，你还没睡醒吗？你阿爸一觉睡去了。"

"一觉睡去……不好吗？"水灵还在傻问。

"你这个不懂事的丫头！要知道，一觉睡去，就永远醒不过来啦！"

"永远醒不过来，又是什么意思？"

"就是……就是……人已经死啦！这回，你听懂了吗？"阿婆在说这话时，转过身去，冲着水灵跺了跺脚，并且发出歇斯底里般的吼叫——原来，她又开始哭了！

水灵不觉打了个冷战，一时被惊吓得不敢再多嘴多舌。

几乎与阿婆带着一儿一女同时赶到江边的，是张镜汝和他母亲——张先生的腋窝下，也夹有厚厚的一叠黄草纸。似乎难以相信死者的离去，他钻进小棚，弯下腰身，伸手在阿公的胸前摸了摸，又用两只指头在他鼻孔处碰了碰，这才将几张黄草纸，十分认真地覆盖在对方的脸部，并冲着哭哭啼啼的阿婆，发出一番有关死者与亲人的话语。

阿婆听了，哭泣的声音虽然停歇，可喉咙深处，像是有人在拉风箱似的，不时会发出"呼噜呼噜"的声响。

西坠的月亮忽然不见了，四周变得一片黑暗。显然，这是黎明前的最后黑暗。好在江边的树林与芦苇里，有"叽叽喳喳"的声音传来——那是一群麻雀已经醒了。不远处，有野鸡在打鸣，"咯咯咯咕——咯咯咯咕——"；再往远处，就是村落，不知谁家的一只大公鸡，正"喔喔喔"地发出阵阵啼叫，声音此起彼落，隐隐入耳。

阿婆和张先生的母亲默默地蹲在小棚边，开始为逝者燃烧纸钱。

"要知道，中国古人'事死如事生'什么意思呢？就是对待死人如同对待活人一样，显得十分重要！"已转身钻出小棚外的张先生，一屁股坐在那截葫芦形树墩上，用低沉的语调，向一左一右站在身旁的龙江与水灵竟开始了这样的普及。"是的，"他说，"古人认为，人死之后，不过是换了地方生活而已，在阴间仍然会过着类似阳间的生活，因而，陵墓的地上与地下建筑，以及随葬生活的用品，都应仿照世间。对于这方面的研究，你们的父亲比我要强得多——当然是当过多年书童并满腹学问的你们爷爷说给他听的——据文献记载：秦汉时期，墓陵区内所设的殿堂，不仅收藏了已故帝王的衣冠、用具，还有宫人丫鬟献食的场景……一切的一切，恍若真实。"

先生说到这儿，不禁停了下来，并离开树墩，从一沓黄草纸里取出几张，跪在地上，轻轻丢在正在燃烧的火苗上。那几张草纸，很快便化为灰烬。

"龙江，你过来，要跪着烧钱。"阿婆在一旁叮嘱道。

龙江很快照办了。

"烧过之后，要向你死鬼阿爸磕三个头。"

龙江同样照办了。所不同的是，磕过三个头之后，他没有像张先生那样起身，而是依然跪在地上。

"水灵！"阿婆冲着她轻轻地唤了一声。

水灵听到了，却没有应答，而是十分乖巧地跪在龙江身旁。

先生的老母亲见她手上是空的，便顺手拿出几张黄草纸递了过去。

水灵将接过来的草纸，一一放在火苗上。火苗一闪一闪的，加上有袅袅的青烟围绕着小棚四周弥漫，她的喉咙口不觉被呛到了，眼睛也被熏到了。于是，她接连干咳了好几下，并且泪水在火光的映照下，变得如同溪流一般，汩汩地流了出来，整个人像是真的在哭泣。

"别忘了，要向你死鬼阿爸磕三个头。"

阿婆的提醒，使得脸上挂满泪珠的水灵，很快照办了。

磕过三个头后，她像小哥龙江一样，依然跪在地上，一动不动。

"来来来，你俩坐下歇会儿。"先生这时向阿婆和他的母亲说。

坐什么地方呢？

当然是他刚才让出的那截葫芦形树墩。

"老弟呀，我不累，你继续坐上面。"阿婆客客气气地推辞道。

"老姐呀，你累了，你坐。"先生同样客客气气地礼让道。

"要坐，就让你老母亲去坐。"

"当然，她坐，你也坐。"

一番拉扯后，阿婆和张镜汝先生母亲总算一左一右落座在树墩上。那截树墩的表面，已被死去阿公的屁股磨得光滑滑的，上面一圈圈年轮，在火苗的映照下隐约可见。于是，先生冲着阿婆，顺口问道："死鬼老哥今年有多大？"

"正好六十整。"

"嗨，人生七十古来稀。老哥的岁数也不小！"

感叹到这儿，先生转过身，向依然跪在地上的龙江和水灵继续讲述起来："记得有一回，我和你们的父亲偶然碰到一起，大概没话找话说，便一拍脑袋，居然探讨起有关帝王将相进入阴间的陵墓问题。于是，他眉飞色舞并像背书似的告诉我，'秦始皇那个家伙啊，真的会享受，在阳间的享受还嫌不够，埋在地下还要作威作福。何以见得？听我道来：只见那家伙的地下寝宫里，上至天文，下至地理，几乎无所不包。但要记住，那些百川江河大海，是用水银来替代的；鸟兽树木，是用金银珍宝雕刻的，完全是人间世界的写照。'我听后，哈哈大笑，想拿老哥开个玩笑，便戏言道，'既然有这么好的地方，那就进去逛逛呗！''是呀，是呀！真的很想进去逛逛哎！可又担心……''担心什么？''当然是担心进不了门。''为什么呀？''因为有小鬼在门口把关。''那就想办法先买通小鬼。''拿什么买通呢？''身上带一些能让小鬼惧怕的东西，比如，玉。要知道，越是天然的纯玉，品质就愈加高贵，因为它在地底埋藏多年，集浩然君子正气于一身。据说，此物之威力，可保人畜平安，令小鬼胆怯，不敢近身。''噢，这倒是个不错的主意！''那不妨……试试看。''可是，可是……''可是什么？''我穷得叮当直响，怎么会有宝玉？''噢，这倒也是。那就……那就……''老弟，你还有什么高招？快说，快说！''我想起来啦！豆子也行，听说小鬼害怕豆类。''我也听说过，但不同的地方，使用豆类驱鬼的方法，也不太一样。像云南，是用赤豆做饭；河北等地是在新娘出嫁的时候，身上要携带黑豆，还要在新房的四周，撒些豆子，以驱鬼消灾。''那就马上去办。''可是，可是……''老哥，你又担心什么呢？''我家所存的那点豆子，早就吃光了；今年不巧又碰上干旱，豆子颗粒无收，连江南来的罗石匠替石磨王辛辛苦苦打造出的那台石磨，如今放在祠堂里，成了摆设。''那就用狗牙。狗是可以看见很多人类看不见的东西，倘若在半夜三更狂吠，很有可能看见了不干净的东西。不过，不干净的东西不会伤害狗，这就表明，狗，天生就有驱鬼辟邪的作用。''可你忘啦？我的腿是怎么变得一瘸一跛的？''噢，我想起来了，那年你在下江八卦洲苦钱，肚子饿得咕咕直叫，就在庄稼地里扒了一只山芋。结果，不仅让大户人家的疯狗狠狠咬了一口，还被追上来的狗腿子补了一棒。于是，你成了个跛子，并发誓不再去下江，老老实实地待在张老洼，待在江边，专门扳大罾。''唉，没法子哟！''老哥，别急，让我想想。罗盘呢？风水用的罗盘呢？要知道，罗盘是风水学衡量屋宇的，它具有规范性、统御性，并且上面还刻有天干、地支、二十八星宿、八卦等，它们都具有肃杀与威慑的作用，所以能起到辟邪、远害、驱魔、驱鬼的作用。''喊，那玩意儿我根本就没有，也不会玩它。''那就用……明火。''明火也行？''当然行。民间认为，黑暗是鬼的温床，人在内心害怕时，点着火把，可以防止鬼靠近；实在找不着火种，不断地用手挠头发也行，因为头发里迸出的火星，也有驱鬼避邪的功能。''这倒是个简便的方法。''那就这么啦！''可还有一点，我俩还没谈妥。''是指什么呢？''谁该先走一步？''去哪儿？''当然去阴间。''噢——''讲了好半天，你还以为秦始皇还活在阳间？''我被绕得有点儿晕头转向。''说吧，谁先去见阎罗王？''当然我。''凭什么？我比你年长，应该先走一步''我身边只有老母亲一人，没什么其他负担。''不行，让我先去！''不行，让我先去！''那就让我俩……包——剪——拳！''包——剪——拳，就包——剪——拳！'一言为定，三局两胜。''听你的，胜者先去见阎罗王。''不，输者先去见阎罗王。''好，也听你的。'两人击掌后，真的用包、剪、拳来决定胜负了。没想到，输者居然是你们的父亲。"

张先生叙说到这儿，朝渐渐熄灭的火堆上，又添了些黄草纸，使得火苗重新燃烧起来。仍跪在小棚旁的龙江和水灵，也分别将一些草纸丢在上面。

"为什么要为死去的亲人烧纸钱呢？"先生向龙江和水灵继续普及道，"因为自从汉代以来，盗墓现象频频发生，一些富裕人家在死者棺材里放置的金银财宝，常会被盗墓贼偷走。所以，后人便将阳间流通的钱币，换成价格便宜的纸钱。而纸钱得以广泛流行，则与蔡伦的哥哥蔡莫有关。"

先生见跪着守孝的兄妹俩不约而同地抬起头，朝他望了望，便认认真真地说起一个人来。那个人名叫蔡伦，原是东汉一个默默无闻的小宦官，但通过改进造纸术，使他成为名动天下的传奇人物，被纸工们奉为造纸鼻祖、"纸神"。由于名利双收，他的嫂子慧娘不仅分外眼红，而且还逼蔡伦的哥哥蔡莫也去学造纸术，目的回来好发家致富。可蔡莫是个急功近利之人，本事还没学全，就背着弟弟开始私自造纸，结果可想而知：造出的纸又黑又粗，堆满了整个屋子，根本无人来买。慧娘气得破口大骂，将自己的丈夫骂得一无是处。可为了打开销路，夫妻俩半夜凑在一起，小声嘀咕一阵，居然想出一个馊主意。

"什么馊主意啊？"坐在葫芦形树墩上的阿婆，像个学生一般，忽然开口问道。

先生不觉愣了一下，随之变得有些开心，因为他没想到，沉浸在悲哀中的龙江和水灵的母亲，一直也在默默地听他普及。

"镜汝啊，问你话哩！"坐在树墩另一半的先生母亲，及时提醒道。

"哦，晓得了，晓得了！"张镜汝很快点了点头，接下来讲得更加带劲："第二天，天刚蒙蒙亮，街坊邻居都被蔡莫的哭声给吵醒。大伙儿赶过去一问，得知慧娘已经死了。于是，有人不解地问：'蔡莫，你妻子不是好端端的吗？怎么会突然死掉呢？'蔡莫抹着眼泪，可怜兮兮地答道：'还不是这一堆纸给闹的！费了那么大的劲，结果却造出一大堆破纸，大概急火攻心的缘故，慧娘一气之下就……麻烦乡亲们帮忙办葬礼。'大伙儿刚想劝劝他，结果蔡莫一下子跳起来，从旁边抱来一大堆纸，哭哭啼啼地喊道：'夫人哎！你走得未免太冤啦！要怪就怪这堆破纸。我要把它们全部烧掉给你，才能出一口气！'说完，他就把手里的纸，不断地往火堆里扔，火苗一下子蹿得老高。等这堆纸烧得差不多时，棺材里忽然传来拍击的声音。大家惶恐不安，只好由蔡莫去看个究竟。只见棺材里的慧娘，缓缓坐了起来，一脸茫然地问道：'我……这是怎么了？'见一时无人回应，也不敢回应，她便嘀嘀咕咕起来：'阳间有钱通四海，阴间用纸做买卖。不是丈夫把纸烧，谁还肯放我回来。''啊！诈尸了，蔡莫的老婆诈尸了！'有人终于喊出声来。'诈什么尸？老娘这是活过来了。'蔡莫的妻子大吼一声，把大家吼得一愣一愣的。'你究竟……是人是鬼？''废话，老娘当然是人。'被斥责的人不仅不恼，反而感到欣喜，因为这才是蔡莫妻子的性格；随后，便将她急火攻心假死的事告诉了她。慧娘听后，笑了笑，也说道：'实话告诉你们，我从阎王殿里走了一圈，阎王爷非要让我去推磨。就在这关键时候，我的丈夫给我烧起纸来，这一烧，阎王殿里纷纷扬扬飘着的纸钱，全都落到我的手上。小鬼们一见我有纸钱，不仅争着抢着要给我推磨，而且阎王爷还把我给放了，这就叫——有钱能使鬼推磨。'之后，蔡家撤了灵堂，继续回归正常生活。但此后，蔡莫的妻子逢人便说：'是我丈夫烧的纸救了我！我把纸钱送给阎王和小鬼，他们才肯把我放回。'于是，'蔡莫造的纸，能在阴间当钱使'的消息，当即就传开了；本来堆积如山的废纸，很快被抢光；再后来，人们在祭亲人、祭祖先的时候，就有了烧纸的习俗。其实，这是蔡莫夫妇俩半夜三更所商量的一出好戏……"

　　说着说着，先生不觉停了下来；因为天色渐渐破晓的江堤上，有人正往这边赶来。

　　最先赶过来的是石磨王的兴宁——也就是伙夫老人的小儿子；或者说，是阿婆的堂弟；或者说，是守金与守坤的小叔；或者说，是龙江与水灵的表舅；或者说，是从江南芜湖逃难过来的罗石匠或罗木匠的女婿；或者说，是罗天顺女儿罗仁秀的丈夫……——他的父亲伙夫老人，不仅随古水镇附近的一帮男人又去下江八卦洲找活干了，而且石磨王的兴仁与兴义、张老洼的龙水与龙和，也在外出苦钱的行列。作为维护亲情并已成家的留守男子，兴宁在迷迷糊糊中得知报丧的消息，和他裹有一双小脚的二嫂——也就是兴义"烧锅的"；或阿婆的亲家母；或水灵的二舅母与将来的老婆婆——脸都没顾上去洗，便急急忙忙地出门了。到了阿婆家，发现空空荡荡的小屋一片漆黑，连个人影都不见，叔嫂俩这才觉得，过世的人可能还在扳大罾的江边，家中的老小可能也去了那儿。后来，叔嫂俩在路上，遇到一家开小店的主人，对方"最早来买一大沓黄草纸"说法，更加坚定了两人的想法。于是，兴宁趁他二嫂也要买一沓黄草纸却与小店主人讨价还价的空隙，悄悄转过身去，率先朝江边方向奔去——他几乎是一口气跑到扳大罾的地方。

"姐夫，姐夫啊！想不到你就……这么快走啦！唔……唔……"

兴宁刚到，就哭喊着跪在小棚旁，标标准准地向死者磕了三个头，然后从地上随手拿起一小叠黄草纸焚烧起来。做完这些，他站起身来，向阿婆问道："大姐啊，朴席苇那边，有没有派人过去捎个信？"（须知，五里外的朴席苇，是阿婆的娘家）

听到兴宁的问话，阿婆轻轻摇了摇头。

"那好，让我马上跑一趟。"

阿婆有点感激地"噢"了一声，然后让兴宁带着龙江一道前往。

一直跪在地上的龙江，此刻慢悠悠地站了起来；可能是跪的时间久了，他的腿脚有点麻木，动弹不得，便只好一动不动地立在原处。

"阿妈，我也要去！"水灵的声音突然响起。

"你就不用去了。"

"为什么呀？"

"来回至少有十里的路程，不是闹着玩的。"

"阿妈，我不怕累。"

"我说了，你不用去。"

"阿妈，让我跟小哥一块去，我有好长时间没去阿婆家啦！"水灵依然跪在地上，说话的语气变得像是在哀求。

张先生这时发话了，他冲着水灵说："听你阿妈的话，以后去阿婆家，有的是时间。"

听先生这么一说，水灵只得不再吱声。

"你的腿脚还麻吗？"一旁的兴宁，冲着龙江关切地问。

"不麻啦！"龙江回答道。

"那我们马上出发。"

话音刚落，兴宁便拉着龙江，飞快离去。

依然跪在小棚旁的水灵，将小脑袋转向一边，眼睁睁地瞅着两人渐去渐远的背影。那目光中，分明饱含一种期期艾艾的惆怅。

不一会儿，守金和守坤也赶了过来。

兄弟俩是在他们的母亲——也就是阿婆未来的亲家母，或水灵的舅母与未来的婆婆——陪同下，一道赶过来的。

真是三个女人一台戏。江边的小棚现场，原先就有了阿婆与张镜汝的母亲，此刻又来了守金、守坤的母亲。于是，都裹着小脚的三个女人，很快有了或高或低的说话声。

率先进行对话的，是水灵未来的老婆婆和张先生的母亲：

"想不到哎！水灵她爸居然是一觉睡去的。"

"谁说不是呢？可惜，可惜！"

"可我……不这么认为。"

"咦？大妹子，你是怎么想的？"

"依我看，这其实是……一种福气。"

"噢——"

"求之不得的福气！"水灵未来的老婆婆瞥了枯坐在树墩上的先生母亲一眼，将自己的观点重复了一遍，并且又细又尖的嗓门突然提得老高，显得像是要哭的样子。

"亲家母，你说呢？"她没有真的去哭，而是抬起双手，轻轻揉了揉两边的眼窝，冲着阿婆问道。

"唔——"阿婆思索片刻，微微点头回答，"亲家母说得也对。"

"将来啊，阎罗王决定要收我，最好让我也能一觉睡去。"

"嗬嗬嗬嗬！"

水灵未来的老婆婆说的玩笑话，以及从先生母亲嘴里所发出的一阵爽朗的笑声，似乎冲淡了笼罩在阿婆脸上的那些愁云。于是，见未来的亲家母站在一旁只顾说话，阿婆便欠起身，轻轻拽了一下对方的衣角，示意她也坐在树墩上。对方会意后，没有推辞，也没说什么客套话，而是操着小脚，一步一步挨近大树墩坐了下来。好在葫芦形树墩上，勉强可供三个女人同时入座。

"大清早的，麻烦你啦！"阿婆冲着未来的亲家母，说了一句客气话。

"这是什么话？男人们都去下江苦钱了，加上老太太年岁已高，走路困难，我有理由带着孩子过来瞧一瞧！"对方接着说。

"刚才，兴宁带着龙江去朴席苇了。"

"嗯，你娘家住在那边，应该有人过去报个丧。"

"你那两个妯娌呢？"

"噢，忘了告诉亲家母，老大兴仁'烧锅的'，昨天就带孩子去娘家那边了，还没回来。"

"那老三兴宁'烧锅的'呢？"张先生母亲侧过身子，再次进入对话的行列。

"她呀，也要过来，可被我狠狠地训了一顿，只好老老实实地待在家里。"

"你居然……训她啦？"

"嗯。"

"怎么回事？"

"因为她……有孕在身了。"

"噢，原来是这样！"

"小媳妇罗仁秀原来有了喜事？！"阿婆好不容易插了一句。

"嗯。"

"几个月了？"

"三个半月。"

"恭喜恭喜！值得恭喜！"

"可她显得满不在乎！"阿婆未来的亲家母冲着先生母亲，一惊一乍地解释道，"我告诉她，孕妇是不能随便见死人的，哪怕死去的是自己的亲人。为什么呢？因为不管怎么讲，人死了，是件凶事，'凶冲喜'，对腹中的胎儿不利。民间常常说，孕妈妈不能参与亲人的葬礼，一旦不管劝阻参与，也许会被死者鬼附身，不仅对自身欠好，对肚中胎儿更是晦气。所以为了安全起见，我不让她过来，可她认为我说的是迷信，偏要过来，非要看看水灵父亲最后一眼。我听后，来火了，不禁将手一挥，冲着三媳妇罗仁秀嚷道：'我把话丢在这儿，你不许去！听，当然好；不听，也不许你去！'"

"咦，你妯娌俩……吵嘴啦？"问这话的是阿婆。

阿婆未来的亲家母先是微微点了点头，随后又摇了摇头。

"兴宁是什么态度呢？"先生的母亲问。

"他呀，同样年轻，什么都不懂！只在一旁干瞪眼。"

"大妹子哎！"先生母亲冲着对方亲切地喊了一声，接着说，"你应该给那对年轻的夫妇继续普及才对！就说沾亲带故的人过世了，孕妇肯定会伤心难过，在家里还会忍不住掉泪哩，更别说是到现场了。为什么呢？因为现场的氛围更加悲伤，孕妇的情绪本来就不受控制；如果一时失控，哭得太悲伤，难免会动胎气。再说，女人本身就有点贫血，而且动不动就头晕眼花，去见死者加上心情悲痛，很容易会晕过去的。所以，孕妇再多的不舍得，放在心里就行了；能把肚里的宝宝健健康康生下来，就是对死者最好的送别。"

"师娘哎！"阿婆未来的亲家母也冲着先生母亲友好地喊了一声，并且说，"我已经普及一大堆了，可罗仁秀不大听话，还说水灵与守金正式定娃娃亲那一天，正是她和兴宁结婚的日子，门前办了一桌又一桌的流水席。那情景，她一辈子都不会忘记。

可如今，水灵的父亲走了，她怎能不过去看望最后一眼？"

"结果呢？"

"结果，我来火了，把手一挥，不让她去！"

"你做得对！"阿婆这时抢着说。

"俗话说得好：长嫂如母！"先生母亲也表态道，"你虽然不是大嫂，是二嫂，可大嫂回娘家了，你就是大嫂。你的做法，呱呱叫！"她一边说，一边侧过身子，朝对方竖了一下大拇指，然后又问道，"那后来呢？"

"后来，罗仁秀一言不发地跑向她隔壁的父母家……"

随意坐在葫芦形树墩上的三个女人，一时停止了说话，因为张镜汝冲着守金与守坤，突然间嚷道："咦？你俩怎能在死者面前打架？！"

三个女人愣了一下，并感到有点奇怪：兄弟俩来的时候，在张先生安排下，每人都向死者烧了一些黄草纸，又磕了三个头。磕过之后，两人一时没有起身，而是仍像水灵一样，老老实实地跪在地上；水灵跪在最右边，守坤跪在最左边，守金则跪在两人中间。跪着跪着，守坤显得不耐烦了，不时会用右边的小手去碰守金，见守金不理不睬，便改用手掌去拍他的后脑勺，嘴里还叽里咕噜地嚷道："换个位置，跪我这边。"守金不答应，守坤就又拍了一下对方的后脑勺，并且下手比前一次来得要重些。于是，守金终于忍不住了，一把揪住守坤的两个大耳朵，一手一只，并且说道："招风耳，真犯嫌！"

守坤不甘示弱，也揪住守金的两只耳朵，回敬道："招风耳，是聪明、福气的象征；不像你，是开花耳，上面没什么肉，也几乎看不到耳垂，这辈子可能命苦！"

先生听到这儿，一边将兄弟俩的打架给喝令住了，一边冲着他们的母亲，有点不大客气地嚷道："你这个当母亲的呀，往后有些话，不该当着孩子的面说，最好就别说！免得一个开心，一个会伤心。"

"哎呀，张先生，我告诉你，是这么一回事——"当母亲的很快解释起来，"有一回，门口来了个看面相的男子，见到两个孩子，便指着守坤说，'生有一双招风耳，将来聪明有福气'；又指着守金，啧啧嘴说，'天生一副开花耳，一辈子可能会命穷。'"

"那……后来呢？"先生母亲问道。

"后来，看面相的需要两只鸡蛋，才肯进屋继续看面相。我嫌要价太贵，只愿出一只鸡蛋，可对方不肯。由于价格没谈拢，我就让他有多远走多远。"

"那……后来呢？"阿婆也问了一句。

"后来，老二守坤却记住了他是有福气的招风耳，而老大守金是没福气的开花耳。"

"噢，原来是这么回事！"先生显得恍然大悟。

"可刚才，兄弟俩怎么会揪在一块干架？"先生母亲问道。

"为了能和水灵跪在一块，守坤嚷着要和守金换个位置。守金不依，守坤就不断地撩他，兄弟俩便互相揪起了耳朵。"

听学堂里的张先生这么一解释，三个女人忍不住笑了起来。其中，阿婆的笑虽是浅浅的，却又是阿公死后，她的脸上所难得出现的。

于是，阿婆在那样一个瞬间里，似乎想通了；不是一般的想通，而是真的想通了。先生一开始不就用这样的话来安慰她吗——"人和人相遇，是上天的安排；人和人相识，是命中的缘分。擦肩而过也好，陪同一段也罢，都是冥冥之中注定好的。我们没有未卜先知的能力，算不出最好的相遇应该是在什么时候，最痛的离别又应该会在哪一天发生。总之，不管怎么说，无论是陌路还是并肩，遇见了就是缘，相处过就是分，都值得我们去珍惜。要相信，一切都是最好的安排！"

这么一想，已经想通的阿婆，先是冲着水灵喊道："丫头，不要跪了，起来吧！你死鬼阿爸会永远保佑你的！"

然后冲着互相揪过耳朵的守金和守坤喊道："你们兄弟俩也起来吧！草纸烧了，头也磕了，水灵的爸爸会永远保佑你们的！"

然后又冲着识字先生张镜汝喊道："老弟啊！天大亮了，该忙什么，你就忙什么去。龙江的爸爸照样会永远保佑你的！"

……

那个早晨，罗石匠也慌慌张张地赶到江边，烧了黄草纸，磕了头，然后冲着躺在小棚里的阿公，一把鼻涕一把泪地嚷了这么一句："安息吧！我立马就回去，为你准备一块墓碑。"嚷完，他果真转身离去。

罗石匠前脚刚走，"湖北佬"崔伟也行色匆匆地过来了。他站在小棚旁，冲着坐在葫芦形树墩上的阿婆自告奋勇地表示："我要划船去下江，将这一不幸消息，告诉给仍在八卦洲挣苦钱的龙水与龙和，并将兄弟俩接回来，参加他们父亲的葬礼。"

阿婆听了这话，像是完全变个人似的，从树墩上站了起来，冲着好心的崔伟，将手一挥，语气果断地回答道："湖北兄弟，心意领了，至于划船去下江八卦洲，就无需冒险啦！因为外面在打仗，枪林弹雨没长眼睛。万一出了什么纰漏，我对不起你，也对不起我的两个儿子！"

崔伟觉得说得在理，便不再坚持。

而仍枯坐在树墩上的张镜汝母亲，一时有点不知所措。

——张先生呢？因为要去学堂给孩子们上课，已先走一步；小脚女人要回石磨王给大伙儿做顿早饭，垫垫肚子，也带着守坤离开了江边；守金和水灵一脸茫然地伫立在小棚旁，像是正在给逝者的亲人进行守灵的一对男女。

"其实，我将江边这个小棚子，当作灵棚啦！"阿婆冲着崔伟，忽然间嚷道，然后接着说，"我已替死鬼守了大半夜的灵。"

崔伟一时没有吱声，也不知该如何安慰对方。

而此时的张先生母亲，正端坐在葫芦型树墩上，尽量压低她的嗓门，开始向守金和水灵进行这样的解释："守灵，也叫守夜。古人认为，人老去以后，三天内必定要回家探望。因此，子女必然守候在灵堂内，等他的灵魂归来，直到遗体入棺为止。是不是古人所说的'入土为安'就万事大吉了？也不一定哟！要知道，人老去后，是不甘心离开尘世的，会在七七四十九天的徘徊期里，有的鬼魂因为死得冤枉，凭着怨气想要在凡尘了却心事，甚至报仇雪恨哩！鬼魂在阳间的时候，会围着自己的尸身转悠，白天躲在棺材里，夜晚会跑出来。也有的鬼魂，天性胆小，夜间出来的时候，怕有恶鬼做妖，于是入土之前，细心的亲人就用到了可以镇压邪恶的公鸡。方法很简单：把一只公鸡放在棺材上，鬼就不敢出来了。这就是老一辈所说的'公鸡坐棺'。为什么这么说呢？因为公鸡在人们眼中，是阳气上升的使者，只要它一啼叫，太阳不久就会升起来，也就是阳气上升。上升的阳光能压住阴气，所以，公鸡就是阴气的压治者。"

"师娘哎！"两米之外的阿婆，有气无力地喊了先生母亲一声，并说道，"你还没吃上早饭，别和两个孩子费力去解释。"

对方像是没听见似的，仍在津津有味地说道着："不过可要注意了，这里所说的公鸡，必须是红毛公鸡。谁家有人过世，一般都会弄来一只，放在棺材上，用绳子绑住它的脚，不让它随便乱跑，直到寿材下葬了，才能把它放开。这时候，除了逝者最亲近的亲属，其他人都可以围抢这只公鸡，谁有幸运抢到手，就能带回去杀了吃掉。家中有孩子的，吃了之后会不害怕，也不易被鬼魂接近。当然啰，也有的人家，会把公鸡拿到集市上卖掉，换点油盐酱醋的费用。对于发生这种情况，自然情有可原，只要办丧事的人家不吃这只公鸡就行，让别人去吃。一只红毛公鸡所起的作用，还不止这些哩！比如，过去人家要娶媳妇，如果男人因事缠身，在结婚那天，无法亲自回来拜堂，那么，娘子就得跟一个公鸡来拜堂；而有钱人家，逢到盖房子上大梁的时候，也要买一只公鸡回来，用鸡血洒在屋子角落，还要从屋架上扔过公鸡。之所以这么做，是为了庇护新盖的房子，往后不会被不干净的东西给盯上……"

"师娘哎！"阿婆冲着先生母亲又喊了一声，并且说话的声音不知不觉提高了许多，"说心里话，我也想在这样的时刻，能有许多的好友伴守，有一大堆亲人从四面八方赶赴过来，聚在一块，悼念死者，抒发怀念之情，甚至还想在自家的住宅里，专门设个灵棚或灵堂，为死鬼整整守灵三天三夜。可是，可是……寿衣呢？画像呢？被面呢？花篮或花圈呢？乐队或吹鼓手呢？回礼呢？让死鬼入土为安的棺材呢？能压住邪恶的红毛公鸡呢……所有这些，什么都没有呀！"

"那……你的意思？"

"啊啾——"阿婆正欲答话，却被一轮自遥远的江面冉冉升起的太阳给怔住，并且打了个响亮的喷嚏。这一幕，当水灵出生不久的某一天，她在路上拦住张先生，让他给小宝宝起个好听的名字时曾经出现过；而张先生当时随口说的话，她依然能够清晰地记得："人初生，日初出；上山迟，下山疾。"

"你……感冒啦？"先生母亲关切地问。

"啊啾——"阿婆莫名其妙地又打了个喷嚏，之后竟背出了另外两句："人家见生男女好，不知男女催人老。"

"这话……是谁说的？"

"当然是你家有学问的镜汝亲口告诉我的。"

"噢——"

"所以，我想通啦！"阿婆这话是冲着愣在一旁的"湖北佬"崔伟说的，"就请难兄难弟们帮个忙，尽快将逝者弄到张老洼西边那片坟地给埋掉，死鬼是不会怪罪我的。再说呀，死鬼他父亲一直孤零零地躺在地下，如今有个儿子来陪伴，也算是桩幸运事……"

崔伟听懂意思后，朝我阿婆点点头，便转身离去。

接着，又有个男子埋头匆匆地赶了过来。

此人是谁？

原来是在占水镇经营各类渔网的老董。他有个自诩为"懂扳罾"的小儿子，也在学堂念书，龙江认得，水灵也不陌生。

半年前，阿公开始不分昼夜待在江边扳鱼的那张大罾，正是从老董那儿购来的。

说是购买，其实不太准确，应该说是赊账才对，因为家里一下子凑不足那笔费用。

"现金买卖，概不赊账！"当阿公第一次一瘸一拐地找到老董想进行商量，对方毫不客气地打发他走了。

阿公显然不大甘心，没过几天，当他怀揣家中所有的那点可怜积蓄，又厚着脸皮上门去商量，得到的答复依然如故。

可第三次，当阿公再次上门哀求时，老董居然同意了。为什么呢？因为阿公一把鼻涕一把泪地冲着对方，诉说起自己在下江八卦洲辛辛苦苦挣来的血汗钱被人骗取的遭遇，以及他的腿脚被人打伤，还被一条大户人家的恶狗狠狠咬过，这才变成一个跛子……老董听后，似乎被感动，便答应了通过赊账来购大罾的请求。

于是，阿公冲着老董喊了声"老板"，并郑重地许诺道："秋后，我会把余下的赊账，全部还清，利息照算。"

"我可没向你放什么高利贷，只要本金能收回就行。"

老董的回答，让阿公心满意足，也让他后来扳起大罾来，更是不分昼夜，披星戴月。每当扳到一些鱼儿，他要么从江边回去时，拿到镇上卖掉，要么让阿婆替他去卖。有时，当鱼贩子来到江边，他也会将扳到的鱼儿主动给贩走。等卖鱼的积蓄勉强能够凑成一个整数，阿公便会带着那点钱，及时偿还给老董。

可此刻，秋后还没来到，阿公就一觉睡去了，债主老董也跟着追到了江边。

阿婆的心，一时被揪得紧紧的。

"董老板哎！"阿婆主动迎上前去，恭恭敬敬地喊了对方一声，然后拖着哭腔的语调嚷道，"人死债不烂！"

老董像是没听见似的，弯下腰身，朝躺在小棚里的阿公瞅了又瞅，似乎不相信扳大罾的人就这么死了。

"父债子还！"阿婆一边陪着不是，一边解释道，"死鬼的两个儿子，又去下江八卦洲挣苦钱了；一旦回来，两人挣到的钱，会及时送到府上。"

老董这时开口说话了，只听他说："我不是赶来催债的。"

他顿了顿，接着说："得知他一觉睡去了，我特意赶来看上一眼。"

最后，他又说："至于父债子还，秋后算账，那就算了。我想说的是，人死债清。为什么？因为……他是个好人！"

说完，老董朝小棚里的死者作了个揖，便转身离去……

太阳升到一竹竿高的时候，来江边的人渐渐多了起来——

去朴席苇报丧的兴宁和龙江已经回来，跟着一同过来的是龙江的舅舅，也就是阿婆的一个亲弟弟——他是作为娘舅的代表，前来和死者告别的；他的老母亲，多么也想赶过来，最后看一眼她的女婿，无奈昨天跌了一跤，躺在床上动弹不得。

拔腿而去的崔伟，这时也回到了江边。

与崔伟一同来到江边的，是个赶毛驴的男子。此人的腰身显得过分弯曲，右边的肩膀上，还长个急鼓鼓的肉包。

——哦，此人原来姓冯，许多人都叫他冯包。

"你这是？"阿婆指着停靠在小棚边的驴拉平板车（平板车上，有一块不宽的长方形门板；门板上面，还有一张崭新的芦席。这两样东西，是崔伟和冯包合伙买来的），不禁惊讶地问道。

"特意赶过来，是为了拉我的老哥上山！"冯包不假思索地回答。

"难道……你就不嫌晦气？"

"呔！他是好人，让我也能沾点福气。"

听冯包这么一说，阿婆长长地舒了口气。

"你怎么指挥，我俩就怎么执行！"崔伟在旁边插了一句。

于是接下来，阿婆重新坐到树墩上，指挥起来。

"死鬼哎——"她冲着躺在小棚里的阿公喊了一声，然后说，"躺够了吗？该从小棚里出来了，待会儿就送你上坟山。"

阿婆话音刚落，崔伟和冯包便猫着腰身，一前一后钻进了小棚。

"龙水与龙和都到了成家年龄，可至今一个都没成婚，难道你就忍心先走一步？"这是阿婆自言自语的絮叨声。

钻进小棚里两个男子，一时无话可说，显然在等候下一轮的指令。

"既然你忍心先走一步，我只好让你入土为安。起身吧！"

勾着腰身站在小棚里的崔伟和冯包，听到指令后，很快将逝者缓缓地抬了起来。

"兴宁，你也帮个忙。"

帮个什么忙呢？兴宁一时没能反应过来，只得眼睁睁地望着发号施令的阿婆。

"你快进棚里，用手按住盖在逝者脸上的那几张黄草纸，免得死鬼再见到阳光。"

兴宁领悟后，很快照办了。

此时，从朴席苇赶过来的龙江和水灵的舅舅，站在小棚外的毛驴旁，稳稳地按着它，生怕毛驴会随便乱跑。

"芦席！芦席！"阿婆的发号施令，忽然被同样坐在树墩上的张镜汝母亲所取代，她有点急呼呼地嚷道，"先把平板车上的那张芦席给取下。"

"守金哎！"阿婆随之冲着未来的女婿喊了一声，并说道，"你快去棚里，负责按住那几张黄草纸，让你小叔兴宁出来拿芦席。"

守金闻言，一头钻进拥挤不堪的小棚，让兴宁从里面退了出来。

接下来，冯包和崔伟一前一后抬着逝者出了小棚。

寸步不离的守金，一脸严肃地在履行着自己的职责，生怕稍有闪失，代表阴阳两隔的那几张黄草纸，会从死者脸上滑落，或半遮半掩，或偶遇一阵江风的吹拂不翼而飞。那样的话，不光是对逝者不敬，也会在人们心头，罩上一丝阴影。

好在抬出小棚的尸体，正朝平板车上缓缓移动着，直至小心翼翼地被摆放在车上那块长方形门板上。

已做好准备的兴宁，将那张新崭崭的芦席及时覆盖上去，动作显得小心谨慎又干净利索。

守金同样配合默契：就在他小叔兴宁将芦席快要盖住逝者脸部的那一刻，他将自己的右手，从按住的草纸上轻轻收了回来。

一切准备就绪，只等坐在葫芦形树墩上的阿婆继续发号施令。

没想到就在此时，温驯乖巧的毛驴，忽然会发出一阵绵长而古怪的叫声。

"咦？"

"怎么啦？"

"毛驴也会叫魂吗？"

"湖北佬"崔伟瞅了正在吼叫的毛驴一眼，又望了冯包一眼，用带有几分神秘的语气问了起来。

冯包先是"嗯"了一声，随即欲言又止地说："它是在……表示哀悼。"

"毛驴也会哀悼？"崔伟继续问道。

"怎么不会？"

"你怎么知道的？"

"当然是老哥生前告诉我的。"

"莫非在吹牛吧？"

"要是不信，我就说给你听。"

"你说，你说呀！"

在崔伟的催促下，赶毛驴的冯包果真说了起来："古时候，有个名叫王粲的人，在跟随魏王曹操征伐东吴的途中死了。魏王的儿子曹丕亲临葬礼致悼，为了表达对死者的怀念，便按照当时的文士习俗，及死者生前喜作驴鸣的嗜好，让吊丧的人都学一声驴叫。吊客于是从命，各人都作了一回驴鸣。到了西晋，一位名叫孙楚的名士，面对墓穴凭吊王济的丧事，也学了一回驴叫，以表示对亡灵的哀悼。"

"那你……也能学一回驴叫？"

面对"湖北佬"的提议，冯包当即回应道："行！"

"你叫过之后，我也会跟着叫的。"

"就当是我俩的一种哀悼。"

"一言为定!"

于是,冯包率先学起了驴叫:"啊儿——嗯!啊儿——嗯!啊儿——嗯!"叫得是那般有模有样。

可轮到崔伟时,他的语调歪七走八,不伦不类。

"是这样的——"冯包凑近崔伟调教起来,"前面的'啊',要吐气,后面的'嗯',要吸气。你再试试!"

崔伟虽老老实实地又学了几声驴叫,可仍没达到冯包提出的要求。于是,他有点不大耐烦了,索性"嗯昂嗯昂"地乱吼起来。

"咦,这是毛驴的另一种叫法,你刚才叫得倒挺像。"

受到冯包的意外表扬,崔伟禁不住"嗯昂嗯昂"地又叫了好几回。

已停止哀鸣的毛驴,不觉竖起耳朵,侧过脑袋,朝学它吼叫的两个男子分别瞅了瞅,目光中充满奇特的温柔,甚至它的眼眶里,还蓄着一汪泪水。

可经过刚才的一番"学驴哀鸣",现场的气氛不觉变得轻松起来。

见阿婆一时还没有发号施令,冯包与崔伟便待在一旁,进行另一种交流。

"噢,难怪!"冯包说,"就在前天夜里,我睡觉时,总觉得身体负担加重,甚至连呼吸也有些费劲——原来是老哥在提醒我,他要走啦!"

"是呀,我也有这种感觉哩!"崔伟接话道。

"要知道,这是即将离世的人,给亲朋好友带来的一种压抑感。"

"其实，一个人阳寿已尽，会有不少征兆。"崔伟接着说，"比如，呵气呵到手掌心，感到吐出来的气都是凉的，而一般人呵出来的气，都是热的。"

"嗯，还有——在别人眼球中，会看不到自己的影子，而正常的人都能看到。"

交流到这儿，两个男子忽然变得有点争先恐后起来，只听一个说："中午的时候，一般人看太阳很刺眼，不敢去看；而临终的人，却能静静地观太阳，不觉得刺眼。"

另一个说："阳寿已尽的人，大白天还能看到星星。"

一个说："临终的人，指甲和牙齿都会变黑。"

另一个说："阳寿已尽的人，大便会变成白色。"

一个说："临终的人，四肢会剧烈疼痛。"

另一个说："阳寿已尽的人，脚心会疼得像针刺。"

……

两个男子的交流声，显然被阿婆一一听到，但她没有吱声，也没有继续发号施令，因为她在等候早饭的到来。

好在负责送早饭的小脚女人，正在堤埂上朝这边匆匆赶来——只见她肩上挑个扁担，扁担的一头挂个罐子，另一头挂只篮子——远远看去，模样显得有几分滑稽，又有几分可爱。

陪同小脚女人一道往这边赶来的，是她的小儿子守坤。他的模样同样显得可爱又滑稽，不信你瞧：他的双手，始终恭恭敬敬地捧着一个形状有点特别的东西。说它是篮子，有点像，但不是；说它是筐子，有点像，可仍然不是。因为那件东西，除上面的边框不封口外，还有个不规则凸起的底部。有人很快看出来了，那是用竹条编制成的筲箕。平时，它主要是用来淘米或清洗食物的；当然，也会用来短时间盛放食物。因为它不怕沾水，不怕日晒，又特别透气，即使再穷困的门户，一般也会备有一只筲箕。那么，此刻被守坤小心谨慎地捧在双手中的筲箕，里面放的是什么呢？守金想率先看个究竟，便很快迎了过去。水灵见状，也跟在守金后面，朝前跑去，谁知在跑动过程中，一不小心跌了个跟头。她还没来得及从地上爬起，便感到身后有一双大手将她轻轻扶起，耳边同时还传来这么一句："水灵啊，你慢点！"说完，对方便大步朝前跑去。

哦，刚才从地上扶起水灵的原来是兴宁，他要去迎接他的二嫂——小脚女人。

此刻，守金已提前一步，跑到守坤面前。见守坤双手捧着的筲箕里，居然放有许多平时想吃却难得吃到的好东西，他的脸上，不禁现出一阵惊喜。

那些好吃的东西是什么呢？当然是烧饼与油条。

"来，让我俩一人拎它一边。"守金冲着守坤说道。

守坤听后，愉快地点了点头。

"这么精贵的早点，你俩可要小心点哟！千万别将筲箕给弄翻。"身后的小脚女人，冲着脚步越走越快的两个儿子，不禁大声嚷道。

"不会的，不会的！"这是守坤的应答声。

"从筲箕里掉在地上的烧饼、油条，我保证会一一吃进肚里！"这是守金的声音。

"你倒想得美！"赶过来的兴宁，顺手轻轻拍了拍他侄儿守金的后脑勺，然后同样叮嘱道，"慢点哟！别把筲箕给弄翻。"

听兴宁这么一说，守金和守坤果然放慢了脚步。

赶上来的水灵，紧跟在两位兄弟的后面。笸箕里散发出的阵阵香味，不时会钻进她的鼻孔，让她眼馋之余，更让她寸步不离。

"张老师准许我今天上午不用去学堂念书，要参加葬礼。这些烧饼，是他从街上买的，让我带过来供大伙儿当早点。"守坤迫不及待地冲着守金和水灵说。

"还有，中午的时候，张老师会请大伙儿在镇上饭店吃饭的。"守坤神气活现地补充道。

那时，已迎接上去，从小脚女人肩上接过扁担，刚移到自己肩上的兴宁，又会怎样呢？——他本打算也用扁担，一头挑着罐子，一头挑着竹篮（罐子里装的是玉米糊糊，篮子里装的是勺子和吃早饭用的碗筷），可刚挑上肩膀，便觉得十分难看。于是，他不用挑了，而是改为一手拎着罐子，一手拎着篮子，轻轻松松地往前跑去。那条多余的扁担，被守金和守坤的母亲时而扛在肩上，时而握在手中，时而又夹在胳膊底下，好在小棚已近在眼前。

接下来，人们津津有味地吃着烧饼，咬着油条，又"呼啦呼啦"地喝着玉米糊糊，开始了难得一遇的丰盛早餐。

"可是，'饿鬼'是不作兴'上路'的。"

"是啊是啊！"

"逝者为大！"

……

聚拢在一起的三个小脚女人，不觉又坐回到葫芦形树墩上谈论起来，并一致认为：决不能让死者成为"饿鬼"。

好在筲箕里的烧饼、油条还没被吃完，罐子里的玉米糊糊，也能勉强地搜集大半碗。于是，三个小脚女人当即行动起来：阿婆端着大半碗玉米糊糊，轻手轻脚地放在平板车旁边的地面上；张先生母亲双手捧着一块烧饼，恭恭敬敬地搁在碗口上；守金和守坤的母亲，手拿筲箕里所剩的最后一根油条，有点恋恋不舍地搭在碗口的烧饼旁。

简短的祭奠仪式结束后，阿婆终于又发号施令了："该上路啦！"

毛驴像是也能听懂似的，不用冯包打什么招呼，便拉着裹有芦席、躺在平板车上的尸体，朝坟地方向缓缓而去。

一帮参加送葬的人，默默无声地跟随其后。

这时，水灵"哇哇"哭了起来，哭得十分伤心——因为她牵着龙江的那只小手，忽然被阿婆果断地扯开了。

"你……不要去！"阿婆冲着她，一脸严肃地告诫道。

"为什么呀？"水灵一边哭，一边嚷道。

"反正你……不能去。"

"小哥龙江去了，守金和守坤也去了，我怎么就不能去？！"

"你和他们不一样。"

"什么不一样？"

"你是女的，他们是男的。"

"放开我，我要去！"

"女人是不作兴送葬的！你和我们一样，都不能去！"

听阿婆这么一说，水灵显然更加着急，之后一屁股坐在地上，眼睁睁地看着送葬人的离去……

在下江，

感受八卦洲之美

　　大自然总是充满着神奇魔力，时常会创造一些令人咋舌、惊叹不已的奇迹，然后传之于世，让一代又一代的人们去揣摩考证、引发深思。有谁能够料到，北美大陆上的一场飓风，最初仅仅缘于亚马逊雨林一只蝴蝶翅膀的轻轻扇动？又有谁不惊叹，作为"地球之巅"的珠穆朗玛峰，在几千万年前，居然是一片海洋？或许是难以置信的缘故，这个世界便诞生了各种各样的神话与传说，以开启后人心智，丰富人们的想象。

　　此刻，当我来到地处江心、面积有56平方千米（相当于南京古城一般大）、人口在3万以上的"万里长江第三大洲"——八卦洲，内心深处，除惊叹之外，又平添几分亲切。因为我知道，生活在这片江中丽洲上的洲民们，祖上大多数来自上江——安徽无为；而我的先辈，当年也是从安徽无为出发，肩负"逃荒"与"淘金"的双重使命，在距离八卦洲不远的另一片江滩上，垦荒种地、最终落户。同为下江人，他们所经受的挫折与磨难，一定和八卦洲的先民一样，令人唏嘘不已、感慨万千。如果我有雅兴走进洲上任何一户农家，随意找一位年纪稍长的洲民畅聊一番，那么，我相信，自己说不定会像当年写出"莫笑农家腊酒浑，丰年留客足鸡豚"诗句的陆游一样，受到主人的一番盛情款待。可此刻，我不愿惊动任何人，只想独自在这片江洲上，漫无目的地四处走走或停停。

这是夏日的一个傍晚，一轮磨盘大的落日正在缓缓地潜入水中，呈现出"半江瑟瑟半江红"的美好景致，晚霞将它的最后一抹余晖，毫不吝啬地洒向四周，点缀着洲上的万物。抬头仰望，可见穿洲而过的长江二桥，如长龙卧波，悬浮在半空，好似一幅硕大无比的神奇画面。桥面上，虽有隐隐车流声不断传来，却不显得多么刺耳，似乎所有来自外界的嘈杂声，都被洲上层层绿意和格外清新的空气彻底过滤了一番。随着暮色的渐渐降临，八卦洲显得格外恬静。一条傍河的林间小路，笔直地伸向远方。小河不宽，却清澈见底，如明镜一般，清晰地倒映着两岸的树影与农舍，恰似一幅浑然天成的水墨画。不远处，偶有阵阵狗吠声传来，间或还有大人呼唤在附近贪玩的孩子们回家的声音，而碧空如洗的苍穹之上，一弯月牙已过早悬挂在树梢之上。目睹此景，人们的脑海里，不由得会产生"月上柳梢头，人约黄昏后"的美好想象。对于置身热闹繁华的都市人来说，月亮似乎显得有点多余，可对八卦洲这座与南京仅一水之隔、近在咫尺的江中绿洲而言，月亮的出现，又该是件多么美妙的事啊！不妨试想一下：在这样一个月色融融的晚上，你从城市的喧嚣中走出，来到这方美地，自由呼吸洲上清新无比的空气，感受几乎无处不在的江风；或信步走上大堤，聆听江水与沙滩的窃窃私语（间或还能亲眼看见一艘大轮与洲岛擦肩而过）……所有这一切，怎能不令人浮躁的心灵，缓缓趋于平静？又怎能不撩起人们对八卦洲的前世、今生以及未来的无限遐想？！

一

关于八卦洲的形成，我在一篇考证文章中找到了一些佐证，它已有400年的历史。在此之前，这一带水天相接、烟波浩渺，似乎没有形成洲岛的任何迹象。然而，从准确的地理学名称上来分类，八卦洲最初应称为"心滩"。所谓"心滩"，按照《辞海》上的释义，应为河床水下的浅滩，枯水期会露出水面。此类地形，多发育在河床展宽处，向上游段常受水流冲刷，向下游端则逐渐增长，缓慢移动，不断扩大，以至最终有可能形成一座沙岛。这样的概率究竟有多大？我不得而知，或许，只有无语东逝的江水，才能给出一个准确答案。然而，我想猜测的是，在某年某月某日某个时辰的枯水期，一批来自江底的沙石，被浪花带上浅滩，从而引来又一批沙石的汇聚。它们牢牢抱成一团，想在这处江心地带安家落户、创造奇迹，直至形成一个沙岛。谁知这一想法刚刚冒出，就被湍急的江水无情击碎、化为泡影。——因为处于风口浪尖上的这些沙石，很快被奔涌的江水毫不留情地冲向一边。从表面上看，在江水的淫威下，它们似乎被击败了，可事实上，它们是在以退为守，把战线拉得很长，并借助江水的作用，默默夯实着基础，以期有朝一日，能够露出真容、惊艳现身。或许上苍被它们的不懈努力所感化，抑或是造化本身格外垂青这片水域，总之，八卦洲在漫长的岁月长河中，由于江水冲击和泥沙的不断沉淀，终于现其雏形。其形成之初，方圆仅七里，故名"七里洲"。后逐渐扩大，形若草鞋，又名"草鞋洲"。至清代，由于洲地不断南塌北淤，状若八卦，遂被命名为"八卦洲"。

这个有点奇怪的洲名，曾衍生许多神奇的故事与动人的传说。其中，最为流行的一说，与明朝开国皇帝朱元璋的娘子马氏有关。传说有一天，马娘娘为了祈盼明朝江山的永固，专程从幕府山的三台洞附近，乘船前往位于江北的一座寺庙敬香，孰料船至江心，忽遇狂风骇浪。马氏惊吓之余，不慎将手腕上的一块八卦玉掉入江中。待敬香回来，风平浪静的江中，竟生出一块洲地，这便是"八卦洲"。如果说，这个流传已久的故事，未免过于虚幻，那么，时至今日，洲上仍有兑南、巽离、乾坤等与八卦有关的村落，又会将人们从虚幻带进现实。这些与《易经》有着千丝万缕联系的名称，使八卦洲的前世笼罩上一层神秘莫测的色彩。然而，世间许多富有传奇色彩的事物，大抵都是如此，人们虽在不断探究，往往又难以弄清它的真相。对八卦洲而言，经过岁月多年的磨难，它已实实在在地幸存下来，并傲然屹立在江中，这才是最为重要的事实。

二

在历史文献记载中，最早与八卦洲相关的地名，应该叫"青沙"，可能在当时，八卦洲只是江中隆起的一片不大的沙丘。南宋初年，朝廷在长江建康（南京）段设有6个渡口，仅栖霞区境内，就有燕子矶、青沙、石埠桥、三江口、外沙等5处（如今的八卦洲正是其中之一）。其作用，主要用于商业运输和军事演习。

八卦洲正式有人居住的记载，最早可追溯至清代。清康熙二十三年（公元1684年），洲西南角（时称七里洲）开始有零星移民居住，隶属当时的上元县。在八卦洲街道，有一件珍贵的历史文物——乡民反霸碑。这块残缺不全的青石碑，详细记载了康熙五十七年（公元1718年），七里洲佃农徐荣嵩等16人，联名向江宁府和上元县控告清朝旗兵离职武官朱汉及其奴仆吴二，仗势欺压乡民，敲诈勒索银两的罪行，以及获得不准再来此地牧马的胜诉过程。不仅如此，此碑还证实了清朝康熙皇帝所施行"重农爱民、盛世滋丁、永不加赋"的"摊丁入亩"政策是深入人心的。

八卦洲街道还曾搜集到另一块清兵屯田碑。此碑系清乾隆三十六年，由江宁府派往驻八旗兵佐领和办理洲务的骁骑校联名所立的。此块石碑，不仅详细记述了清兵屯田的事项，而且还记载了大清乾隆时期八卦洲的地理状况。那时的八卦洲，南面为夹江，主航道在八卦洲背面，分为大八卦洲和小八卦洲两段："大八卦洲，南至夹江，北至大江，东至大江，西至大江——计芦地四千零五十二亩，草滩泥滩八千六百一十三亩九分一厘。小八卦洲，南至夹江，北至大江，东至夹江，西至大江——计芦地一千一百一十亩，草滩泥滩一千四百五十四亩九分二厘"。这块石碑同时还表明，清朝八旗兵未进该洲屯田之前，此地就有乡民零星居住，并开垦生产。然而，真正以政府名义，最初较有规模地对该洲进行开发，应该是从旗人来到后的围堰造田。据《同治上江两县志》记载："同治十三年，新调荆州驻防五百户，公捐人二两，以助培洲本，又岁以洲息银六百两助八旗昭忠祠祭费，斯见邠岐故家遗俗之忠厚矣。"

1927年，随着国民革命军北伐取得胜利，国民政府定都南京，并设置南京特别市政府。当时，南京旗民的规模已达3000余人，政府为此专门设置旗民生计处，用来负责旗民的日常事务，八卦洲划归该处管辖，洲产芦苇收入用于补贴旗民生计。于是，每逢冬季，当芦苇枯黄、芦絮飘散的时节，便有数千人手持镰刀，登临洲地，开始不分昼夜地收割芦苇，然后用木船将一捆捆凝结他们心血与汗水的芦柴，运往城里出售。那是怎样一种人头攒动、热闹非凡的劳动场景？其间又会演绎出怎样悲喜交集的故事？对此，我时常会陷入冥想，却苦于找不出明确答案。据史料记载，1928年，八卦洲的芦苇产量已达15万担，每担售价大洋七角，由旗民生计处统一定价。因此，我们可以判断，冬季收割洲上的芦苇，显然是当时政府的统一部署，不仅声势浩大，而且井然有序。为了确保这项工作能顺利进行，不仅洲上专门建有瞭望台，配有望远镜，而且收割期间，稽查、巡丁还会不分昼夜地轮流守望，以防万一发生火灾时，能够及时指挥灌救。

历史的发展，在某个特定时期显得尤为关键，它往往是在足智多谋、充满远见的智者引领下，才得以朝着正确的轨道突飞猛进。八卦洲的开垦历史，又何尝不是如此？

早在1928年，有位名叫刘常远的江淮公司经理，针对洲上当时仅有芦、鱼两项单调收入的现状，遂大胆向政府提请开垦洲地，并表示，由江淮公司来负责招股开垦。谁知这一提议，很快遭到时任市长何民魂的驳回。次年，当刘纪文重新出任南京市市长（刘纪文为首任市长）后，八卦洲的开垦历史，终于揭开了崭新的一页。当时，计划在洲上放垦3万亩，由旗民生计处具体负责此项工作。八卦洲地域辽阔，究竟放垦哪块洲地急需定案，市政府为此专门召开会议，明确放垦地点以"地高柴稀"为原则。经过反复测量，最终将当时的江字号上下段、大沙滩上三百丈、驼路、新溜、青龙头、团洲、鸭子路等处定为放垦地。随后，《中央日报》专门通告了八卦洲的放垦事宜，并向南京及外省招佃、垦地。此消息一经传出，首先受到安徽无为农民的积极响应，他们应者如云，共认领土地两万二千亩。经过这批农民的辛勤劳作，原先的芦苇滩被开垦成一亩亩良田，并种上小麦、油菜。随后，旗民生计处在驼路（今新闸村）划出30亩土地，供城里的许多商贩来洲上领地开店，搞活经营，同时还建立了实验畜牧场，从事农副业生产。昔日冷落萧条的八卦洲，这才真正充满了人间的烟火。

　　1930年，南京市政府决定在八卦洲建设一个模范新村，新村地点设在驼路，占地面积达4000亩。该新村分田地和庄园两大块，前者为农艺生产部分，后者除住宅建筑外，还有牲畜饲养场，其构想，有点类似于如今的新农村建设。这一了不起的发展蓝图，仅用半年时间就变成现实。据史料记载，模范新村当时共有120户农民，不仅小学、民众夜校、保卫组织、生产消费合作社及贷款所等社会设施一应俱全，而且还配备一艘小汽船，往来于下关、驼路之间。更为可喜的是，洲民们当时就已具备了绿化意识，他们纷纷广植树木，点缀村景，美化洲地。正因为如此，这个新村很快被南京政府列为全市乡村建设的楷模，成为名副其实的"模范新村"。然而，令人扼腕叹息的是，随着1931年夏天长江洪水的无情泛滥，八卦洲变成一片汪洋，先民们所付出的心血，也随洪水一道付诸东流。脸上汗渍未干的洲民们，望着好不容易被开垦出来且初具规模的美好家园悄然没入水中，老泪纵横之余，只得扶老携幼，噙着泪水离开洲上，逃往四方。他们之中，年轻力壮者，尚能靠做佣工为生，而老弱病残者，只能过着沿途乞讨的凄惨生活。

或许穷家难舍、故土难离，抑或是对于这片多灾多难的洲地情有独钟，总之，当洪水退却后，这些洲民们，如同候鸟一般，不约而同地从四面八方再次回到洲上，开始了新一轮的劳作。他们自发组织起来，于1932年底，修筑成一道长达43里长的洲埂。由于那场洪水的侵害，致使八卦洲三年不能耕种，颗粒无收的佃农们，不仅无法缴租，而且连肚皮都难以填饱，人人变得面黄肌瘦，个个饿得皮包骨头。他们心存的唯一希望，就是依靠继续开垦荒地来维持生计。于是，从1929年至1937年间，八卦洲先后有过四次放垦历史。期间，洲地始终为政府公用，划给佃农开垦，并且为佃农们发放执照，无地者不得在洲上居住。后来，随着政策的进一步放宽，承租人也可将土地转与他人耕种。此举致使一些政府公务人员很快也成为领垦者。但这些公务人员领地后，并非自家耕种，而是雇工代耕，人称"宦亩"。由于他们不负筑埂垦荒之义务，且坐享农民代为开垦之成果，遂纠纷不断，矛盾迭起。虽然如此，至1948年，全洲已开发土地49680多亩，其中，道路、江堤占520多亩。农户土地以30—50亩为多，少数在百亩以上。七里洲有个名叫萧月波的恶霸地主，占田近千亩，由于罪大恶极，新中国成立后，被人民政府就地正法了。

由此我们不难看出，八卦洲既是大自然的造化，更是一代又一代的先民筚路蓝缕、披星戴月、惨淡经营、不断开垦的产物。

如今，洲上少数依然健在的老辈们，对当年的"头步垦""二步垦"总是念念不忘，并且记忆犹新。这说明，老辈们当初对八卦洲实施开发，是有步骤、有规划的，只是由于时局的动荡和自然灾害的不断纷扰，才使得他们心怀梦想却壮志难酬。

三

水，是生命之源，也是地处江心的八卦洲最具魅力的神韵之所在。

在八卦洲，只要你稍稍留意，便不难发现近乎无处不在的水域。那些分布不同、大小有别的水域，给人带来的体会与感悟又是多方位的，甚至不知不觉中，总会有一首首诗行，悄然流入你的心田。当袅袅炊烟开始装扮"小桥流水人家"的那一刻，你的心头除惊喜之外，会不会掠过一丝对农耕文明的最初向往？当伫立洲头，久久凝视"唯有长江水，无语东流"的画面，你的内心，会不会升起物是人非、世事无常的感慨？如果这样的基调，多少有点灰暗的话，那么，某年某月的某个清晨，当你在八卦洲的某个水边，亲眼看到"日出江花红似火，春来江水绿如蓝"的壮美景观，能不能为你日渐疲倦的身心注入一种全新的活力？如果真的如此，那么，"星垂平野阔，月涌大江流"的雄浑意境，又该激起你怎样的人生豪情？——是的，八卦洲的神奇与魅力正表现于此，当你身临其境，并开始与它真正融为一体，往往在记忆深处，会恍然产生一种幻觉，仿佛古人留下的许多传世诗篇正是为它而作，仿佛李白、杜甫、白居易之辈都曾来过洲上小住，甚至还会隐隐感觉到，张若虚的那首《春江花月夜》，正是他在某个月明星稀的夜晚，亲临或是梦游到了八卦洲的那片滩涂湿地，时而近观"江流宛转绕芳甸，月照花林皆似霰"的自然美景，时而又远眺"江天一色无纤尘，皎皎空中孤月轮"的凄美画面，最后终于发出"江畔何年初见月，江月何年初照人？"的旷世奇问。须知，这种主观臆想与时空意义上的错乱，其实与美学鉴赏的标准并不相悖，因为它是审美客体的一种主观体现。

然而，养育过无数生灵的江水，留给后人的并不都是美妙的诗行。须知，它可润泽一方，也可毁灭一方。对此，四面环水的八卦洲，记忆尤为刻骨，教训更是深刻。因为长期以来，这片特殊洲地所面临的最大威胁，正是水患。

因此，从某种意义上来看，八卦洲的发展史，正是一部与水患不懈抗争的历史。

我曾在《栖霞志》里，看到一幅令人揪心的、洪水淹没整个洲地的黑白照片。那正是民国二十年（公元1931年）所发生的一次特大洪水：八卦洲变得白浪滔滔、一片汪洋，只见许多屋顶在江面上，只露出一个个小小的尖角；还有洲民划着小船，满脸忧伤地在打捞已被淹死的牲畜……昔日美好的家园，顷刻之间荡然无存，取代的是居无定所、颠沛流离的逃难生活。正是这次洪水，使得后来有南京"粮仓"美誉的八卦洲，在长达三年时间里，无法耕种，也不能耕种。

1954年，长江再次发生特大洪水，八卦洲又一次受到毁灭性的打击。

在遭遇一次又一次的自然灾害后，八卦洲人民积极行动起来，与洪水进行着不懈的抗争。自20世纪50年代起，他们大兴水利，共挖土石1200万方，疏浚河道300多条次，修筑、加固护洲圩堤54.4千米。其中，外圩江堤27.9千米，主江堤26.5千米，成功抗御近10次特大江水的侵袭。

然而，洪水的隐患依然存在，谁也无法断言，长江此后能与这片洲地和平相处、握手言欢。只有从根本上解决问题，才能使下一次洪水再度逼近八卦洲时，能够望洲兴叹、绕洲而行。

历史，将会记住这样的一幕：1995年，又逢长江高汛，八卦洲人民奋力迎战江洪，其险情常系千钧一发。为根除八卦洲洪水隐患，省市区三级政府决定建设高标准环洲大堤。此工程于当年冬季正式开工，省市区乡四级政府及全乡人民，共投资金2829万元。经过艰苦奋战，于1997年5月提前竣工。全线合龙26.5千米的标准江堤，如铜墙铁壁，又如蛟龙盘踞，傲然面对江水。八卦洲的水患，自此得以根治。这一堪称伟大壮举的民心工程，在一方《众志成城》的石碑上做了详细记载，如今，那方碑铭就存放在八卦洲街道里。它标志着八卦洲水患时代的终结，同时也预示着，八卦洲开始步入可持续发展的崭新轨道。

绵延26.5千米长的环洲大堤，该是怎样的一副尊容？我曾不止一次想象过它的模样，甚至有过专门抽出一整天时间，亲自前往用脚步丈量它一回的念头，然后再写篇文章。只是这一心愿，由于杂事缠身、惰性使然，始终未能兑现。2006年初夏的一天，我随省市一批作家前往栖霞进行采风，其中有一站，是参观八卦洲洲头沙滩和附近的柳林。当汽车缓缓驶上环洲大堤时，我隔着车窗朝它目不转睛地注视着。——这儿一切的一切，和我老家的江边是多么的相似！于是，采风活动结束后，我饱含深情地写了一篇名叫《车过柳林》的散文，刊发在当年7月15日的《新华日报》"新潮"副刊上，而原先想写环洲大堤的文字却迟迟未能动笔。时间一长，它似乎成了一个心结。后来，虽有机会再次来到洲上，可沿环洲大堤走一遭的心愿迟迟未能如愿。

2013年9月25日，我再次驱车前往八卦洲深入生活，收集素材。事后，原本匆匆地赶回市区，可车子竟不由自主地朝二桥的相反方向驶去。这回，我禁不住会心地笑了笑，为一个久违的心愿即将得以实现，虽然这一次是以车代步。

小车沿着一条平坦整洁的林荫大道，朝前徐徐行驶，道路两侧，是大片农田和排列整饬的农家小洋楼，间或还有一些大小不等的清澈河塘点缀其间。有农人手执渔竿，在塘边悠然垂钓；也有农人在田间大棚旁缓缓走动，且不时会俯下身来，朝大棚里察看一番……不一会儿，在小路的尽头，我终于拐上了环洲大堤。

这道绵延50多里长的大堤刚建成时，路面是用石子铺成，如今已改成了柏油大道，可供两辆小车同时行进，与城市所见的景观大道几乎难以区别。所不同的是，此地空气清新，环境幽静，绿色植被甚多，草木、芦苇、树林、河荡，在大堤向江边延伸的滩涂地带随处可见，而洲内呈现的是水系纵横、田野阡陌、鸡犬相闻的田园风光。这样一方美地，不仅令人神往，而且还是一些动物栖息的家园。因为我有幸亲眼看到，一只野兔蹲伏草丛正竖耳凝听，想必是在打探我这位不速之客的来意；还有一只野鸡，起先是在前方不远处的路面上悠闲漫步，当发现小车越驶越近，这才很不情愿地钻入路边丰盛的草丛内；而前方有只同样在柏油路上做散步状的灰喜鹊，也振翅栖歇在附近柳树的枝头上，开始荡起了秋千。那一刻，我想立即调转车头，不愿打扰这些生灵的自由，可大堤一侧，高高竖起的一张张招牌，再次吸引着我的视线。只见那些招牌上，醒目地写着诸如"江枫渔火""渔歌唱晚""农家美味"之类的字样，仿佛是在告诉南来北往的行人，若想品尝洲上的"农家乐"，只要走进一户农家，就能尽情地品尝一番……

环洲大堤伴随着我的思绪，朝前不断延伸。不知不觉中，这道大堤在我的脑海里，不禁幻化成另一条大道，一条八卦洲人民通往美好未来的幸福大道。

四

八卦洲的历史，不啻一部与水患相抗争的历史，更是一部上下求索、奋发图强、励精图治的艰辛创业史。

早在新中国成立不久，勤劳勇敢的八卦洲人民，为了改变贫困落后面貌，就在这片生生不息的土地上披荆斩棘、一路前行，洒下过无数的心血与汗水。当改革开放的春风吹拂到这片洲地，民风淳朴的八卦洲儿女，内心深处所蕴藏的那种"敢为人先"的闯劲骤然间得以迸发。他们勇敢地站在农村改革前沿，率先在栖霞境内推行联产承包责任制，从而成为全区"第一个敢吃螃蟹"的人。随后，洲上富余的劳动力怀揣各自梦想，开始大量涌向市场，走向更加广阔的天地。在此情形下，八卦洲的劳务市场应运而生。新闸村曾率先成立了南京市第一家"村级"劳动服务公司，积极动员并组织富余劳力，"走出家门、跨进厂门、打开致富门"。当年，燕子矶码头的热闹场面，与十分冷清的往年相比，简直有天壤之别。它每天往返载客一万多人次，大多是早出晚归的八卦洲农民，以致创造"一个不起眼的小码头，竟养活南京一家大轮渡公司"的神话。八卦洲的劳务市场由此声名远扬，并成为一个品牌。劳务市场从南京本地区，扩展到深圳、广州、上海等地，不仅当地农民加入其中，更有大量外地人员通过八卦洲劳务公司，找到各自满意的工作。

除此之外，八卦洲还向外界展示另一张全新的名片——芦蒿。

20世纪90年代，八卦洲通过对农业产业结构进行大规模调整，摆脱过去单一粮食生产"旱改水、水改旱"调整的怪圈，最终选择市民爱吃的野菜芦蒿。农业结构的调整，真切地给当时的农民带来诸多实实在在的好处。十多年来，八卦洲的芦蒿种植面积，从最初的几百亩、上千亩，发展到几万亩，八卦洲因此被誉为"中国芦蒿第一乡"，并成为南京市单一蔬菜品种最大的规模生产基地，也成为唯一的单一品种产值过亿元的蔬菜产业，其"八卦洲"牌芦蒿，远销上海、北京、武汉、南昌等全国60多个大中城市。于是，"芦蒿"这张全新而又亮丽的名片，带着八卦洲儿女的殷切期盼与致富梦想，不仅被越来越多的城市所接受，而且赢得越来越多市民的厚爱。这是南京栖霞区在农业结构调整中走出的特色之路，也是八卦洲人民引以为荣的自豪！

2002年11月，伴随着"首届中国南京八卦洲芦蒿节"的隆重举办，一个全新的节日载进八卦洲的历史。过去人们在电视里才能目睹尊容的大腕明星们，此刻就在农民兄弟们的眼前引吭高歌。此后，不仅"芦蒿节"活动接连举办过多届，而且诸如南京自行车环洲赛、龙舟赛等活动，也都将地点选定在八卦洲。

外面的世界很精彩，外面的世界不再无奈。

沐浴着改革开放的温暖春风，八卦洲人民不仅撞开了致富之门，而且摆脱了小农意识的长期束缚，他们在思想观念上，获得一次次伟大的更新。

饱尝过苦难之水的八卦洲先民，如果有幸看到这片洲地所发生的巨变，内心该有多么欣慰？！

时代在变，与南京近在咫尺的八卦洲，其发展格局也在悄然发生着改变。这里，既有乡间小道萦绕，也有柏油马路环洲；既有农家炊烟袅袅，也有声声汽笛长鸣；既有沙滩美景供人流连，也有洲头塔影伴君沉思……淳朴与时尚的历史汇聚，传统与现代的无声交融，正在这片江水环绕的下江洲地，形成一曲曲和谐的乐章。

曾经的苦难与沧桑，已随东逝的江水一去永不复还，取代的是时代风华的崭新书写。

"越女新妆出镜心，自知明艳更沉吟。"

如今下江的八卦洲，正以其清丽脱俗的娇美容颜，以及方兴未艾的无限魅力，成为一方炙手可热的美善之地。放眼鸟瞰，这座四面环水、面朝蓝天的江中丽洲，犹如一支整装待发的绿色大军，正翘首融入新一轮发展的铿锵足音中……

以上种种，是我书写下江与上江故事的缘由，更是我围绕这一题材，试图深耕细作的动力所在。

五

行文至此，本该收笔，可一个偶然机会，当我有幸目睹一位文旅导游，玉树临风般站在一艘游轮的甲板上，面对浩浩长江所做的一番精彩讲解，内心不禁顿生波澜。既然如此，那就让一介书生也来当一回"导游"，用记录的文字和电脑回车键所形成的诗行，去领着人们再次了解一下长江吧——

朋友，你见过怎样的长江？
今天，就让我们跟随这滔滔江水，
一起去见证，
中国第一大河所走过的万里征程。

长江从青海出发，
那里是三江之源，中华水塔；
顺着青藏高原奔流而下，
滋养了万里神州，泱泱华夏。

长江流过云南，
那里有怒江、澜沧江、金沙江，
三江并流，举世无双；
虎跳峡下，
江水浩浩，风雷激荡。

长江流过四川，
"钒钛之都"攀枝花，
每天沐浴着雨露阳光。
万里长江第一城宜宾，
至今飘荡着千年酒香；
超级水利工程都江堰，
灌溉着"天府之国"的米粮。

长江流过重庆，
朝天门外，万舟竞发；
嘉陵江上，岁月峥嵘。
白帝城头春草生，
白盐山下蜀江清。
刘备在这里遗恨托孤，
孔明在这里临危受命，
李白在这里欣喜若狂——
千里江陵，一日可往。
杜甫在这里登高悲叹，
眼中是无边落木，不尽长江。

长江出重庆，入湖北，
三峡雄浑壮观，
一路惊涛骇浪。
即从瞿塘穿巫峡，
便下西陵向宜昌。
一座大坝，
高峡出平湖，
当惊世界殊！
一位屈子，
路漫漫其修远，
上下而求索。
荆州便是江陵，

楚国故都，三国名城。
刀光剑影依稀在，
连营鼓角尚铮鸣。
英雄之城武汉，
九省通衢，江河纵横。
浩浩江水，仍然回荡着，
革命者的枪声。
黄鹤楼上，仍然闪动着，
李白送孟浩然的碧空远影：
故人西辞黄鹤楼，
烟花三月下扬州。
孤帆远影碧空尽，
唯见长江天际流。

长江流过湖南，
刘禹锡为洞庭湖留诗：
湖光秋月两相和，
潭面无风镜未磨。
范仲淹为岳阳楼撰文：
先天下之忧而忧，
后天下之乐而乐。

长江流过江西，
李白在庐山，
望见坠落的银河；

苏轼在庐山，
看到远近高低的错落；
陶渊明——
悠然采菊见南山；
白居易——
浔阳江头夜送客。
南昌故郡滕王阁，
一篇骈文，览尽千年的落霞，
定格了大唐最美的秋色。
时至今日，
世人仍在讲述，
那个天才少年的传说，
他的名字叫王勃。

长江流过安徽，
这里有——
"万里长江此封喉，
吴楚分疆第一州"的安庆；
有"好山好水看不足，
马蹄催趁月明归"的池州；
有"我爱铜官乐，
千年未似还"的铜陵；
有"天门中断楚江开，
碧水东流至此回"的芜湖。

长江流过江苏，

326

江南佳丽地，金陵帝王州。

秦淮河畔，烟月笼纱，

钟山之上，风雨正稠。

百代朝复暮，

十朝梦与书。

群山依旧环绕着故国，

潮水依旧拍打着寂寞。

千年岁月悠悠，

只有涛声依旧。

长江过江苏，经上海，

穿过最后的繁华，

一路奔流入海。

就此，走完了她，

6300千米的征程。

她是滚滚东去的那条大江！

是惊涛拍岸的那条大江！

古今多少事，

都化成一杯浊酒的悲凉；

千古风流人物，

都化成卷起千堆雪的巨浪。

从青藏高原，

到彩云之南；

从巴山蜀水，

到江南水乡。
她穿过历史的风云，
走过岁月的苍黄；
将神州万里滋养，
为世代百姓带来，
生生不息的力量。

她是让我们，
引以为傲的那条大江！
是每个华夏儿女，
心中的那条大江！
江岸上，
回荡的是艄公的号子，
飘动的是醉人的稻香。
她在亿万年间，
奔流而不舍昼夜；
她在亿万人胸中，
澎湃而永不停歇。
她是一位母亲，
将一个民族生养；
她是一条巨龙，
永远在世界的东方。

附录

有关文学的通信

一

成祥：

今天上午读完大作。看得出，你花了很大的心力写成。

《到上江去》①叙写的是70年前的故事。

你说故事的本领令我感佩。上江无为"张老洼"的风土人情，被你描述得细致、从容，具有浓郁的乡土气息。文字流走得如涓涓细流，有如听一曲阿炳的《二泉映月》，那般的扣人心弦。几个主要人物的个性，也带着泥土气息，比较鲜明地雕刻出来。他们的共性质朴、善良、热情，是乡下人的本性，也给我留下很深刻的印象。可以看得出，你创作的功力是非常扎实的，我为你感到骄傲！

下面是很不成熟的意见，仅供参考。

第一，建议不受"非虚构"所限。地理环境与时代背景，可

————————

① 《到上江去》是王成祥"下江"系列中的另一部作品，目前正在创作中。

以是非虚构，其他叙说的故事，可以虚构，现在呈现的，也是你的合理想象。如果解脱了非虚构的束缚，你就可以驰骋你的想象了，将小说改得更好些。

第二，现在看起来，叙说的故事波澜不惊。小说是讲故事，可以写平淡的故事，但在艺术呈现上，必须有一些"亮点"，即拿人"心魂"的地方。如沈从文的很多中短篇《柏子》《阿黑小史》等，汪曾祺跟老师学，也是如此，都是平静得像抒情诗一样，去表现一方风土人情养育出来的人性。唯其如此，小说的人物可以简化，情节与细节也可以简练，"删繁就简三秋树"，可以改成一篇抒情诗、小夜曲一般的凝练作品。

第三，如果上述的构思可以成立的话，就可以虚构了。是否可以设置"我爸"与"我妈"，在张老洼就有个一两次温馨而浪漫的交往？有少男少女之间的灵魂厮磨？可以想象一些细节，进行细致的描述。

第四，缓慢的叙事节奏，中间必须插有跌宕的旋律，否则太过沉静和沉闷，会使读者的阅读兴趣打了折扣。为此，设置一两个悬念，贯穿其间。

以上信口说来，班门弄斧，见谅！

吴周文[1]

2020年4月4日

———————

[1]　吴周文，1941年出生，江苏如东人，扬州大学文学院教授，王成祥大学时期写作导师。曾担任中国散文学会副会长、扬州市作协主席等职。2022年4月28日不幸因病逝世。

二

成祥好!

　　作为长篇《下江》中的一部分——《想进学堂与扳大罾的阿公》,已阅读。感觉水准一如既往,清新,自然,健康,明媚,生活气息浓郁,乡土气息正宗,充满阅读美感。总体来看,是一部挺不错的中篇。

　　你说《下江》这本书会慢慢去弄,想让几个部分既独立成篇,又融为一体,这样比较好驾驭。想法甚好。

　　谨祝笔健

张宗刚[①]

2022年11月11日

三

王老师好!

　　我看了您长篇《下江》中的一部分《想进学堂与扳大罾的阿公》,有4万余字,感觉非常清新、自然,出现的几位亲人,也都是淳朴、善良的。尤其是水灵——"阿妈"的形象,让我想起了《城南旧事》里小女孩英子。当看到这部分的结尾时,我忍不

---

① 张宗刚,文学博士,南京理工大学诗学研究中心主任,中国作协会员,江苏省报告文学学会副会长,美国爱荷华大学访问学者。

住落泪了，非常有感染力。我是用读者的眼光去看的。

另外，我在阅读的时候，有些感觉的，就是人称上的。水灵是您母亲，阿婆是水灵的母亲。你写了阿婆，那水灵就应该是阿妈。或者说，写了水灵，阿婆就应该是的阿妈。唉，不知道我有没有说明白，我其实是太笨啦！也许我的意见并不对，您有您的想法，像这样的回忆小说，最难写了。还有，"小姥"可不可以不提？那么可爱的孩子，用这个名字，让我有点接受不了。

孙敏瑛[1]

2022年11月16日

四

成祥：

你的长篇《下江》中的《想进学堂与扳大嚳的阿公》，我学习了。总体感觉甚好，写得非常不错。作品的风格比较淡雅，不管是故事情节的设置，还是叙事语言的展开，都很富有诗意。我由此会产生这样一个疑问：你是不是以前也写过诗？

现在，有一点想法，我想对你说一说，不知对不对？这种

---

[1] 孙敏瑛，中国作协会员，浙江省台州作家。在《人民日报（海外版）》《文学报》《青年作家》《清明》《散文》《雨花》《青春》等全国各地报刊发表作品，并多次入选年度精选集。著有个人散文集《一棵会开花的树》《碎影》、小说集《暗伤》等。

淡雅唯美的风格，会不会影响到小说的可读性？比如，长篇的开头，要有吸引人的地方；长篇的形状，要有悬念，要有吸引眼球的东西。我还没有看到整部作品，只是随便说说，仅供参考。

陈铁军[①]

2022年11月17日

五

成祥先生：

今日读毕长篇《下江》，感到这是一部坚持自己文学品质的小说。这种文学品质，是个人的，也是社会的。在我多年带有观察、比较倾向的阅读与鉴赏中，它可以视为文学翡翠、艺术珠宝之类的作品。当然，个人之见，仅代表本人自己，不能也无法代表他人和所谓的"社会舆论"。不过，话说回来，自身的鉴赏能力有限，或许可以靠不介入文坛争端、不怎么抛头露面的"民间高手"来弥补——所谓已识庐山真面目、只缘不在此山中——是否隐藏着特定的"读者"，要比"评者"更适合谈论作品的可能性呢？

在此，我想告诉你，有过几十年收藏并研读多部荣获世界

---

① 陈铁军，锡伯族人，祖籍辽宁凌源，现居河南郑州。著有长篇小说《黑吃黑》《玫瑰玫瑰我是夜莺》，小说集《有种打死我》《老杂拌儿》，电视剧剧本《窑神》《呼儿嗨哟》等30余部。中国作协会员，原郑州市作协副主席，全国少数民族文学创作"骏马奖"获得者。

诺贝尔文学奖作品的爱琴海先生（他原名叫孙爱民，我原名叫孙拥军，两人是一对孪生兄弟，合作并出版过评论集《群岛的回声》，序言是由江苏省作协原常务副主席、《钟山》杂志原主编赵本夫先生撰写的。已故南京市作协秘书长、著名诗人冯亦同先生，曾看过我出示的一张双胞胎兄弟合影后，无法辨认其中的我；见面之后，还闹过一段笑话哩），对我和一些师友所写出的作品，在质量欠佳方面，毫不客气地提出了尖锐的批评，继而发展到拒绝阅读"中国作家"的作品。我知道，早在少年时代，他就在数学课上，埋头书写自己的长篇小说；青年时代又自修《古代汉语》《现代汉语》，广泛阅读中外名著。这样做所导致的后果或习惯，便是他在看大陆今人的作品时，会无形中用阅读世界名著的"经验""感觉""眼光""视角"……来进行比较评判。如此一来，数万、十万甚至百万的所谓"作家""诗人"，是经受不住"挑剔"和"审判"的。可有一回，他偶然翻阅到你的一本由作家出版社出版的小说集《蛙鸣悠扬》，居然发出了赞叹的声音——我颇感意外，以为自己听错了，直到确认，这声音不是我司空见惯的那种非议和否定，才愿意传递给你。他的赞语是："语言很美！真正的文学语言及表达形态，很少见。"我回答道："王成祥的小说，与沈从文、汪曾祺的风格相近。"他又说："这使我想到日本'诺奖'夺主川端康成、法国小说家莫泊桑的作品……"我们孪生兄弟俩就这样毫无遮拦又毫无功利地闲聊起来。最后，他将那本书拿回去读了。读完之后，爱琴海先生用总结般的语气告诉我："王成祥的这本《蛙鸣悠扬》，对乡村与城镇，生存与生活，情与欲有着细致的描绘和深刻的洞察。男女情事艳而不秽。语言简洁。江，河，月光，芦苇，堤坝，如诗如画。我是像读川端康成、莫泊桑、高尔基、沈从文的作品来读之的。我把该书和《静静的顿河》《安娜·卡列尼娜》并放在一起的。"你听后，可能会哈哈一笑，或一脸严肃地告诫我："写读后感可以，但不可胡言乱语。"先生，我也想回复你："这不是什么胡言乱语，而是一位普通读者与评论者的真切感受。"

如今，沉寂多年的你，又有一部新的长篇小说即将问世，这便是《下江》。通过电子版的阅读，再次验证了我和爱琴海曾经的认知。这部长篇，采用的是叙述中有叙述、故事中讲故事、人物中见人物、背景中有背景的表现方式；在构思与文笔上，趋于大散文的况味与洒脱，且十分和谐地将诸如历史文化、风土人情、民间故事等内容镶嵌其间，恰到好处地缓释情感之余，时有思想火花的闪烁。作品中的水灵、阿婆、阿公、识字先生张镜汝、逃难来到下江芦柴滩的陈大勇、黄仁仙夫妇、从上海逃过来的老潘、驾船人老徐、想逃难又无处可逃的赵醉汉及"干儿子"三只手、船上对歌的伙夫老人、缠着小脚的伙夫女人、八卦洲上的萧恶霸、既是石匠又是木匠的罗天顺及其"大脚女人"和他们美丽的女儿罗仁秀，以及"混世魔王"、流水席上爱"抬杠"的后生、放垦骗钱的民国官员余某、十分仗义的"湖北佬"崔伟、捐资助学的袁大户，以及一批"上江""下江"的年轻男女……他们身上，没有过多的浓墨重彩，大都淡淡地、不经意地出现在小说中，似乎"信手拈来俱大成"一般，更加贴近自然，贴近当时的社会状态，贴近上江人与下江人的生命本真，也符合文学创作的内在逻辑。

作为揭示社会底层生存之艰又不乏浪漫主义色彩的作品，在《下江》创作过程中，你没有用不少作者奉为至宝的、现代汉语中那种渲染的修辞手法去"呼风唤雨"，也没有用众多诗人所惯用的那种激进抒情去"震天动地"，而是凭借理性、沉着、机智、灵动的气质，去影响读者，去推动小说的创作进程，进而出现"于无声处听惊雷"的艺术效果。因此，读你的这部小说，不嫌累，且有继续读下去的潜在愿望。什么叫"美的享受"？我想，这大抵是罢！

现在，我对《下江》还暂且提不出什么更加具体的意见。我唯一在意的是，作品中的阿公溘然去世了，水灵的命运会怎样呢？小说的叙事又该向何处发展呢？

期待中。

谨祝夏安！

半岛①

2023年6月5日雨夜

—— 写于南京东山

六

成祥先生：

我昨天上课，今天上午没课，刚看完。

———————

① 半岛，原名孙拥军，又名孙拥君，南京人。系江苏省作协重点扶持签约作家，有《感谢夜晚》《我和五朵金花》《中国外婆》《群岛的回声》《荡漾三部曲》等专著出版。

虽说只是《下江》第二章的一个部分，阅后却让我想起了老舍的《四世同堂》。宏大的背景下，从普通的百姓生活切入，语言不徐不疾，与老舍有几分相似，却又超越老舍。文中景物的描写多于老舍，得沈从文、汪曾祺散淡自然之美；借文中老潘之口，融入史实及地理的变迁，也颇具匠心。不用说，热爱家乡，建设美好家园，向往美好生活，定是一代又一代普通人奋斗的历程。大家手笔。

致敬

徐承平[1]

2023年8月26日

七

王老师好！

读罢《下江》前两章，深感确实是一次学习的机会。

虽然很少去阅读有关那个时代的作品，但听家里的祖母说起过很多，并且很巧的是，我祖母的故乡是地处下江的丹徒县高桥镇，那里也是一片江洲。所以，当读到行文中的流离、战乱、火焚等情节，便仿佛曾经听过的讲述历历在目，甚至能从中看见我家祖辈的身影。是的，那是一段波澜壮阔的苦难岁月，祖辈有很

---

[1] 徐承平，南京市江宁高级中学高级教师，语文教研组长，毕业于扬州师院中文系（现扬州大学文学院），毕飞宇的同班同学。

多人都经历过，可似乎没有人以此为题材进行创作，而您却做到了，因而颇具历史价值，值得珍藏。

　　行文的笔力厚重且从容，以小人物的命运碎片，拼接成大时代的广阔图景。从穿插其中的景物描写，到漏船之上看似松弛的闲聊对话……其实无一处算得上是废笔，它们巧妙地同文字的气质融为一体，或烘托氛围，或补充背景，或隐藏着悲恸的力量。印象最深的是开篇女孩父亲的去世，和飞机轰炸之下的接生。一死一生，底层人物的无奈，战乱带来的恐怖，会一一浮现眼前。不难看出，您虽然深受沈从文、汪曾祺文风之影响，然而，书写的却是与自己血脉相连的那片洲地。期待这样的作品，也能像沈从文笔下的边城、汪曾祺笔下的高邮一样，被纳入八卦洲乃至南京的文化地理。

徐旸[①]

2023年8月28日
